DIE LADY MIT DER PEITSCHE

Roman

Victor Gunn

Impressum

Text:	© Copyright by Victor Gunn/ Apex-Verlag.
Lektorat:	Dr. Birgit Rehberg.
Übersetzung:	Aus dem Englischen übersetzt von Ruth Kempner und Christian Dörge.
Original-Titel:	*Castle Dangerous.*
Umschlag:	© Copyright by Christian Dörge.
Verlag:	Apex-Verlag Winthirstraße 11 80639 München www.apex-verlag.de webmaster@apex-verlag.de
Druck:	epubli, ein Service der neopubli GmbH, Berlin

Printed in Germany

Inhaltsverzeichnis

Das Buch (Seite 4)

DIE LADY MIT DER PEITSCHE (Seite 6)

Das Buch

Die Schlossherrin Lady Gleniston herrscht über ihr Personal wie eine Sklaventreiberin. Den Gärtner Ned Hoskins jagt sie mit der Peitsche aus dem Haus. Und am selben Abend ist Lady Gleniston tot – erschlagen mit Neds Hammer.

Ned hat ein Alibi – nicht jedoch die Schlossbewohner und ihre Gäste.

Chefinspektor Cromwell von Scotland Yard wittert perfiden Mord.

Er nimmt die Ermittlungen auf...

Der Roman *Die Lady mit der Peitsche* von Victor Gunn (eigentlich Edwy Searles Brooks; * 11. November 1889 in London; † 2. Dezember 1965) erschien erstmals im Jahr 1957. Der Apex-Verlag veröffentlicht eine durchgesehene Neuausgabe dieses Klassikers der Kriminal-Literatur in seiner Reihe APEX CRIME.

Die Lady
Mit der Peitsche

Erstes Kapitel

Bruce Campbell war zum ersten Mal in das Seengebiet gefahren; aber als er in Gleniston Water aus dem Zug stieg, lautete sein Urteil nicht gerade günstig. Man hätte es in die Worte zusammenfassen können: *Nicht geschenkt...!*

Die düsteren Wolken am Himmel, die eine für Anfang August vorzeitige Dämmerung gebracht hatten, gaben den fernen Bergen ein finsteres und unfreundliches Aussehen. Bei einem Vergleich mit dem höheren und eindrucksvolleren Gebirge seiner schottischen Heimat schnitten sie schlecht ab.

Zunächst hatte er allerdings nur für einen flüchtigen, recht oberflächlichen Rundblick Zeit; wichtigere Dinge in seiner allernächsten Umgebung zogen seine Aufmerksamkeit auf sich. Mit ihm zugleich waren noch andere Leute ausgestiegen, und der kleine Bahnsteig zeigte daher jetzt nichts von seiner üblichen schläfrigen Abendstille. Es waren wohl auch Ferienreisende, die gleich ihm nach Schloss Gleniston wollten - übrigens eine recht unsympathische Gesellschaft. Einige waren dick, andere hager, aber alle ältlich. Als der Zug anfuhr, bewegten sich diese Leute mit

Koffern und Schachteln zum Ausgang. Das Barometer von Bruces Stimmung fiel noch um einige Grade.

Dann plötzlich - im letzten Augenblick, als der Zug schon schneller zu fahren begann - öffnete sich die Tür eines Abteils, und ein schlankes junges Mädchen -in einem blauen Reisekostüm sprang geschickt auf den Bahnsteig. Ein älterer Mann aus ihrem Abteil drückte ihr rasch einen Lederkoffer in die Hand, während sie neben dem Zug herlief.

Wie angewurzelt blieb Bruce stehen. Es erschien ihm ganz selbstverständlich, dass in diesem Augenblick die Sonne die Wolken durchbrach und den blonden Kopf des jungen Mädchens golden aufleuchten ließ. Ihr längliches Gesicht, von der Anstrengung des Laufens leicht gerötet, hatte eine breite, klare Stirn und eine fein geformte Nase. Ihre roten Lippen waren etwas geöffnet und ließen blendend weiße Zähne sehen. Ihre tiefblauen Augen strahlten geradezu.

»Donnerwetter...«, murmelte Bruce erstaunt.

Plötzlich hatte sich die Landschaft für Bruce völlig verändert, obwohl die Sonne schon wieder verschwunden war. Bruce gestand sich, dass er in seinem ganzen bisherigen Leben noch keinen schöneren Ort gesehen habe; das Seengebiet, das ihm bisher düster und unfreundlich erschienen war, wurde für ihn zu einem zweiten Arkadien. Allerdings muss hier mit Bedauern festgestellt werden, dass sich Bruce recht auffällig und nicht gerade übermäßig wohlerzogen benahm. Die Aufmerksamkeit, mit der er das blonde Mädchen betrachtet hatte, verwandelte sich nämlich zu einem indiskreten Anstarren.

Er war eben nun einmal so - ein impulsiver, leicht erregbarer Mensch - und für weiblichen Charme äußerst empfänglich. Seit seinem siebzehnten Lebensjahr war er schon einige Male von einer Art Lähmung befallen worden, sobald er einen gewissen Typ Mädchen zu Gesicht bekam. Aber alle diese Mädchen waren, verglichen mit der Vision des Schwanes, die jetzt vor seinen entzückten Augen stand, nur hässliche Entlein gewesen. Diese Frau war einfach in jeder Beziehung vollendet, und dabei nicht nur schön, sondern auch anmutig. Bruce musste selbst jetzt, während sie von dem schweren Koffer behindert war, unwillkürlich an die Grazie einer Gazelle denken.

In diesem Augenblick hatte das Mädchen erschöpft seinen Koffer abstellen müssen. Welch wunderbare Gelegenheit, ihr höflich seine Hilfe anzubieten! Aber leider verpatzte er, im Bestreben, seinen lobenswerten Plan auszuführen, alles gründlichst; denn als er zu ihr eilte, verfing sich sein Absatz in einer Lücke der Pflastersteine des Bahnsteigs, und er stolperte. Anstatt den Koffer hochzuheben, wie er beabsichtigt hatte, gab er ihm einen Stoß, der das Gepäckstück auf die Schienen schleuderte. Dort ging er auf und streute duftige weibliche Unterwäsche auf die Gleise.

»Oh, mein Gott!«, stieß Bruce erschreckt hervor.

Nur durch ein akrobatisches Kunststück konnte er vermeiden, dem Koffer nachzufolgen. An der Kante des Bahnsteigs erlangte er jedoch mühsam sein Gleichgewicht wieder.

»Das haben Sie ja großartig gemacht!«, rief eine Stimme, in der das Eis Grönlands klirrte. Bruces Blut erstarrte.

»Es tut mir furchtbar leid...«

Seine Stimme erstarb, als ihm klar wurde, wie unpassend diese abgegriffene Redensart hier wirken musste. Außerdem verschlug ihm auch noch etwas anderes die Stimme - nämlich ein Blick in das Gesicht des Mädchens, das jetzt unmittelbar vor ihm stand. Denn sie sah ihn jetzt mit dem Ausdruck einer so starken Abneigung, ja des Abscheus an, dass Bruce hoffte, die Erde werde sich öffnen und ihn verschlingen.

»So einen ungeschickten, hirnverbrannten Tollpatsch habe ich schon lange nicht mehr gesehen!«, fuhr das Mädchen fort, dessen eisige Verachtung sich mit unerwarteter Plötzlichkeit in vulkanische Hitze verwandelt hatte. »Sehen Sie sich nur an, was Sie mit meinem Koffer angestellt haben! Der ganze Inhalt ist herumgestreut...«

»Ich stolperte, als ich Ihnen helfen wollte - es tut mir furchtbar leid!«, stieß er hervor, von den Flammen versengt, die aus ihren Augen schossen. »Ich weiß gar nicht, wie es kam - ich bin wohl mit dem Absatz hängengeblieben.«

Verzweifelt blickte er sich nach Hilfe um. Aber inzwischen hatte sich der Bahnsteig geleert; nur er und dieses Mädchen standen noch da.

Da ihm die Notwendigkeit raschen Handelns klar war - er musste einfach irgendetwas tun, was ihn ihrem Blickfeld entzog -, sprang Bruce auf die Schienen und begann, die verstreuten Wäschestücke wieder in den Koffer zu verstauen. Verächtlich sah ihm das Mädchen zu. Gewiss, er war kein großartiger Kofferpacker. Zarte Sommerblusen und plissierte Röcke wurden wirr durcheinander in den Koffer gestopft. Bruce musste schwer atmen, als er Büstenhalter und hauchdünne Höschen den übrigen Kleidungsstücken folgen ließ. Mit einem Gefühl tiefer Befriedigung schloss er endlich den Deckel, ließ das Schloss einschnappen und hob den Koffer auf den Bahnsteig.

»Hier - jetzt ist alles wieder drin«, sagte er atemlos.

»Ja - zerdrückt und mit Ölflecken von den Schienen!« Das Mädchen nickte und sah ihn mit Verachtung an. »Aber geben Sie nur schnell her, sonst fährt mir noch der Autobus zum Schloss davon!«

»Der Autobus zum Schloss?«, wiederholte er, und sein Gesicht erhellte sich. »Wollen Sie damit sagen, dass Sie in Schloss Gleniston wohnen werden? Das ist ja großartig! Dorthin will ich ja auch!«

»Das auch noch'«, rief sie verzweifelt.

»Irgendein Auto wird schon vor dem Bahnhof warten«, fuhr er fort und nahm den Koffer. »Man hat mir versprochen, mich abzuholen. Wir sollten uns aber doch beeilen.«

»Der Ansicht bin ich schon lange«, antwortete sie verächtlich.

»Ach ja, das stimmt.«

Mit seinem eigenen Koffer in der einen und dem des Mädchens in der anderen Hand eilte er zur Sperre, wo ein vierschrötiger älterer Beamter stand. Wortlos nahm der Mann ihnen die Fahrkarten ab; durch das kleine Bahnhofsgebäude hindurch kamen sie nun auf den Bahnhofsplatz.

Aber hier waren keine Autos, kein Autobus - gar nichts. Der Platz lag in der Abenddämmerung völlig ausgestorben da.

»Sehen Sie jetzt, was Sie angerichtet haben?«, rief das Mädchen in neu ausbrechendem Zorn. »Jetzt ist der Autobus fort! Wegen Ihres idiotischen Benehmens haben wir ihn verpasst!«

»Das macht nichts - ich werde ein Taxi besorgen«, beruhigte er sie. »Es muss ja hier Taxis geben. Ich werde mich beim Stationsvorsteher erkundigen - er wird mir schon Bescheid sagen können.«

Er ging ins Bahnhofsgebäude zurück, wo der ältere Beamte - der anscheinend ganz allein Dienst tat - gerade dabei war, den Fahrkartenschalter zu schließen.

»Bitte noch eine Minute!«, rief ihm Bruce zu. »In Ihrem Schalterraum ist doch ein Telefon, nicht wahr? Ich möchte mir ein Taxi bestellen...«

»Taxi, Sir?«, unterbrach ihn der Mann verwundert, als ob er dieses Wort noch nie gehört hätte. »Hier gibt es keine Taxis!«

»Nun, dann sonst ein Auto«, sagte Bruce ungeduldig. »Es muss kein Taxi sein. Irgendjemand muss doch hier einen Wagen haben...«

»Hier gibt es auch keine Autos, Sir«, entgegnete der Stationsvorsteher kopfschüttelnd. »Wollen Sie vielleicht zum Schloss? Dafür gibt es nur den Kleinbus - aber der ist schon fort.«

»Hat denn der Fahrer nicht gewusst, dass noch mehr Leute kommen?«, rief Bruce wütend. »Hätte er nicht ein oder zwei Minuten warten können? Warum haben Sie ihm denn nicht gesagt«, fügte er hinzu und sah den Stationsvorsteher vorwurfsvoll an, »dass noch zwei weitere Fahrgäste auf dem Bahnsteig waren?«

»Da Sie und die junge Dame es nicht eilig zu haben schienen, nahm ich an, dass Sie nicht ins Schloss wollten«, erwiderte der Mann. »Ich dachte, dass Sie sich vielleicht im

Dorf eingemietet haben. Nicht in Upper Gleniston, das liegt am andern Ende des Sees beim Schloss, sondern in Lower Gleniston, hier beim Bahnhof.«

»Das ist ja reizend!«, fiel eine eisige Stimme ein. »Wir sitzen also fest, wie? Kein Autobus - kein Taxi. Wie weit ist es denn bis zum Schloss?«

»Drei Meilen, Miss.«

»Diese beiden Koffer werden Ihnen recht schwer vorkommen, wenn Sie sie drei Meilen getragen haben werden«, meinte das Mädchen und warf Bruce aus ihren blauen Augen einen eisigen Blick zu. »Auch für mich wird es kein reines Vergnügen sein, in meinen hohen Schuhen drei Meilen weit zu laufen. Dumm von mir, dass ich mir keine Halbschuhe angezogen habe. Dazu kommt noch«, fügte sie bitter hinzu, »dass es aussieht, als ob es regnen wollte.«

»Ich kann Sie nur nochmals um Entschuldigung bitten«, stieß Bruce ängstlich hervor. »Selbstverständlich werde ich Ihren Koffer tragen. Es war natürlich von mir sehr ungeschickt, zu stolpern. Aber glauben Sie mir bitte - ich wollte Ihnen nur helfen.« Wieder folgte er ihr auf den Vorplatz hinaus. »Was für ein elendes Nest! Nicht einmal ein Taxi gibt es hier! Und dieser Narr, der Fahrer des Autobusses...«

Seine Stimme erstarb. Er presste die Lippen fest aufeinander, vermied es, das Mädchen anzusehen, nahm die zwei Koffer und machte sich auf den Weg. Sie ging neben ihm her.

Aber sie waren kaum fünf Minuten unterwegs, als die ersten Regentropfen fielen.

»Das soll August sein!«, rief Bruce empört. »Montag ist Feiertag - und sehen Sie sich das Wetter an! Grauer Himmel, dicke Wolken und ein kalter Wind! Und da rühmen die Leute das Seengebiet!«, fügte er bitter hinzu. »Ich möchte wetten, in Brighton ist das strahlendste Wetter.«

»Jammerschade, dass sie nicht nach Brighton auf Urlaub gefahren sind«, meinte sie spitz. »In Brighton würde es Ihnen sicher viel besser gefallen als hier in einem ruhigen, alten Schloss!«

Er war viel zu böse, um zu antworten. Sie kamen nicht durch Lower Gleniston, denn ein Wegweiser hatte besagt, dass Schloss Gleniston in der entgegengesetzten Richtung vom Dorf drei Meilen entfernt lag. Die Straße führte am See entlang. Auf der einen Seite erhoben sich sanfte Hügel, und auf der anderen lag die stumpfgraue Fläche des Sees. Die Landschaft wirkte deprimierend, obwohl sich der Regen als falscher Alarm erwiesen hatte. Nach einigen Tropfen hatte er wieder aufgehört.

Das Schweigen wurde bedrückend, als sie die erste halbe Meile zurückgelegt hatten. Jetzt taten Bruce schon die Finger und die Schultern weh, und er hatte nur den Wunsch, die Koffer für eine Weile abzusetzen und sich auszuruhen. Aber sein Stolz verbot ihm, nachzugeben und damit seine Schwäche einzugestehen.

Die junge Dame bemerkte wohl seine Verfassung, aber sie reagierte absichtlich nicht, denn sie war der Ansicht, dass er es durchaus verdient hatte. Hin und wieder warf sie einen verstohlenen Seitenblick auf seine große, sportliche Gestalt und auf sein Gesicht, das jetzt schon schweißüberströmt war. Es war gar nicht so unsympathisch, wie es ihr zuerst erschienen war. Sein eckiges Kinn deutete auf Energie hin, sein breiter Mund ließ Humor vermuten und seine große - nicht gerade klassische - Nase sprach von Charakter. Alles in allem genommen war er zwar keine Schönheit, aber er sah nett aus und gehörte zu einem Typ, der auf Frauen anziehend wirkt. Außerdem konnte sie auch nicht übersehen, dass sein Gesicht einen ehrlichen und liebenswürdigen Ausdruck hatte und dass sein kastanienbraunes, lockiges Haar sehr hübsch war.

Langsam begann sie, mit ihm Mitleid zu haben. Vielleicht war sie doch etwas hart zu ihm gewesen. Wieder musste sie an die Szene auf dem Bahnsteig denken. Er war ja schließlich nur deshalb zu ihr geeilt, um ihr beim Tragen des Koffers seine Hilfe anzubieten. Manche Leute, dachte sie, sind eben von Geburt an ungeschickt - und Bruce schien durchaus dazuzugehören.

»Vielleicht sollten Sie die Koffer einen Augenblick absetzen und sich ausruhen«, sagte sie daher. »Sie müssen ja müde sein. Bei dieser Gelegenheit könnten wir uns auch einander vorstellen.«

Bruce war so verwundert, dass er die Koffer fallen ließ, als ob ihre Griffe plötzlich glühend geworden wären. Zum ersten Mal hatte er jetzt ihre normale Stimme gehört - eine Stimme, in der nichts von Hass oder Abscheu lag. Sie klang in seinen Ohren wie Musik. Es war merkwürdig, dass im gleichen Augenblick - als ob sie nur auf dieses Stichwort gewartet hätte - auch die Sonne wieder aus den Wolken trat und mit ihren Strahlen das graue Wasser des Sees in eine herrliche, schimmernde Fläche verwandelte. Ja, über ihrem Kopf zeigte sich sogar ein großes Stück klarblauen Himmels!

»Vielen Dank«, stieß er hervor und massierte seine schmerzenden Handflächen. »Ja, ich bin wirklich müde. Eigenartig, dass die Koffer immer schwerer und schwerer werden! Ich hatte ganz vergessen, dass ich mir ein paar

Vierzehnpfundhanteln eingepackt habe! Mein Name ist übrigens Campbell - Bruce Campbell!«

»Ach, Sie sind Schotte?«, fragte sie, als ob das alles erklären würde.

»Ja, warum nicht?«

»Gewiss, warum nicht?«, erwiderte sie lachend. »Einige meiner besten Kunden sind Schotten. Ich heiße Carol Gray. Ich kann nicht sagen, dass ich Ihnen Ihr Ungeschick auf dem Bahnhof schon verziehen habe, aber das hindert uns doch nicht daran, zueinander höflich zu sein.«

Kunden? Was für einen Beruf mochte sie haben? Ladenfräulein? »Also Carol...«, meinte er verträumt. »Ein hübscher Name...« Er hielt inne. »Aber was sage ich da? Es ist ein ganz entzückender Name, der großartig zu Ihnen passt! Sehen Sie nur, wie die Sonne auf das Wasser scheint! Wer hat je zu behaupten gewagt, dass der Seenbezirk nicht herrlich ist?«

»Rasch!«, rief sie so plötzlich, dass er zusammenfuhr.

»Wie?«

»Hören Sie denn nichts? Ein Auto! Versuchen wir, es anzuhalten!«

»Ach, Sie haben natürlich recht!«

Er warf einen Blick auf die Landstraße zurück. Wirklich kam ein Sunbeam um die Kurve in Sicht. Hastig griff Bruce nach den Koffern, die er mitten auf der Straße abgestellt hatte, und zog sie auf den Grasrand. Dann winkte er heftig dem Auto zu.

Der Fahrer nahm aber nicht die geringste Notiz von ihm. Wenn ein Mädchen wie Carol Gray mit bittendem Lächeln am Straßenrand stand und mit hübscher Hand winkte, hätte von Bruce wohl kein Autobesitzer Notiz genommen. Jedenfalls knirschten die Bremsen, und der Wagen hielt.

»Wollen Sie mitfahren?«, fragte der Mann am Steuer freundlich.

»Wenn Sie so gut sein wollten...«, rief Carol eifrig. »Am Bahnhof ist uns der Autobus weggefahren, und...«

»Sie meinen wohl den Autobus vom Schloss?«, unterbrach sie der Mann am Steuer. »So - so! Sie sind also auch Gäste der alten Lady, wie?« Er blinzelte, während er Carol wohlgefällig betrachtete - besonders ihre Figur. »Ich wette, ihr beide seid auf der Hochzeitsreise...«

Carol wurde rot.

»Falsch geraten!«, erwiderte sie rasch. »Wir waren uns völlig fremd - kannten uns gar nicht, bevor wir aus dem Zug stiegen. Dann kam es zu einem kleinen Unglück mit meinem Koffer, und das hielt uns auf, so dass der Idiot, der den Autobus vom Schloss fährt, ohne uns abgefahren ist.«

»Nun, das trifft sich ja gut - ich fahre auch ins Schloss«, meinte der Fremde freundlich. »Steigen Sie nur beide ein! Sie sind also nicht auf der Hochzeitsreise?«, fuhr er fort und sah Carol mit erneutem Interesse an. »Aber Sie machen mir doch keinen Vorwurf, dass ich an so etwas dachte, nicht? Mein Name ist übrigens Morton-Gore - Sir Christopher Morton-Gore. Ich bin schon seit drei Wochen Gast der alten Lady. Sicherlich wird es Ihnen in dem alten Schloss gefallen. - Alles fertig?«

Bruce hatte inzwischen die Koffer in dem geräumigen Kofferraum des Wagens verstaut. Er war sich nicht klar, ob er sich freuen sollte, dass sie mitgenommen wurden, oder nicht. Sir Christopher hatte den Vordersitz umgeklappt, so dass er - Bruce - in den Fond des Wagens klettern konnte. Offensichtlich hielt Sir Christopher den Vordersitz für Carol reserviert. Aber schließlich konnte er keine Ansprüche stellen, und Bruce musste froh sein, dass ihn überhaupt jemand mitnahm.

»Sie müssen die alte Dame mit Glacéhandschuhen anfassen«, sagte Sir Christopher, als er den Wagen anließ. »Sie ist zwar in ihrer Art eine reizende Frau, aber doch furchtbar altmodisch. Wie eine Gestalt aus einem Dickens-Roman... Allerdings werden Sie sie nicht viel zu sehen bekommen - Miss Cawthorne, die Hausdame, spielt die Gastgeberin; sie ist ganz reizend. Sie kommen übrigens zeitig für das Wochenende, nicht wahr? Ich meine, heute ist doch erst Donnerstag. Wollen Sie am Dienstag, nach dem Feiertag, zurückfahren?«

»Ich will die ganze nächste Woche hierbleiben«, erwiderte Bruce.

»Ich auch«, sagte Carol zu Bruces Freude.

Bruce hatte reichlich Gelegenheit, den Mann am Steuer zu betrachten. Er war groß, gutgebaut, mittleren Alters, hatte ein graues Schnurrbärtchen und freundliche Falten um die Augen. Das einzige an ihm, was Bruce unsympathisch fand, war, dass er immer wieder zu Carol hinüberschielte. *Schielen ist dafür genau der richtige Ausdruck!*, dachte Bruce. Aber man darf nicht vergessen, dass Bruce in diesem Fall nicht objektiv war.

»Sie werden die Atmosphäre oben im Schloss erheblich verbessern, mein Fräulein«, meinte Sir Christopher zufrieden. »Es gibt dort zwar auch junge Leute, aber niemanden wie Sie!« Er warf ihr einen langen, prüfenden Blick zu, bei dem Bruce das Gefühl hatte, dass er sie im Geist entkleidete. »Wenn sich das Wetter hält - das ist allerdings hier in den Bergen nie sicher dann werden Sie beim Schwimmen viel Freude haben.«

»Ich werde mich hier hoffentlich überhaupt amüsieren«, antwortete Carol, die sich der Blicke Sir Christophers durchaus bewusst war. »Ich bin zum ersten Mal hier im Seengebiet... Ach, sehen Sie nur dort das schöne Motorboot!«, fügte sie hinzu und wies auf den See.

»Möchten Sie einmal darauf fahren?«, fragte Sir Christopher. »Es gehört nämlich einem meiner Freunde - Gus Reed und ich brauche ihn nur zu bitten, damit er Sie so oft mitnimmt, wie Sie wollen.«

»Das ist ja großartig!«, rief Carol vergnügt.

Das ist ja grässlich!, dachte Bruce, der von vornherein gegen diesen Gus Reed eingenommen war, dem ein solches Motorboot gehörte.

»Gus ist ein netter Kerl«, fuhr Sir Christopher gesprächig fort. »Aber bei ihm ist Vorsicht geboten, Kindchen! Er ist verdammt hinter den kleinen Mädchen her.« Wieder überflog sie sein Blick. »Dort oben werden Sie erst richtig Leben in die Bude bringen! Jemanden wie Sie haben wir im Schloss gerade gebraucht!«

Bruces Abneigung gegen Gus Reed übertrug sich jetzt auf den Mann am Steuer. Der Kerl benahm sich doch wirklich reichlich salopp. Für wen hielt er sich eigentlich, dass er sich erlaubte, Carol mit *Mädchen* und *Kindchen* anzureden, obgleich er sie doch erst seit zehn Minuten kannte?

Carol jedoch schien ihm das nicht zu verübeln; sie beobachtete das Motorboot. Die Landschaft, die bisher düster erschienen war, hatte sich nun völlig geändert. Jetzt war der Himmel fast ganz blau, und die Abendsonne schien mit sommerlicher Wärme. Der See, die Hügel, und die wie Spielzeug verstreuten Häuser unter den grünen Bäumen leuchteten in kräftigen Farben.

Eine Biegung der Straße eröffnete eine andere Aussicht; Sir Christopher wies mit dem Finger nach links.

»Das dort ist Schloss Gleniston!«, erklärte er.

Sie näherten sich jetzt dem oberen Ende des Sees; dort standen im Sonnenlicht einige Häuser und eine kleine Kirche - das Dorf Gleniston. Auf einer kleinen Insel im See konnte man ein malerisches Gebäude sehen, das von schönen alten Bäumen umgeben war. Das offenbar sehr alte Gebäude sah so romantisch aus, dass Carol den Atem anhielt.

»Das ist also das Schloss?«, fragte sie verwundert. »Wie schön! Ich wusste gar nicht, dass es auf einer Insel liegt! Wie kommt man denn eigentlich hinüber?«

Sir Christopher lachte.

»Aus der Nähe gesehen, wirkt das Haus nicht mehr so eindrucksvoll. Es ist ganz leicht zu erreichen, denn es liegt nicht auf einer richtigen Insel; es gibt einen Damm, der das Dorf mit dem Schloss verbindet. Sie können ihn nur von hier aus nicht sehen.«

»Eigentlich ist es doch traurig«, meinte Carol nachdenklich. »Die Glenistons wohnen dort schon seit Jahrhunderten, nicht wahr? Und jetzt müssen die Leute Feriengäste aufnehmen, um durchkommen zu können! Das muss doch für sie schrecklich sein...«

»Weil dadurch aus dem Schloss eine Art von besserem Hotel geworden ist?«, fragte Sir Christopher. »Gewiss, das ist schon richtig - obwohl *besseres Hotel* vielleicht sogar übertrieben ist. Schade, dass kein männlicher Nachkomme der Familie mehr vorhanden ist. Lady Angela Gleniston hat keine Kinder; ihr Mann, Sir Simeon Gleniston, der vor zwanzig Jahren gestorben ist, war der letzte Baron. Es ist ihm verdammt schlecht gegangen, glaube ich, und er musste fast seinen ganzen Grundbesitz verkaufen, um sich über Wasser zu halten. Früher einmal gehörte den Glenistons viel Land - so ziemlich alles, was Sie am See sehen. Jetzt ist ihnen nur noch das kleine Inselchen geblieben, auf dem das Schloss steht. Aber die alte Lady Gleniston ist verdammt stolz, und so wird sie an dem Familiensitz festhalten, solange es geht. Darum blieb ihr schließlich nichts anderes übrig, als im Sommer Feriengäste aufzunehmen.«

»Aber ich dachte doch...«, begann Bruce.

»Ach, Sie meinen wohl den Major«, unterbrach ihn Sir Christopher. »Er entstammt nicht der direkten Linie. Er ist Lady Glenistons Neffe, der Sohn einer Schwester, die dieses Jahr gestorben ist. Ein steifer Patron, der gute Claude Fanshawe - aber tüchtig ist er. Er kümmert sich mehr oder weniger um alles, was auf dem *Gut* geschieht, und spielt den Hausherrn. Vielleicht gefällt er Ihnen. Ich persönlich halte ihn jedoch eigentlich für einen Trottel.«

Bevor Carol noch Zeit hatte, ihr Haar zurechtzumachen und aus ihrer Handtasche den Lippenstift herauszunehmen, fuhr das Auto schon über das Kopfsteinpflaster des alten Damms. Der Damm war nur etwa zweihundert Meter lang; dann war man auf der Insel und kam zunächst auf einen weiten Kiesplatz. Dort stand auch der kleine Autobus. Eine breite Freitreppe am Ende dieses Platzes führte auf eine Terrasse, wo die massive Tür des Schlosses einladend offenstand.

»Lassen Sie Ihr Gepäck ruhig im Auto«, riet Sir Christopher. »Der junge Tom wird das schon erledigen. Er ist hier Hausdiener.«

Von der Würde der mächtigen alten Mauern beeindruckt, stieg Carol aus dem Wagen. Schloss Gleniston entsprach allerdings nicht ganz dem Bild, das sie sich vorher davon gemacht hatte. Es gab keine Türme und Söller; so romantische Dinge wie Zugbrücken und Verliese waren ebenfalls nicht vorhanden. Der Stammsitz der Glenistons war einfach ein großes Landhaus - schon jahrhundertealt, wenn auch deutlich zu sehen war, dass man sich in letzter Zeit bemüht hatte, es zu modernisieren. Aber das Ergebnis dieser Bemühungen war nicht in allen Punkten zufriedenstellend ausgefallen.

Die breite Terrasse an der Vorderseite lief, schmaler, auch um die Seiten herum; linker Hand waren Rasenflächen und farbenfrohe Blumenbeete zu sehen; rechts lag, halb verborgen durch einen Laubengang, der gut gehaltene Küchengarten, über den hinweg man einen ausgedehnten Obstgarten sehen konnte.

»Das ist doch entzückend!«, rief Carol mit leuchtenden Augen.

»Ja, Ihnen zu Ehren, meine Liebe, ist die Sonne herausgekommen«, versicherte ihr Sir Christopher. »Sehen Sie sich doch den Himmel an! Blau wie Ihre Augen! Dabei war er den ganzen Tag dicht verhangen.«

Ohne Zweifel zeigte die helle Abendsonne den Neuankömmlingen die Landschaft von ihrer besten Seite. Der See zog sich als langer, gewundener Streifen viele Meilen lang, aber nur dreiviertel Meilen breit, durch das Tal, und überall am Ufer stiegen bewaldete Berge auf. Das Motorboot, das dem verhassten Augustus Reed gehörte, jagte noch immer auf dem See herum und zog einen weißen Schaumstreifen hinter sich her.

»Ja, das sieht recht hübsch aus«, meinte Bruce. »Ich glaube, es wird uns gefallen, Miss Gray. Aber wie mag das Essen sein?«

Sie warf ihm einen ärgerlichen Blick zu, antwortete aber nicht. Sir Christopher ging voran, und so kamen sie über die Terrasse in die Halle - die, wenn auch groß und eindrucksvoll, sich doch kaum von der Halle eines großen Landhauses unterschied. Es gab hier weder Ritterrüstungen noch Jagdtrophäen an den Wänden, wie es Carol eigentlich erwartet hatte.

Eine zierliche, fast zerbrechliche alte Dame, ganz in Schwarz, nur mit einer weißen Krause am Hals, erwartete sie dort. Lady Angela Gleniston war schon siebzig, hielt sich aber sehr aufrecht, und ein stolzer, fast hochmütiger Ausdruck lag auf ihrem verrunzelten Gesicht. Ihr straff zurückgestrichenes Haar war schneeweiß.

Hinter ihr stand Major Claude Fanshawe - ihr Neffe, den Sir Christopher als Trottel bezeichnet hatte. Bruce konnte auf den ersten Blick dieses Urteil nicht teilen. Ihm erschien Fanshawe recht sympathisch. Er war ein zart gebauter Vierziger, der unmilitärisch gebeugt ging, was vermuten ließ, dass seine Laufbahn in der Armee nicht lange gedauert hatte. Vermutlich gehörte er zu den Offizieren, die im Krieg einen bequemen Büroposten gehabt hatten. Er war blond, an den Schläfen schon leicht ergraut, mit hellen Augen und einem unausgeprägten Kinn. Er wäre vielleicht hübsch gewesen, wenn er nicht sehr vorstehende Zähne gehabt hätte.

Sir Christopher stellte die neuen Gäste vor, und Lady Gleniston begrüßte sie, als ob sie hochgeehrte Gäste in ihrem Haus willkommen hieße. Diese Art der Aufnahme war, wie Bruce später herausfand, eine ihrer Eigenheiten. Sie wollte sich nicht eingestehen, dass ihre *Gäste* für ihre Gastfreundschaft zu zahlen hatten. Ihr Neffe war praktischer. Als er Carol und Bruce die Hand schüttelte, brachte er die Hoffnung zum Ausdruck, dass es ihnen in Gleniston gefallen möge. Er forderte sie auf, es ihm zu melden, wenn die Bedienung zu wünschen übrigließ, oder wenn sie sonst etwas störte. Er benahm sich durchaus geschäftsmäßig und bat sie noch, die Anmeldeformulare bald auszufüllen.

Lady Gleniston hingegen bemühte sich, diese geschäftlichen Notwendigkeiten zu übersehen; vielleicht war sie auch zu sehr damit beschäftigt, Sir Christopher zu beobachten, der mit onkelhafter Freundlichkeit mit Carol scherzte und lachte. Die alte Dame richtete sich noch steifer auf, und ihre Augen wurden eisig, als sie sich warnend räusperte.

»Sir Christopher, ich wäre Ihnen verbunden, wenn Sie mich in mein Arbeitszimmer begleiten würden«, meinte sie spitz. »Und zwar sofort!«

Beim Klang dieser frostigen Stimme erstarb das Lachen, das Morton-Gore gerade ausstieß. Er riss sich zusammen und wandte sich entschuldigend an Lady Gleniston.

»Ja, gewiss...«, meinte er hastig. »Major, Sie werden sich dieser Herrschaften annehmen, nicht? Natürlich, Madam, ganz zu Ihren Diensten.«

Bruce wunderte sich, warum der Mann so bemüht war, die alte Dame zu beruhigen, aber er hatte zu weiteren Beobachtungen keine Zeit. Fanshawe hatte ein Zimmermädchen herangewinkt. Nun sah er in einem Verzeichnis nach, das er aus der Tasche zog.

»Miss Carol Gray und Mr. Bruce Campbell...«, nickte er. »Sie wohnen beide im ersten Stock im rechten Flügel, Zimmer einundzwanzig und sechsunddreißig. Susan...«, er winkte dem Zimmermädchen, »führen Sie die Herrschaften auf ihre Zimmer.«

»Jawohl, Sir«, erwiderte Susan gehorsam.

Bruce hatte den Eindruck, dass das Zimmermädchen sehr nervös war. Sie sah auch krankhaft blass aus. Aber von dieser Blässe abgesehen, war sie bemerkenswert hübsch und sicher nicht älter als achtzehn.

Verdammt noch mal!, dachte Bruce. Warum war er eigentlich für Atmosphäre so empfindlich? Denn in diesem Augenblick hatte er ein eigenartiges, aber recht sicheres Gefühl, dass irgendetwas in diesem Schloss nicht in Ordnung war. Aber das war selbstverständlich glatter Unsinn...

Zweites Kapitel

Bruce hatte jenes Gefühl schon vergessen, als er hinter Carol die breite Treppe hinaufging; denn jetzt ging ihm etwas anderes durch den Kopf, Sie hatten die Zimmer einundzwanzig und sechsunddreißig. Das war schlimm, denn es bedeutete, dass sein Zimmer von dem Carols weit entfernt lag. Tröstlich war nur, dass ihre Zimmer wenigstens im gleichen Stockwerk und Flügel lagen. Das war doch immerhin etwas.

Als er in dem breiten Korridor hinter Carol herging, fand er das leichte Schwingen ihrer Hüften höchst anziehend; sie bewegte sich mit einer gelenkigen Leichtigkeit, die seinem sportlichen Herzen Wohltat. Auch ihre Art, den Kopf zu halten, fand er bewundernswert.

»Ach, entschuldigen Sie...«, murmelte er hastig.

Er war fast mit den beiden Mädchen zusammengestoßen, als Susan plötzlich stehengeblieben war. Er hatte den Nummern der Zimmer, an denen sie vorbeigegangen waren, keine Beachtung geschenkt; jetzt sah er, dass das Zimmermädchen die Tür des Zimmers Nummer einundzwanzig geöffnet hatte.

»Das ist Ihr Zimmer, Miss«, sagte sie mit tonloser Stimme. »Und dieses Zimmer, Sir, ist das Ihrige.«

Während sie sprach, hatte sie die gegenüberliegende Tür geöffnet - eine Tür, auf der Bruce zu seiner Überraschung die Nummer *sechsunddreißig* las. Er war so erfreut, dass er fast durch die Zähne gepfiffen hätte.

»Ach - wirklich?«, murmelte er verdutzt. »Ich dachte - das ist also mein Zimmer? Sehr schön!«

Carol hingegen sah nicht gerade zufrieden aus.

»Das ist Mr. Campbells Zimmer?«, fragte sie das Mädchen. »Könnte er nicht ein Zimmer weiter hinten im Gang bekommen? Vielleicht in einem anderen Flügel - oder in einem anderen Stockwerk?«

»Nein, Miss, das ist Mr. Campbells Zimmer.«

»Nun schön.« Carol zuckte resigniert die Achseln.

Bruce war tief betroffen. Offenbar war sie noch immer auf ihn böse - und diese Erkenntnis war schmerzlich. Als er, ganz unglücklich, in sein Zimmer trat, konnte er noch hören, wie Carol das Zimmermädchen fragte, ob sie sich nicht wohl fühle, und wie Susan antwortete, dass ihr nichts Ernsthaftes fehle und sie nur Kopfschmerzen habe. Dann schloss er seine Tür und seufzte.

»Mein Gott! Bin ich ihr wirklich so zuwider?«, murmelte er niedergeschlagen. »Dabei ist sie die schönste Frau, die ich je gesehen habe! Und diese Frau betrachtet mich als jemanden, der sie schon stört, wenn er nur mit ihr auf demselben Hotelflur wohnt!«

Es war nicht gerade ein glücklicher Anfang seiner Ferien. Er lernt das ideale Mädchen kennen - das Mädchen, von dem er schon jahrelang geträumt hatte - und gibt als erstes ihrem Koffer einen solchen Tritt, dass er auf die Schienen geschleudert wird. Dabei war doch, wenn man es sich richtig überlegte, gar nichts passiert. Schließlich waren sie ja gerade infolge seines Ungeschicks in einem herrlichen Sunbeam ins Schloss gefahren, anstatt sich mit anderen in einen Autobus quetschen zu müssen!

Gleichgültig sah er sich in seinem Zimmer um. Es war eigentlich recht hübsch eingerichtet, weit netter als das übliche, unpersönliche Hotelzimmer. Man konnte sich hier schon zu Hause fühlen. Die Möbel waren zwar altmodisch, aber auf dem Boden lag ein weicher Teppich, die Bettwäsche war tadellos sauber, und die bunten Chintzvorhänge am Fenster sahen freundlich aus. Auf seinem Nachttisch stand eine hübsche Lampe, und hinter einem Vorhang in einer Ecke gab es ein Waschbecken mit fließendem warmen und kalten Wasser und einer Lampe darüber.

Er zog eine helle Flanellhose und ein Nylonhemd an, nachdem Tom, der Hausdiener, ihm seinen Koffer aufs Zimmer gebracht hatte. Von unten ertönte ein Gong - wahrscheinlich das Zeichen, dass man sich zum Abendbrot fertigmachen sollte. Hoffentlich erwartete man von den Gästen nicht, dass sie zum Abendbrot im Smoking erschienen. Aber so etwas konnte man in einem Ferienhotel nicht verlangen - und schließlich war doch Schloss Gleniston nur ein Ferienhotel! Ach, Unfug! Der Abend war warm, er war in Urlaub, und er dachte gar nicht daran, es sich unbequem zu machen!

So ging er denn in das Wohnzimmer hinunter, gewillt, sich nicht darum zu kümmern, falls andere Gäste im Abendanzug erscheinen sollten. Zu seiner Erleichterung sah er jedoch, dass sich niemand in Abendtoilette geworfen hatte.

Das Wohnzimmer war ein riesiger Raum. Bruce betrachtete die hier versammelten Gäste mit Interesse. Nur die üblichen Ferienreisenden! dachte er schließlich. Ein Arzt und seine Frau - ein Börsenagent - ein Anwalt - zwei ältliche Jungfern, offenbar Schwestern - zwei oder drei jüngere Paare sportlichen Typs. Nicht gerade eine besonders interessante Gesellschaft, dachte Bruce, der das Zimmer auf der Suche nach Carol mit den Augen überflog. Er bemerkte dabei Major Fanshawe, der mit einer eleganten, lebhaften Frau von Mitte Dreißig sprach. Sie trat sofort auf Bruce zu und redete ihn an.

»Mr. Bruce Campbell?« Es war mehr eine Feststellung, als eine Frage. »Ich freue mich, Sie in Schloss Gleniston begrüßen zu können. Ich bin Margaret Cawthorne, Lady Glenistons Sekretärin.« Ihre Augen blinzelten vergnügt. »Den Titel gibt man mir nur aus Höflichkeit«, vertraute sie ihm mit leiser Stimme an. »Eigentlich bin ich hier eine Art Mädchen für alles - Verwalterin, Hausdame - alles in einer Person. Lady Gleniston überlässt alles mir. Ich will mich bemühen, Ihnen den Aufenthalt hier so angenehm wie möglich zu machen.«

Bruce war der Ansicht, dass Miss Cawthorne ein erfreulicher Ersatz für die steife Lady Gleniston war. Sie sprach lebhaft und sachlich, wirkte aber dabei gutmütig. Nachdem sie Bruce begrüßt hatte, ging sie zwischen den übrigen Gästen herum und lachte und schwatzte mit ihnen. Sie war etwas füllig, sah aber dadurch nur umso vergnügter aus. Sie trug ein buntes Sommerkleid von elegantem Schnitt, das ihrer Figur schmeichelte.

In diesem Augenblick tauchte Carol auf - und sofort vergaß Bruce Miss Cawthorne völlig. Außer Carol war für ihn überhaupt niemand mehr im Zimmer. Carol trug etwas Schimmerndes, Seidiges, das Bruce den Atem benahm. Mein Gott! Sie war ja noch viel hübscher, als er geglaubt hatte! Ihr blondes Haar glänzte, ihre roten Lippen waren leicht zu einem Lächeln geöffnet, und ihre Schultern schimmerten wie Samt.

Auch sie wurde von Miss Cawthorne begrüßt, aber obwohl sich Bruce bemühte, sie auf sich aufmerksam zu machen, gelang es ihm nicht. Plötzlich kündigte der Gong das Essen an, und alles ging hinaus in die Halle. Das Herz schlug Bruce bis in den Hals, als er eine leichte Berührung auf seinem Arm fühlte und sah, dass Carol neben ihm stand. Er musste schlucken. Sie hatte sich tatsächlich bei ihm eingehängt und sah ihm mit einem freundlichen Lächeln ins Gesicht.

»Außer Ihnen sind mir hier ja alle fremd«, murmelte sie. »Wenn Sie also nichts dagegen haben, möchte ich Sie bitten, mich zu Tisch zu führen.«

»Wenn - wenn ich nichts dagegen habe!«, stieß er hervor. »Aber Sie sehen ja gar nicht mehr böse aus!«

Sie lachte.

»Ach was - ich habe die lächerliche Geschichte auf dem Bahnhof schon längst vergessen«, erwiderte sie. »Meine Sachen sind zwar sehr zerdrückt - aber ich sagte Ihnen ja schon, dass ich Ihnen verziehen habe. Was halten Sie übrigens von den Leuten hier? Es sind nicht sehr viele junge Menschen da.«

»Wen stört das schon?«, fragte Bruce vergnügt. »Aber es ist schrecklich nett von Ihnen, mir meine Missetaten zu verzeihen, Miss Gray. Übrigens habe ich Ihnen nach dem Essen etwas zu sagen, was Sie vielleicht interessieren wird. Es ist etwas, was ich nicht jedem Beliebigen anvertrauen würde.«

Kaum hatte er jedoch diese Worte ausgesprochen, als er sich am liebsten geohrfeigt hätte. Was für ein Narr er doch war! Was hatte ihn nur dazu getrieben, ihr so etwas anzukündigen? Jetzt musste er ihr den wahren Grund seines Hierseins beichten, obwohl er sich, als er von London weggefahren war, fest vorgenommen hatte, niemandem etwas davon zu sagen.

Er sah, dass sie neugierig geworden war. Daher war es für ihn eine Erleichterung, als ihre Unterhaltung vorläufig dadurch unterbrochen wurde, dass ihm im Speisezimmer ein Platz angewiesen wurde, der von Miss Gray ziemlich weit entfernt lag. Als aber die aufmerksame Miss Cawthorne sah, wie sie sich voneinander trennten, kam sie zu Bruce an den Tisch und flüsterte ihm ins Ohr: »Ich dachte, dass Sie und Miss Gray einander fremd seien, Mr. Campbell; aber wie ich sehe, habe ich mich getäuscht. Morgen werde ich einen kleinen Tisch für Sie reservieren lassen.«

Sie lächelte ihm verständnisvoll zu und war fort, bevor er sich noch bedanken konnte. Aber ihre wenigen Worte hatten sie ihm äußerst sympathisch gemacht. Er merkte kaum, was er aß, denn neben der Vorfreude auf die Mahlzeiten am nächsten Tag quälten ihn die Ereignisse des Augenblicks - die darin bestanden, dass er mit ansehen musste, wie sich Carol an. ihrem Tisch mit einem jungen Stutzer unterhielt, der ein Fischgesicht hatte. Anscheinend erzählte er ihr zweideutige Witze.

Schließlich erhob sich Bruce, ging geradewegs auf Carol zu, und führte sie in einen ruhigen Winkel, während die übrigen Gäste sich zerstreuten; die einen, um sich zum Fernsehapparat zu setzen, andere, um Billard zu spielen, und wieder andere, um in der warmen Augustluft noch etwas spazieren zu gehen. Der Winkel, den sich Bruce ausgewählt hatte, war die Ecke eines Zimmers, das einst als Empfangssalon gedient hatte und jetzt in eine Bar verwandelt worden war; hier gab es sanftes gelbes Licht, bequeme Stühle und kleine Tischchen.

»Warum führen Sie mich hierher?«, fragte Carol, als sie sich setzten. »Ich möchte jetzt, so kurz nach dem Essen, eigentlich noch nicht trinken...«

»Nehmen Sie eine Zigarette«, meinte Bruce und zog sein Etui heraus. »Wissen Sie, was mir Miss Cawthorne gerade vor dem Essen gesagt hat?« Er zögerte, da ihm der Gedanke kam, sie werde seine Begeisterung vielleicht nicht teilen. »Aber das war ein schrecklicher Kerl, neben dem Sie heute saßen. Was hat er Ihnen denn erzählt? Wenn er Sie irgendwie belästigt haben sollte...«

»Sie meinen Mr. Turtle?«, fragte sie. »Jedenfalls glaube ich, dass er so heißt. Er hat nur über Schmetterlinge, Käfer und solche Sachen gesprochen. Mir verging dabei der Appetit.«

Bruce sah sie ungläubig an.

»Er sprach nur über Schmetterlinge und Kriechtiere?«

»Ich werde Miss Cawthorne bitten, mich an einen andern, Tisch zu setzen«, fuhr sie entschlossen fort. »Ich kann doch unmöglich zehn Tage lang nur von Schmetterlingen reden!« Sie blies den Rauch ihrer Zigarette aus und sah ihn neugierig an. »Aber sprechen wir von etwas anderem. Sie wollten mir doch nach dem Essen etwas anvertrauen?«

Verdammt! Er hatte schon gehofft, dass sie das vergessen hatte! Nun hatte er sich festgelegt, und es blieb ihm nichts anderes übrig, als ihr reinen Wein einzuschenken. Aber sich einer schönen Frau anzuvertrauen, hat schließlich auch sein Angenehmes...

»Ja«, sagte er, bemüht, sich wieder zu beruhigen. »Ich glaube, es ist besser, dass ich Ihnen das mitteile. Eigentlich war ich ja entschlossen, es völlig geheimzuhalten...«

»Das klingt ja geradezu mysteriös!«

»Mein Gott, so schlimm ist es auch wieder nicht. Aber erinnern Sie sich noch daran, was Morton-Gore erzählte, während wir mit ihm im Wagen saßen? Dass Lady Gleniston nichts anderes übrigblieb, als aus dem Schloss ein Ferienheim zu machen, um durchkommen zu können! Das ist nämlich Unsinn!«, schloss Bruce nachdrücklich. »Das stimmt gar nicht!«

»Sind Sie ganz sicher?«, fragte Carol erstaunt.

»Die alte Dame ist nämlich gar nicht arm. Das weiß der ganze Kunsthandel. Verstehen Sie etwas von Bildern?«

»Sie meinen - von Gemälden?«

»Jawohl. Sehen Sie sich einmal die Bilder an, die in der Halle hängen!« forderte er sie auf. »Als die Glenistons noch reich waren - das ist allerdings schon lange her -, kaufte der damalige Baron, es war wohl der Großvater des verstorbenen Sir Simeon, für viel Geld alte Meister. Ich habe hier schon einen Rembrandt, einen Gainsborough und einen Vermeer entdeckt. Sicherlich hängen noch andere wertvolle Gemälde irgendwo herum. Ist Ihnen das Ming-Porzellan in den Vitrinen aufgefallen? Ich sage Ihnen, diese alte Bude enthält Schätze wie Aladins Höhle - aber die alte Dame weigert sich, auch nur ein Stück zu verkaufen. Seit Jahren sind die Kunsthändler hinter ihr her, haben es aber schließlich aufgegeben.«

»Ist das wirklich wahr?«, fragte Carol verwundert.

»So wahr, wie Sie das hübscheste Mädchen sind...« Er brach verwirrt ab. »Entschuldigen Sie, das ist mir nur versehentlich entschlüpft. Aber es ist wahr, verdammt noch mal!«, fügte er schnell hinzu.

»Was ist wahr?«, fragte sie lachend.

»Nun wollen Sie mich wieder aufs Glatteis führen!«, beklagte er sich. »Sie wissen recht gut, was ich meinte. Aber ich will von Lady Gleniston erzählen«, fuhr er rasch fort. »Sie hat keine Kinder und ist die Letzte ihrer Familie. Trotzdem weigert sie sich hartnäckig, auch nur eins ihrer vielen wertvollen Gemälde zu verkaufen. Lieber macht sie aus ihrem Schloss ein Ferienheim. Können Sie sich so etwas vorstellen? Sie brauchte nur zwei oder drei Bilder zu verkaufen und könnte sich dafür den Rest ihres Lebens jeden Luxus leisten.«

»Sie ist alt und wahrscheinlich eigensinnig«, meinte Carol nachdenklich. »So sind Viele alte Leute. Aber warum regen Sie sich darüber so auf?«, fügte sie hinzu. »Was hat das mit Ihnen zu tun?«

»Nun, eigentlich wollte ich das geheim halten, aber Ihnen werde ich es sagen«, fuhr er fort und dämpfte die Stimme. »Ich bin an der Bildergalerie von St. James beteiligt und hoffe, während meines Urlaubs Lady Gleniston dazu überreden zu können, uns einige ihrer Bilder zu verkaufen. Werden Sie mich wegen meines Geschäftsgeistes nun verachten?«

Zu seiner Überraschung hörte er jedoch ein leises Lachen, begleitet von einem verständnisvollen Zwinkern ihrer blauen Augen.

»Nun, dann sind wir ja alle beide mit Hintergedanken hergekommen«, murmelte sie.

»Wie?«

»Also müssten wir uns gegenseitig verachten!«, lachte sie. »Auch ich verbringe ja meinen Urlaub hier mit bestimmten Absichten!«

»Na so was! Sind Sie vielleicht auch hinter den Bildern her?«

»Oh, nein - so großartig ist es nicht. Aber mir gehört das *Maison Carol* in der Bond Street«, antwortete sie leise. »Das ist ein Frisiersalon. Meine Mutter hat ihn gegründet, und ich habe, als sie vor zwei Jahren starb, das Geschäft übernommen.«

»Aber ich verstehe nicht ganz...«

»Eine meiner Kundinnen war vor einem Monat hier auf Urlaub. Sie erzählte mir, hier hielten sich lauter reiche Leute auf - besonders ältere Damen«, fuhr Carol fort. »So kam mir der Gedanke, dass ich hier Beziehungen anknüpfen und hier und da ein Wort fallen lassen könnte. Warum soll ich nicht auch im Urlaub an mein Geschäft denken dürfen?«, fügte sie hinzu. »Heutzutage machen das doch alle!«

Das hatte sie also gemeint, als sie damals von *Kunden* sprach!

»Gewiss!«, rief Bruce erleichtert. »Wissen Sie, dass jeder von uns seine Hintergedanken hat, verbindet uns ja gerade miteinander. Wir sollten uns hin und wieder über unsere Erfolge Bericht erstatten, wie?«

»Ja, das sollten wir«, antwortete sie lächelnd.

In diesem Augenblick wurde jedoch ihr freundschaftliches Gespräch roh unterbrochen. Laut lachend und sprechend schlenderten zwei Herren zur Bar und ließen sich etwas zu trinken geben, wobei sie das Mädchen an der Theke mit blasierter Vertrautheit behandelten. Einer der Herren war Sir Christopher Morton-Gore, der andere ein schlanker Mann von etwa fünfunddreißig in weißen Hosen, weißen Schuhen und einem Sportsweater. Sein schimmerndes dunkles Haar wirkte wie ein Reklameplakat für Frisiercreme. Es war ein südländischer Typ, wie sie besonders auf Frauen wirken. Jedenfalls war er ein viel gefährlicherer Konkurrent als das Fischgesicht an Carols Tisch. Bruce starrte ihn böse an.

»Komm einmal her, Gus!«, rief Sir Christopher, als er das Pärchen erblickte. »Lass dich vorstellen! Das sind die beiden jungen Leute, von denen ich dir erzählte.« Er trat an ihren Tisch und musterte Carol wieder. »Das ist Gus Reed, kleines Fräulein. Wenn Sie nett zu ihm sind, wird er Sie morgen in seinem Motorboot spazieren fahren.« Er kicherte. »Ich glaube, Sie brauchen sich nicht einmal anzustrengen und besonders nett zu sein.«

»Mein Gott, gewiss nicht!«, rief Augustus Reed und schüttelte Carol die Hand. »Es wird mir ein Vergnügen sein. Wann immer Sie wollen! In diesem Loch hier ist ja nicht viel los, und eine Fahrt auf dem See wird Ihnen Spaß machen. Abgemacht?«

»Ja. Vielen Dank!«, erwiderte Carol lächelnd. »Ich mache furchtbar gern mit. Um welche Zeit? Gleich nach dem Frühstück?«

»Hallo…« Bruce erschrak, als er sich plötzlich reden hörte.

»Hatten Sie nicht versprochen, nach dem Frühstück mit mir spazieren zu gehen?« In seiner Verzweiflung hatte er diese Verabredung einfach schnell erfunden. »Es tut mir leid, Mr. Reed, aber für diese Zeit ist Miss Gray schon vergeben.«

Carols Augen blitzten wütend.

»Mr. Campbell muss sich wohl geirrt haben«, erklärte sie eisig, lächelte aber in der nächsten Minute Reed an. »Ich weiß nichts davon. Wann wollen wir uns also treffen, Mr. Reed?«

Bruce schrumpfte in seinem Sessel förmlich zusammen. Unglücklich hörte er zu, wie sich sein Nebenbuhler mit Carol unterhielt. Aber er hatte ja nichts zu bieten, womit er diesen Don Juan ausstechen konnte - denn dass Reed ein Don Juan war, stand für ihn fest. Der Kerl missfiel ihm auf den ersten Blick! Viel zu aufgemacht! Der ganze Mensch war so ölig wie sein Haar! Bruce hatte das Gefühl, dass die Temperatur auf den Nullpunkt gefallen war, nachdem die beiden Herren, die ihren Cocktail getrunken hatten, gegangen waren.

»Wie wäre es mit einem Spaziergang?« schlug er schüchtern vor.

»Danke nein.«

»Oh, Gott - da bin ich wohl wieder ins Fettnäpfchen getreten?«, fragte er unglücklich.

»Allerdings. Wie konnten Sie sich erlauben, Mr. Reed zu sagen, dass ich mit Ihnen zu einem Spaziergang verabredet sei?«, erwiderte sie. »Ich werde zwar jetzt Spazierengehen, aber allein!«

»Dieser Kerl mit seinem verdammten Motorboot!«, fuhr Bruce auf, machte damit aber alles nur noch schlimmer. »Um Gottes willen, Miss Gray, seien Sie vorsichtig! Diesen Typ kenne ich doch! Wenn Sie mit ihm allein im Motorboot...«

»Verzeihen Sie«, unterbrach sie ihn und stand auf. »Für wen halten Sie mich eigentlich - für ein Kind? Ich suche mir meine Freunde, wo ich will!«

Ohne ihn noch eines weiteren Blickes zu würdigen, ging sie fort. Er blieb ganz vernichtet zurück. Was für ein Narr war er doch gewesen, sie so gegen sich aufzubringen!

Tief unglücklich ging er zu Bett. Er machte nicht den geringsten Versuch, sich darüber hinwegzutäuschen, dass er bis über beide Ohren verliebt war. Er wusste auch mit geradezu beklemmender Sicherheit, dass es diesmal die wahre Liebe war.

Er zog sich aus und war gerade in seinen Pyjama geschlüpft, als er ein dumpfes Geräusch, wie von einem Fall, vor seiner Zimmertür hörte. Er öffnete die Tür und sah sich verwundert um. Aber der Korridor war leer... Doch dann zuckte er zusammen. Gerade vor seinen Füßen lag eine schlanke, regungslose Gestalt in einem rosa Schlafrock.

»Was, zum Teufel...«

Aber dann erkannte er Susan, das hübsche Zimmermädchen. Sie musste ohnmächtig geworden sein - ausgerechnet vor seiner Tür. Unschlüssig, was er tun sollte, zögerte er. Dann beugte er sich über das Mädchen.

»Fühlen Sie sich nicht wohl?«, fragte er unbeholfen. »Sie können doch nicht hier liegenbleiben... Verdammt noch mal, was fange ich jetzt nur an?«

Er schob die Arme unter sie und hob sie hoch. Er wollte sie schon in sein Zimmer tragen, als sich die Tür gegenüber öffnete und Carol heraus sah.

Drittes Kapitel

»Wie reizend!«, sagte Carol, und ihre Augen wurden eisig.

»Verdammt!«, stöhnte Bruce. In seiner Bestürzung hätte er seine Last beinahe fallen gelassen.

»Das ist Susan, nicht wahr?«, fuhr Carol fort. »Sogar im Schlafrock! Aber lassen Sie sich nicht stören, Mr. Campbell! Sie wollten sie wohl gerade in Ihr Zimmer tragen?«

»Aber Sie denken doch nicht etwa...«

»Ist es nicht völlig unwichtig, was ich denke?«, unterbrach sie ihn verächtlich. »Viel Glück, Mr. Campbell. Jammerschade, dass Sie dabei so viel Lärm machen mussten...«

»Sie verstehen die Situation ganz falsch!«, stieß er verzweifelt hervor. »Ich hörte vor meiner Tür ein seltsames Geräusch, und als ich herauskam. lag sie auf meiner Schwelle - sie ist ohnmächtig. Ich wollte sie solange nur zu mir hereintragen...«

Carol, die jetzt auch erkannt hatte, dass Susan nicht bei Bewusstsein war, wurde klar, dass sie vorschnell geurteilt hatte. Sie änderte ihren Ton.

»Bringen Sie sie lieber in mein Zimmer«, meinte sie rasch. »Das arme Ding! Mir fiel, als wir sie vor dem Abendbrot sahen, schon auf, wie blass sie war.« Sie trat beiseite, so dass Bruce das
Mädchen in ihr Zimmer tragen konnte. »So ist es recht - legen Sie sie nur auf das Bett. Und nun verschwinden Sie. Das heißt - holen Sie jemanden zur Hilfe her.«

»Selbstverständlich«, sagte er erleichtert. »Aber Sie glauben doch nicht wirklich, dass ich sie...«

»Verlieren Sie keine Zeit!«, unterbrach ihn Carol.

Er hatte das Glück, auf der Treppe Miss Cawthorne zu begegnen.

»Sie kommen mir wie gerufen!«, rief er ihr schnell zu. »Entschuldigen Sie, dass ich im Pyjama bin, aber eins Ihrer Zimmermädchen ist ohnmächtig geworden. Das arme Ding ist vor meiner Zimmertür zusammengebrochen.«

»Ach Gott - das wird Susan sein«, nickte Miss Cawthorne. »Sie hat den ganzen Tag über schon so blass ausgesehen. Sie brachten sie in Ihr Zimmer?«

»Nein - ich trug sie zu Miss Gray hinüber.«

»Einen Augenblick bitte...«

Der kalte, scharfe Ton dieser Stimme ließ Bruce zusammenzucken und sich umblicken. Lady Gleniston kam die Stufen herauf. Sie musterte Bruce so missbilligend, dass dem jungen Mann das Blut in den Kopf stieg.

»Ich muss Sie darauf hinweisen, junger Mann, dass ich meinen Gästen nicht gestatten kann, im Schlafanzug im Haus herumzulaufen«, wies ihn die alte Dame scharf zurecht. »Bitte kehren Sie sofort in Ihr Zimmer zurück...«

»Schon recht, Angela«, unterbrach Miss Cawthorne sanft. »Susan brach gerade vor Mr. Campbells Tür zusammen. Natürlich war er erschrocken und suchte Hilfe.«

Bruce ging mit Miss Cawthorne und Lady Gleniston zurück. Während die beiden Frauen zu Carol hineingingen, blieb er unschlüssig stehen. Er wusste nicht, ob er erleichtert oder verletzt sein sollte, als ihm die Tür vor der Nase zugeschlagen wurde.

Lady Gleniston und Miss Cawthorne trafen Carol damit beschäftigt an, Susans Stirn mit Kölnisch Wasser zu betupfen.

»Sie kommt wieder zu sich - ihre Augenlider zuckten schon«, meinte Carol. »Aber trotzdem bin ich froh, dass Sie gekommen sind, Miss Cawthorne. Ich glaube nämlich, das Mädchen ist ernsthaft krank.«

»Was hatte sie überhaupt im Schlafrock im Gang zu suchen?«, fragte Lady Gleniston ärgerlich. »Das Mädchen hatte ja gar keine Veranlassung, hier herumzulaufen. Susan! Können Sie mich hören?«

Beim Klang ihrer scharfen Stimme riss das Mädchen verängstigt die Augen auf.

»Entschuldigen Sie, Mylady, ich - ich wollte ins Bad«, stotterte sie. »Mir war schwindlig, und ich erinnere mich nur, dass ich plötzlich zu Boden fiel. Ich muss wohl die Besinnung verloren haben. Kann ich jetzt wieder in mein Schlafzimmer zurückgehen, Mylady?«

»Erst müssen Sie mir noch erklären, was Sie hier im Gang bei den Gästezimmern suchten«, erwiderte Lady Gleniston kurz. »Was ist Ihnen überhaupt eingefallen? Sie haben doch in Ihrem Flügel ein Badezimmer. Wie konnten Sie wagen, hierherzukommen - und noch dazu im Schlafrock?«

Susan begann zu weinen.

»Entschuldigen Sie, Mylady - ich wusste nicht recht, was ich tat«, stieß sie schluchzend hervor. »Ich hatte so furchtbare Kopfschmerzen - mir war schrecklich übel. Plötzlich erinnerte ich mich, hier unten im Bad Aspirintabletten gesehen zu haben, und da es schon so spät war, dachte ich nicht, hier noch jemanden zu treffen. Das ist alles, Mylady. Leider kam ich nicht mehr bis zum Bad...«

»Ein Mädchen in Ihrem Alter sollte kein Aspirin nötig haben«, unterbrach sie Lady Gleniston etwas weniger streng. »Aber ich will Ihre Erklärung diesmal gelten lassen. Margaret, möchtest du das Mädchen in ihr Zimmer zurückbringen? Gib ihr auch ein Aspirin, wenn sie es so nötig braucht.«

»Vielen Dank, Mylady«, brachte Susan heraus, setzte sich auf und versuchte aufzustehen. Aber kaum hatte sie die Füße auf den Boden gesetzt, als sie schwankte und auf das Bett zurücksank. Plötzliches Verständnis, ja Sorge, blitzte in den Augen der alten Dame auf.

»Sie fühlen sich nicht wohl, wie?«, fragte sie scharf. »Sie schlechte Person! Warum haben Sie nicht offen gesagt, dass Sie ein Baby erwarten? Abscheulich! Wie alt sind Sie denn überhaupt? Achtzehn? Wer war der Mann? Sagen Sie mir seinen Namen!«

»Nein, Mylady, nein!«, rief Susan schluchzend. »Das kann ich nicht! Bitte, bitte lassen Sie mich gehen! Ich möchte nicht, dass jemand davon erfährt!«

»Reden Sie doch keine Dummheiten, Kind! In ein oder zwei Wochen wird es jeder wissen. Erstaunlich ist nur, dass Sie Ihren Zustand so lange verbergen konnten. Ich bin überrascht, dass du das nicht bemerkt hast, Margaret.«

»So etwas bemerkt man eben erst, wenn es ganz augenscheinlich geworden ist«, erwiderte Miss Cawthorne und legte ihren Arm mitleidig um Susans zitternde Schultern. »Kommen Sie mit, Susan! Aber es war sehr unrecht von Ihnen, mir nicht früher Bescheid zu sagen.«

Lady Gleniston jedoch, jetzt ganz die verkörperte viktorianische Sittenstrenge, verstellte ihr den Weg.

»Bevor Sie gehen, Susan, müssen Sie mir noch sagen, wer Sie in Schande gebracht hat«, fragte sie erbarmungslos. »Da gibt es kein Ausweichen und kein Heimlichtun. Wer ist dieser Mann?«

»Er wird es mir nie verzeihen, Mylady...«

»Den Namen! Ich bestehe darauf!«

»Es war, Mylady, es war - es war Ned...«

»Großer Gott! Doch nicht Ned Hoskins?«

»Jawohl, Mylady.«

»Sie Närrin!«, fuhr die alte Dame sie in plötzlicher Wut an. »Sie sind noch nicht achtzehn und lassen sich mit einem verheirateten Mann ein...« Sie wandte sich an Carol. »Es tut mir furchtbar leid, dass Sie in diese Geschichte hineingezogen wurden«, erklärte sie kühl. »Ned Hoskins ist mein Gärtner. Er wohnt im Dorf, hat eine Frau und zwei Kinder. Ich wusste, dass er trinkt, aber einer solchen Gemeinheit hätte ich ihn nicht für fähig gehalten. Natürlich werde ich ihn unverzüglich entlassen.«

»Ach, Mylady, bitte nicht...«, jammerte Susan.

»Es ist unverzeihlich für einen verheirateten Mann, die Unerfahrenheit eines Kindes auszunutzen«, fuhr Lady Gleniston fort. »Wenn ein junger Bursche aus dem Dorf für ihren Zustand verantwortlich wäre, würde ich nichts weiter gesagt haben - ich hätte den jungen Mann einfach gezwungen, sie zu heiraten. Aber bei Hoskins ist das etwas anderes.«

Susan, die verzweifelt schluchzte, wurde von Miss Cawthorne fortgeführt.

Bruce stand schon auf dem Sprung. Sobald er auch Lady Gleniston fortgehen hörte, öffnete er seine Tür einen Spalt. Zu seiner Verwirrung sah er, dass Carol in ihrer offenen Tür stehengeblieben war, aber es war schon zu spät, seine Neugier zu verheimlichen.

»So sind die Männer!«, rief Carol bitter.

»Wie? Was ist denn geschehen?«, fragte er erstaunt. »Warum die Aufregung? Die alte Lady war ja ganz außer sich...«

»Mit gutem Grund!«, unterbrach ihn Carol scharf. »Das arme Mädchen wurde ohnmächtig, weil sie ein Baby erwartet.«

»Oh, mein Gott!«

»Und der Gärtner, ein verheirateter Mann, ist daran schuld!«, fuhr Carol eisig fort. »Männer sind eben alle gleich! Keinem einzigen kann man trauen!«

»Na hören Sie - das ist aber doch...«

»Gute Nacht, Mr. Campbell!«

Brüsk schloss sie ihre Zimmertür. Bruce, der laut protestieren wollte, hatte dazu keine Gelegenheit mehr. Am liebsten hätte er wütend an ihre Tür gehämmert, aber er besann sich eines Besseren und zog sich zurück. Der Augenblick war wohl kaum geeignet, um Carol zu erklären, dass nicht alle Männer wie Ned Hoskins seien.

Wenn ich ihr morgen beim Frühstück gegenübersitze, wird sie mich wahrscheinlich wieder behandeln, als ob ich Luft wäre, dachte Bruce.

Am Morgen erwachte er erfrischt und stellte fest, dass die Sonne einen herrlich warmen Augusttag versprach. Am Himmel stand keine einzige Wolke, und der See war wunderbar blau und einladend.

Rasch machte er sich fertig und ging erwartungsvoll ins Esszimmer hinunter. Aber nur wenige Gäste waren schon beim Frühstück, und von Carol war noch keine Spur zu sehen. Mit freundlichem Lächeln führte ihn Miss Cawthorne zu einem kleinen Tisch an einem offenstehenden Fenster.

»Ich muss mich wegen gestern Abend noch entschuldigen, Miss Cawthorne«, sagte er zögernd. »Weil ich im Pyjama herumgelaufen bin. Ich hoffe nur, dass Lady Gleniston nicht allzu entrüstet war.«

Miss Cawthorne lachte nur.

»Die Umstände lagen doch so, dass eine Ausnahme gestattet war«, antwortete sie dann. »Vielleicht wissen Sie, dass...«

»Ja, Miss Gray hat mir alles erklärt. Geht es dem Mädchen gut? Ich meine...«

»So etwas kommt eben vor.« Miss Cawthorne zuckte die Achseln. »Susan wurde heute Morgen zu ihren Eltern gebracht, und Lady Gleniston wird auch dafür sorgen, dass sie die nötige Pflege hat. Lady Gleniston ist nämlich nicht halb so hart, wie es den Anschein hat. Hoskins wird sie allerdings entlassen. Hoskins ist unser Gärtner; er ist an Susans Zustand schuld.«

»Er wird also entlassen?«

»Ja - und das hat er auch verdient!«

In diesem Augenblick trat Carol ein. Sie trug einen schulterfreien bunten Strandanzug.

»Was für ein schöner Morgen!«, rief sie und lächelte Bruce an. »Man hat mir gesagt, dass ich an diesem Tisch sitze. Sind Sie für die Veränderung verantwortlich, Mr. Campbell?«

»Nein - keineswegs«, antwortete er hastig. »Das hat Miss Cawthorne arrangiert. Sie haben doch nichts dagegen?«

»Ach, ich werde es schon überleben!«, lachte sie.

Ihr Ton zeigte ihm, dass ihr Zorn sich gelegt hatte. Heimlich schmiedete er schon Pläne für den Tag - Pläne, in denen Carol eine große Rolle spielte. Allerdings behielt er sie noch für sich.

Aber was nützten schon die schönsten Pläne? Während er im Park spazieren ging, musste er mit ansehen, wie Carol fröhlich lachend mit dem verhassten Augustus Reed aus dem Schloss kam und den Damm entlangging; er beobachtete, wie beide in Reeds Motorboot stiegen, das am Bootssteg des Schlosses vertäut lag. Dann brausten sie davon.

»Das ist doch zum Kotzen!«, rief Bruce bitter. »Diese Leute sollte sich das Finanzamt einmal vornehmen!«

Aber es blieb ihm vorläufig nichts anderes übrig, als sich allein die Zeit zu vertreiben. Bei dieser Gelegenheit erfuhr er, dass Ned Hoskins noch nichts von dem Unheil ahnte, das ihm bevorstand. Lady Gleniston hatte zwar nach ihm geschickt, aber offenbar war heute Neds freier Tag, und so war Ned zu einem Fußballspiel in einen benachbarten Ort gefahren. Lady Gleniston hatte also nur seiner Frau sagen lassen, sie solle Ned ins Schloss schicken, sobald er zurückgekommen sei.

Bevor der Morgen jedoch vorüber war, hatte Bruce wieder das Gefühl, allzu empfänglich für Atmosphäre zu sein. Denn ohne irgendwelchen logischen Grund fühlte er wieder eine gewisse Spannung im Haus. Zwei- oder dreimal sah er auch Lady Gleniston, Major Fanshawe und Sir Christopher Morton-Gore, die nur einem Außenstehenden ruhig und normal erscheinen konnten. Als Bruce, mit sich und der Welt zerfallen, auf einer Bank im Rosengarten saß, schlenderte ein Paar mittleren Alters an ihm vorüber, und dabei konnte er Bruchstücke ihrer Unterhaltung hören.

»...offen gestanden, Ada, glaube ich das nicht«, sagte der Mann. »Sir Christopher ist doch zwanzig Jahre jünger als Lady Gleniston; so ein Gedanke ist doch einfach lächerlich!«

»Ich sage dir aber, es ist trotzdem so, Walter!«, erwiderte die Frau. »Dieses törichte alte Weib will den Mann tatsächlich heiraten. Sie wäre nicht die erste, die ihr Alter blind gemacht hat. Natürlich muss der Major vor Wut schäumen, aber was kann er schließlich dagegen tun? Er steht ja sowieso völlig unter der Fuchtel der alten Dame...«

Bruce machten diese Worte nachdenklich. Er begann jetzt zu verstehen, warum Major Fanshawe heute Morgen so böse und verärgert ausgesehen, und warum Lady Gleniston Sir Christopher so liebevoll angelächelt hatte, als sie ihm zufällig auf der Terrasse begegnet war.

Verdammt - was geht das alles mich an?, fragte er sich. *Wenn die alte Dame den Kerl heiraten will - meinen Segen hat sie! Außerdem glaube ich, hat er einen Haufen Geld. Aber einen Augenblick - das muss man sich doch überlegen! Wenn sie einen Mann mit viel Geld heiratet, wird sie noch weniger als jetzt gewillt sein, sich von ihren verdammten Bildern zu trennen! Ach, hol's der Teufel! Heute geht anscheinend alles schief - und das alles an einem so herrlichen Tag!*

Er war daher nicht gerade in bester Laune, als er kurz vor dem Mittagessen Carol mit Reed zurückkehren sah. Ihr Gesicht war erhitzt und ihre Augen strahlten. Es war nur allzu offensichtlich, dass sie sich in Reeds Gesellschaft sehr gut amüsiert hatte. Trotzdem war sie während des Mittagessens auch zu Bruce liebenswürdig, ja, sie versprach ihm sogar, am Nachmittag mit ihm Tennis zu spielen.

Aber auch dieser Plan klappte nicht. Kaum waren sie bei den Tennisplätzen hinter dem Obstgarten, als ein junges Paar zu ihnen trat und ihnen vorschlug, gemeinsam ein gemischtes Doppel zu spielen. Zähneknirschend musste Bruce auf den Vorschlag eingehen. Um die Dinge noch schlimmer zu machen, bekam Bruce die junge Frau als Partnerin, die sich als elende Spielerin erwies. So verlor er jedes Spiel.

Danach sagte Carol, sie wolle sich hinlegen.

Die Temperatur war auf über dreißig Grad gestiegen, und es lag eine Schwüle in der Luft, die ein Gewitter erwarten ließ.

Auch Bruce war müde und froh, sich ausruhen zu können.

Der Tee um fünf Uhr wurde für die Gäste, die es wünschten, im Freien serviert. Carol kam dazu in den Garten herunter; sie sah ausgeruht und erfrischt aus. Sie schlug Bruce vor, mit ihr am See spazieren zu gehen.

»Großartig«, rief er glücklich. »Nur wir beide?«

»Natürlich!«

Die Aussicht begeisterte ihn geradezu; ein langer Spaziergang mit Carol konnte ihn für alle Enttäuschungen dieses Tages entschädigen.

Während er nach dem Tee darauf wartete, dass Carol sich feste Schuhe anzog, konnte er den Postboten auf seinem alten roten Fahrrad ankommen sehen. Aber bevor der Postbote noch an der Haustür war, trat Lady Gleniston durch die offene Balkontür ihres Arbeitszimmers, von dem aus man den Vorplatz übersehen konnte, auf die Terrasse heraus. Sie winkte den Briefträger zu sich heran, der ihr mehrere Briefe übergab. Dann kam Miss Cawthorne und händigte ihm die gesammelte abgehende Post aus dem Schloss aus.

Bruce fiel das Benehmen von Lady Gleniston auf. Sie war auf der Terrasse stehengeblieben und hatte die Briefe zunächst gleichgültig durchgesehen. Aber dann sah sie sich plötzlich einen Brief genauer an und öffnete ihn hastig. Zu seiner Überraschung bemerkte Bruce nun, wie die alte Dame totenblass wurde und die Lippen hart zusammenpresste. Miss Cawthorne sagte ihr etwas, aber sie schien gar nichts zu hören. Bruce konnte beobachten, dass auch die Hausdame betroffen dreinblickte; obgleich er nichts hörte, war doch Miss Cawthornes Gesten deutlich zu entnehmen, dass sie sich besorgt erkundigte, ob etwas nicht in Ordnung sei. Lady Gleniston gab jedoch keine Antwort. Schweigend wandte sie sich ab und ging in ihr Arbeitszimmer zurück.

Was mag das nur bedeuten? überlegte sich Bruce, der von Natur neugierig war. Anscheinend schlechte Nachrichten.

Nachdem er fünfzehn Minuten gewartet hatte, begann er sich schon zu fragen, ob Carol ihr Versprechen, mit ihm spazieren zu gehen, inzwischen vergessen habe. Er war eben mit der weiblichen Psyche nicht sehr vertraut, denn sonst würde er diese Frage kaum aufgeworfen haben. Wenn ein Mädchen auf ihr Zimmer geht, um sich für eine Verabredung umzuziehen, kann kein Mensch wissen, wie lange es dazu braucht.

Wieder vergingen zehn Minuten. Bruce beobachtete einen vierschrötigen Mann in Breeches und Stiefeln, der zur Hintertür des Schlosses ging. Inzwischen war Bruce halb davon überzeugt, dass Carol ihn versetzt hatte. Hatte etwa dieser Teufel, dieser Reed, sie durch einen anderen Ausgang entführt? Er begann schon alles zu befürchten, als Carol vergnügt durch die Halle trippelte, als ob sie ihn keine Minute hätte warten lassen.

»Sind Sie fertig?«, fragte sie ihn in aller Unschuld.

Bruce schluckte. Kein Wort des Bedauerns, dass sie ihn eine halbe Stunde hatte schmoren lassen! Beinahe hätte er den Kardinalfehler begangen, ihr Vorwürfe zu machen, aber er beherrschte sich im letzten Augenblick. Er versicherte freundlich, dass auch er erst vor einer Minute heruntergekommen sei. Carol trug diesmal eine lange Hose, eine weiße Bluse und feste Schuhe.

Von der Terrasse aus hörten sie die laute, zornige Stimme eines Mannes. Verwundert blieben Bruce und Carol stehen und gingen dann an die Ecke des Hauses. Der vierschrötige Mann, den Bruce vorher hatte kommen sehen, stand breitbeinig auf der Terrasse an der Tür zu Lady Glenistons Arbeitszimmer. Sein Gesicht war hochrot, und er gestikulierte heftig.

»Ich verlange mindestens einen Monatslohn!«, schrie er.

»Halten Sie den Mund, Hoskins!«, unterbrach ihn Lady Gleniston, die an die Balkontür trat. »Sie haben zugegeben, Susan verführt zu haben, und das genügt mir. Ich werde Ihnen keinen Monatslohn zahlen, und wenn Ihr zukünftiger Arbeitgeber eine Referenz von mir haben will, so werde ich mich weigern, über Sie Auskunft zu geben. Machen Sie, dass Sie so schnell wie möglich verschwinden!«

»Spielen Sie sich nur als Richter auf!«, schrie Ned Hoskins, dessen Stimme sich vor Wut fast überschlug. »So ohne weiteres können Sie mich nicht entlassen!«

»Hinaus mit Ihnen!«, fiel ihm die alte Dame ins Wort.

»Ich werde Sie verklagen!«, brüllte der Mann zurück. »So etwas lasse ich mir nicht gefallen! Weder von Ihnen noch von sonst jemandem! Ich werde mir mein Recht schon holen! Sie glauben wohl, dass Sie machen können, was Sie wollen? Nur weil Sie in einem verlausten Kasten von Schloss wohnen...«

»So ein frecher Kerl!«, murmelte Bruce entrüstet.

»Er ist ja betrunken«, flüsterte Carol zurück.

»Jedenfalls ist er unverschämt, und es ist keine Art, in diesem Ton mit der alten Dame zu sprechen!«, erklärte Bruce und ging entschlossen auf die Balkontür zu.

»Warten Sie doch!« Carol hielt ihn zurück.

Lady Gleniston war wieder in ihr Zimmer zurückgegangen und hatte Ned Hoskins einfach stehengelassen, der ihr jetzt wüste Beschimpfungen nachschrie. Aber bald kam sie unerwartet wieder heraus; in der Hand hielt sie eine Hundepeitsche. Ohne zu zögern, schlug sie damit auf den Mann ein, der augenblicklich zurückwich.

»Donnerwetter...«, flüsterte Carol.

Es war in der Tat sehenswert, wie die zierliche alte Dame den vierschrötigen, fluchenden Gärtner bearbeitete. Offensichtlich war eine Einmischung von Bruce überflüssig - aber er hielt sich bereit, einzugreifen.

Einen Augenblick lang sah es so aus, als ob Hoskins sich vorstürzen wollte, um Lady Gleniston die Peitsche zu entreißen. Aber ein Hieb quer über sein Gesicht ließ ihn schreiend flüchten.

»Lassen Sie sich das zur Lehre dienen, Hoskins!«, rief ihm Lady Gleniston nach. »Verlassen Sie meinen Grund und Boden, bevor ich die Polizei rufe!«

Geduckt stand der Mann da und zögerte. Aber dann wandte er sich um und ging brummend fort.

»Nicht schön - so etwas«, sagte Bruce. »Sogar verdammt hässlich!«

Aber es war noch viel hässlicher, als er annahm...

Viertes Kapitel

Während er sich zum Abendbrot umzog, pfiff Bruce Campbell leise vor sich hin. Er war fast restlos glücklich. Sein Spaziergang am See mit Carol war wunderbar gewesen. Zu seinem Erstaunen hatte er feststellen können, dass sie sehr viel Gemeinsames hatten. Sie war noch wunderbarer, noch vollkommener, als er es sich hatte träumen lassen.

Als er an Carols Tür klopfte, kam keine Antwort.

»Oh, mein Gott...«, murmelte er, besorgt, sich verspätet zu haben.

Eiligst lief er, immer drei Stufen auf einmal nehmend, die Treppe hinunter. Dabei begegnete er Sir Christopher Morton-Gore, der aus der Richtung von Lady Glenistons Arbeitszimmer kam. Der Mann sah so verändert aus, dass Bruce ihn fast unhöflich anstarrte.

»Schöner Tag heute!«, begrüßte ihn Bruce nicht gerade geschickt.

Aber Morton-Gore gab ihm keine Antwort. Offenbar hatte er Bruce gar nicht gehört. Er sah aus, als ob er einen Schlag vor den Kopf bekommen hätte und schleppte sich mühsam die Treppe hinauf.

»Nanu...«, murmelte Bruce.

In Anbetracht der Gerüchte - dass nämlich Sir Christopher Lady Gleniston heiraten werde - war kaum anzunehmen, dass die Verfassung des Mannes das Resultat eines Streites zwischen ihm und der alten Dame sein konnte. Weit wahrscheinlicher war, dass er mit Major Fanshawe aneinandergeraten war, denn der Neffe musste natürlich gegen eine solche Heirat manches einzuwenden haben.

Als Bruce in die Bar kam, überlegte er sich, dass Morton-Gore aufs höchste gereizt gewesen war. Der Ausdruck seiner Augen war nicht nur böse, sondern auch gefährlich gewesen. Gerade weil Morton-Gore für gewöhnlich freundlich und jovial aussah, hatte die Veränderung seines Gesichtsausdruckes Bruce einen solchen Schock versetzt. Er hatte nie geglaubt, dass Sir Christopher so finster dreinblicken konnte.

Carol war noch nicht in der Bar. Sie erschien erst zehn Minuten später.

»Haben Sie vor einer Weile bei mir angeklopft?«, fragte sie, als sie sich setzten. »Ich wusch mich gerade, und so konnte ich nicht öffnen. Nehmen Sie zur Abwechslung einmal eine von meinen Zigaretten...«

»Jawohl, ich klopfte - nur, um mich zu erkundigen, ob Sie schon fertig sind«, erwiderte Bruce und sah bewundernd ihren hübschen Taftrock an. »Sie sehen heute Abend wieder einmal wirklich großartig aus, Miss Gray!«

Sie lachte nur.

»Sollten wir nicht mit dem Unfug aufhören, uns gegenseitig mit Miss Gray und Mr. Campbell zu titulieren?« schlug sie vor. »Ich finde *Bruce* eigentlich recht hübsch, und, falls Sie es vergessen haben sollten, ich heiße Carol.«

Nirgends überwindet man die erste Fremdheit so leicht wie in einem Ferienheim. In dieser Beziehung ist es wie auf einem Schiff, wo eine Bekanntschaft sich auch in kürzester Zeit zur Freundschaft entwickeln kann. Während des Abendbrotes hatte

Bruce das Gefühl, Carol schon seit Jahren, und nicht erst seit vierundzwanzig Stunden, zu kennen.

Lady Gleniston präsidierte wie gewöhnlich bei der Mahlzeit - sie erschien immer zum Dinner - und sah, oberflächlich beobachtet, ganz wie sonst aus. Aber Bruce fühlte ganz deutlich, dass sie unter dem schweren Druck einer Spannung stand. Auch Miss Cawthorne, Sir Christopher und Major Fanshawe heuchelten ihre Ruhe nur vor. Sie alle taten, als seien sie völlig sorglos und unbeschwert. Selbst Bentley, der ältliche Butler, ein letztes Überbleibsel aus besseren Tagen, wirkte heute besonders nervös und unsicher.

Entweder hat es schon eine wilde Szene gegeben, oder sie kommt erst noch, dachte Bruce.

Später, nach dem Essen, schlug Reed Carol vor, mit ihm eine Mondscheinfahrt auf dem See zu machen.

»Danke - nein«, antwortete sie und legte die Hand auf Bruces Arm. »Mr. Campbell hat mir versprochen, nach dem Essen mit mir spazieren zu gehen - aber zunächst wollen wir noch beim Fernsehen zusehen.«

»Schade...«, meinte Reed. »Aber dann könnten wir uns vielleicht morgen für eine Mondscheinfahrt verabreden?«

»Eigentlich habe ich, glaube ich, nicht allzu viel für ihn übrig«, meinte Carol leise, nachdem Reed gegangen war. »Er benahm sich zwar heute Morgen korrekt, aber ich musste doch die ganze Zeit auf der Hut sein. Für meinen Geschmack ist er ein bisschen zu ölig. Warten Sie hier, Bruce. Ich bin in einer Minute zurück.«

Es war ihre Idee gewesen, erst beim Fernsehen zuzuschauen und dann einen Mondscheinspaziergang zu machen.

Was für eine Intrige mochte sich hinter den Kulissen abspielen? Was schuf diese eigenartige Spannung, die überall im Schloss zu spüren war? Es konnte kein Zweifel darüber bestehen, dass Lady Gleniston sehr erschrocken war, als sie auf der Terrasse jenen Brief las, und Morton-Gore hatte wirklich bösartig und gefährlich ausgesehen, als ihm Bruce auf der Treppe begegnete. Bruce musste sich auch an die Gesprächsfetzen erinnern, die er im Rosengarten gehört hatte. *Er steht ganz unter der Fuchtel der alten Dame!* Diese Bemerkung hatte sich auf Major Fanshawe bezogen. Die Stellung des Majors in Schloss Gleniston ist auch nicht gerade ein Zuckerlecken, dachte Bruce. Unzweifelhaft war es die Tante, die hier das Kommando führte.

Verdammt noch mal! Was kümmert mich das?, fragte sich Bruce. *Diese Leute haben eben ihre Sorgen wie alle anderen auch.*

Als Carol ein paar Minuten später wieder zu ihm trat, vergaß er alles andere. Sie gingen ins Wohnzimmer, wo man das Licht schon gedämpft hatte, da der Fernsehapparat angestellt war. Auf Sofas und in Lehnstühlen konnte man im Halbdunkel Gestalten sitzen sehen. Die beiden Balkontüren standen weit offen.

Im Fernsehen wurde ein Varietéprogramm gezeigt. Auf Zehenspitzen gingen Bruce und Carol in eine Ecke, wo sie Platz gesehen hatten, und setzten sich. Bruce beachtete kaum, was auf dem Fernsehschirm vorging. Carols Nähe hatte ihn völlig gefangengenommen. Ihm genügte es, in ihrer Nähe zu sein. Beinahe hätte er sogar den Fehler gemacht, ihr den Arm um die Schulter zu legen. Aber er beherrschte sich. Für so etwas war es noch zu zeitig!

Dafür studierte er aber umso ausgiebiger Carols Profil, das er in dem gedämpften Licht gerade noch erkennen konnte. Er beobachtete ihre Lippen, wenn sie lächelte, und wie ihre Zähne aufblitzten, wenn sie lachte. Auch die kleinste ihrer Gesten entzückte ihn. Kein Zweifel, diesmal hatte es Bruce Campbell gepackt!

Nach dem Varieté kamen eine halbe Stunde Gesellschaftsspiele, und dann begann der Spielfilm. Carol rutschte auf ihrem Stuhl unruhig hin und her.

»Es wird spät...«, flüsterte sie. »Finden Sie nicht, dass es hier unerträglich heiß ist? Wollen wir nicht lieber an die frische Luft gehen?«

Sie verließen auf Zehenspitzen das Zimmer. Die Halle war wie ausgestorben, die Gäste, die nicht beim Fernsehen waren, spielten jetzt wohl Karten oder Billard.

Der Klang leiser, aber zorniger Stimmen ließ Bruce und Carol stehenbleiben. Es waren die von Lady Gleniston und Major Fanshawe, sie kamen aus der Richtung von Lady Glenistons Arbeitszimmer.

»Eigentlich ist es heute Abend verdammt schwül«, sagte Bruce mit lauter, klarer Stimme und stieß Carol mit dem Ellbogen an, als sie weitergingen. »Es sollte mich nicht überraschen, wenn wir heute noch ein Gewitter bekommen...«

Auch Carol hasste es, andere zu belauschen. Natürlich waren sie nicht überrascht, als kurz darauf Lady Gleniston in die Halle trat und ihnen freundlich zulächelte.

»Erkälten Sie sich nur nicht, meine Liebe«, riet sie Carol. »Gehen Sie lieber nicht mit bloßen Schultern ins Freie. Lassen Sie sich doch von dem jungen Mann einen Schal holen.«

»Nein, danke schön, mir ist warm genug«, lehnte Carol ab.

Sie schlenderte mit Bruce auf die weite Vorderterrasse hinaus, aber beide schwiegen wie auf Verabredung, bis sie über den Kiesplatz zum Damm hinübergingen.

»Welch großartige Selbstbeherrschung!«, rief Carol bewundernd aus. »Die alte Dame imponiert mir, Bruce! Wer hätte erraten, dass in ihrem Innern alles kochte, als sie ruhig lächelnd zu uns trat?«

»Was, zum Teufel, ist nur mit den Leuten hier los? Irgendetwas geht hier vor, was mir nicht gefällt, Carol. Ich habe das unheimliche Gefühl, dass es jede Minute zu einer Explosion kommen kann.«

»Vielleicht kommt das von der Gewitterstimmung, die in der Luft liegt«, meinte sie gleichgültig. »Gehen wir zum See.«

Er vergaß die Schlossleute und ihre Sorgen bald in dem Hochgefühl, neben diesem wunderbaren Mädchen hergehen zu dürfen, einem Hochgefühl, das noch dadurch gesteigert wurde, dass sie sich beim Gehen bei ihm einhängte.

Es wurde ihm klar, dass das, was er jetzt erlebte, tatsächlich die Ruhe vor dem Sturm war - eine Ruhe, die der völligen Vernichtung der Ferienatmosphäre vorangehen sollte. Das hatte nichts mit dem Wetter zu tun. Der Augustabend war warm, es wehte kein Wind, der Himmel war wolkenlos, und nichts wies auf ein Gewitter hin.

Wenige Minuten vor elf kehrten Bruce und Carol ins Schloss zurück. Angenehm ermüdet von ihrem Spaziergang, begegneten sie in der Halle Major Fanshawe, der gerade aus einem Gang gekommen war. Sein Verhalten war höchst eigenartig. Er ging unsicher, fast torkelnd, und als er in die beleuchtete Halle trat, war zu sehen, dass er mit glasigen Augen vor sich hin stierte.

»Er muss krank sein!«, rief Carol besorgt.

Die beiden jungen Leute eilten zu ihm.

»Ruhen Sie sich doch aus, Sir«, riet ihm Bruce. »Setzen Sie sich auf einen der Stühle hier...«

»Im Arbeitszimmer - im Arbeitszimmer meiner Tante...«, stieß Fanshawe hervor und schloss die Augen, als ob er furchtbare Schmerzen habe. »Dort - auf dem Fußboden...« Er öffnete die Augen wieder, aber ihr blickloses Starren ließ Bruce eine Gänsehaut über den Rücken laufen. »Um Gottes willen, holen Sie Hilfe...«

»Dort - an seiner Hand!«, flüsterte Carol aufs tiefste erschrocken. »Sehen Sie nur - das ist doch Blut...«

»Sie meinen, er hat sich verletzt?«, fragte Bruce. »Nun, beruhigen Sie sich nur, Sir...«

»Meine Tante - im Studierzimmer - furchtbar zugerichtet...«, unterbrach ihn der Major. »Ich muss einen Arzt holen - muss telefonieren! Sie liegt so still da... und der Hammer...«

Durch Bruce ging es wie ein elektrischer Schlag, der alle seine Nerven vibrieren ließ. Und was wollte der Major mit dem Telefon? In Lady Glenistons Arbeitszimmer gab es doch ein Telefon. Warum hatte es Fanshawe nicht benutzt? Aber es hatte gar keinen Sinn, ihn danach zu fragen. Er war ja kaum bei Besinnung.

In dieser plötzlichen Krisis verhielt sich Bruce großartig. Mit einer Geste bat er Carol, bei dem Major zu bleiben, und ging selbst mit schnellen Schritten auf Lady Glenistons Arbeitszimmer zu. Das Licht strömte aus der offenen Tür. Er ging hinein, machte noch drei Schritte, blieb dann aber erschrocken stehen. Würgend griff das Grauen an seinen Hals, und ein Gefühl von Übelkeit überkam ihn. Er hatte zwar kaum Erfahrungen mit Gewaltverbrechen, aber der erste Blick auf die alte Dame genügte.

Sie lag zwischen dem Schreibtisch und der offenen Balkontür mit zerschmettertem Schädel auf dem Fußboden. Ihr schönes weißes Haar war kaum in Unordnung geraten, aber es war nicht mehr makellos weiß. Neben ihrem Körper lag ein schwerer Vorschlaghammer, dessen glattpolierter Schaft im Licht glänzte.

»Großer Gott!«, stieß Bruce leise hervor.

Hinter sich hörte er etwas. Als er sich umdrehte, standen Major Fanshawe und Carol an der Türschwelle.

»Gehen Sie hinaus, Carol!«, befahl Bruce heiser. »Kommen Sie um Gottes willen nicht näher!« Er ergriff Major Fanshawe beim Arm und hinderte ihn, weiterzugehen. »Es hat keinen Zweck mehr - sie ist tot. Sie brauchen keinen Arzt, sondern die Polizei. Jemand hat ihr mit einem Vorschlaghammer den Schädel eingeschlagen.«

Immer noch gelang es ihm, seine Geistesgegenwart zu bewahren. Er schob Fanshawe beiseite, ging zum Schreibtisch und hob den Telefonhörer ab. Mit ruhiger Stimme, deren Festigkeit ihn selbst überraschte, ließ er sich mit der Polizeiwache verbinden.

»Hier ist Schloss Gleniston«, sagte er kurz. »Bitte schicken Sie sofort jemanden her. Lady Gleniston ist ermordet worden... Nein, es hat keinen Zweck, am Telefon Fragen zu stellen. Kommen Sie lieber sofort her!«

Er legte den Hörer auf die Gabel und blickte Fanshawe an, der inzwischen seine Fassung etwas zurückgewonnen hatte.

»Wer ist ihr Arzt?«, fragte er. »Er kann zwar nicht mehr helfen, aber man sollte ihn doch kommen lassen.«

»Doktor Bellamy - er ist auch Polizeiarzt -, daher wird er in jedem Fall kommen«, antwortete Fanshawe nervös. »Gott im Himmel! Wer kann das nur getan haben? Meine arme Tante!« Er sah das Blut an seiner Hand und schauderte. »Ich beugte mich über sie - berührte sie - und erst dann wurde mir klar, dass sie tot war. Ich wollte wegen des Menüs für morgen Mittag mit ihr sprechen - Miss Cawthorne hatte mich darum gebeten - so eine dumme Kleinigkeit - und fand sie so auf! Ich glaubte, dass sie noch atmete - vielleicht atmete sie auch wirklich noch. Sie muss ja nur einige Minuten, bevor ich herkam, niedergeschlagen worden sein.«

Bruce wusste nichts zu sagen. Er hatte leise Stimmen im Gang und lautere draußen in der Halle gehört. Es hatte nicht lange gedauert, bis sich die furchtbare Nachricht herumgesprochen hatte. Jetzt hörte man das Stakkato rascher Schritte, und Miss Cawthorne drängte sich in das Arbeitszimmer. Ihr Gesicht sah zwar erschreckt, aber ungläubig aus.

»Es kann doch nicht wahr sein«, stieß sie hervor. »Ein Unglücksfall soll geschehen sein...«

Der Major versuchte, sie zurückzuhalten, aber sie riss sich los. Als Miss Cawthorne den eingeschlagenen Schädel sah, stieß sie einen schrillen Schrei aus. Wieder und wieder kreischte sie auf, so dass sich Bruce buchstäblich die Haare sträubten - bis Major Fanshawe, der plötzlich wieder nüchtern wurde, sie packte.

»Margaret! Um Gottes willen!«, schrie er sie an. »Hören Sie doch auf!«

Die Hausdame brach in ein schweres, ihren ganzen Körper erschütterndes Schluchzen aus. Schmerz und Verzweiflung verzerrten ihr Gesicht, als sie sich gegen den harten Griff des Majors zur Wehr setzte.

»Angela! Ich liebte sie so! Sie war meine einzige Freundin!« schluchzte sie untröstlich. »Ich liebte sie! Wer hat das getan? Wer hat sie getötet?« Plötzlich riss sie sich aus Fanshawes Griff los, fuhr zurück und starrte ihn mit so wildem Hass an, dass Bruce ganz entsetzt war.

»Sie haben das getan!«, kreischte sie und wies mit dem Finger auf den Major. »Sie haben sie ermordet! Sie haben sie ja auch schon lange gehasst! Glauben Sie etwa, dass ich das nicht wusste? Sie haben meine teure, geliebte Angela getötet!«

»Aber Margaret!«, rief Fanshawe entsetzt. »Sind Sie denn wahnsinnig geworden?«

»Nein, so meinte ich es ja nicht - ja, ich glaube, ich bin wirklich wahnsinnig!« jammerte die Frau. »Ich weiß gar nicht, was ich rede!« Sie eilte zu ihm und warf sich in seine Arme. »Verzeihen Sie mir - es - es war das Blut an Ihrer Hand... Aber wie hätten Sie sie ermorden können? Sie war doch Ihr ein und alles!«

»Beruhigen Sie sich, Margaret«, unterbrach sie der Major, der jetzt blass, aber gefasst war. »Sie sollten sich lieber hinlegen...« Er warf Bruce einen bittenden Blick zu. »Es ist der furchtbare Schock. Möchten Sie und Miss Gray sich nicht um sie kümmern?«

Carol trat bereitwillig näher, wandte aber dabei ihren Blick von der Leiche ab; Tränen strömten jetzt über Miss Cawthornes Wangen, machten Rinnen ins Make-up und ließen sie plötzlich alt erscheinen. Die immer lächelnde, tüchtige, geschäftige Frau, die wie eine Dreißigerin aussah, war plötzlich alt geworden - viel älter als die einundvierzig Jahre, die sie in Wirklichkeit war. Sie wehrte sich nicht, als Carol und Bruce sie aus dem Zimmer führten.

Im Gang und in der Halle starrten sie alle furchtsam und entsetzt an. Alle Gäste hatte sich inzwischen versammelt; sie waren aus dem Wohnzimmer, dem Spielzimmer und von draußen hereingekommen. *Mord!* Der Hausherrin war in ihrem eigenen Arbeitszimmer brutal der Schädel eingeschlagen worden!

Welch eine Sensation...

Die Polizei kam - in Gestalt von Sergeant Fratton und Wachtmeister Simms. Fratton warf nur einen Blick auf die Leiche und handelte dann, ohne irgendjemandem Fragen zu stellen. Er hob den Telefonhörer ab und ließ sich mit Kenmere, der nächsten größeren Stadt, verbinden. Als kluger Mann wälzte er die

Verantwortung für diese Sache sofort auf die Schultern seiner Vorgesetzten ab.

»Alles kommt in Ordnung. Sir«, meinte Fratton dann mürrisch, als er den Hörer auflegte. Er sah dabei Major Fanshawe an. »Oberinspektor Staunton von der Kriminalpolizei aus Kenmere wird, sobald er kann, herkommen. Er wird wohl auch Inspektor Davis und noch ein paar Leute mitbringen. Es besteht kein Zweifel, dass die alte Dame ermordet wurde - und Mord ist etwas, was ich nicht selbständig erledigen kann.«

Er bat dann alle Anwesenden, das Zimmer zu verlassen und erkundigte sich, ob etwa jemand etwas angefasst habe. *Nur das Telefon!*, erhielt er zur Antwort. Dann postierte er

Simms auf die Terrasse vor die Balkontüren und nahm selbst vor der geschlossenen Zimmertür Aufstellung.

»Doktor Bellamy muss bald eintreffen, Sir«, sagte er zu Fanshawe, der bei ihm geblieben war. »Mord! Ich weiß kaum, was ich dazu sagen soll, Sir. Ich selbst kann nichts machen, bis der Oberinspektor eintrifft:.«

So herrschte in Schloss Gleniston äußerlich für die nächste halbe Stunde Ruhe. Es war eine unheilverkündende Stille, in der die Herrin des Hauses tot auf dem Fußboden ihres Arbeitszimmers lag - allein, aber bewacht. Alle übrigen hatten in ihren Zimmern zu warten.

Das Knirschen von Rädern auf dem Kies verriet endlich die Ankunft der Beamten aus Kenmere. Oberinspektor Staunton, ein großer, selbstbewusster Mann in Zivil, übernahm sofort die Führung. Während er Fanshawe in der jetzt menschenleeren Halle verhörte, lauschte Bruce von einer der offenen Türen aus. Bruce brannte darauf, der Polizei seine Aussage zu machen, aber er wollte sich nicht vorher einmischen. Sein Stichwort fiel jedoch, als Staunton dem Major folgende Frage stellte: »Haben Sie Grund, jemanden dieser brutalen Gewalttat an Lady Gleniston zu verdächtigen, Sir?«

»Großer Gott - nein«, erwiderte Fanshawe müde. »Es ist doch geradezu phantastisch! Auf solche Art einen Mord zu begehen! Mit einem Vorschlaghammer! Grauenhaft!«

»Sie wissen doch, wem dieser Vorschlaghammer gehört?«, mischte sich nun Bruce ein, der schnell hinzutrat.

»Einen Augenblick, junger Mann«, rief der Oberinspektor scharf. »Wer sind Sie überhaupt?«

»Ist das wichtig? Wichtig ist jedoch, dass ich erfuhr, dass dieser Vorschlaghammer dem Gärtner gehört.« Bruce war aufs höchste erregt. »Es kann ja auch kein anderer Vorschlaghammer sein, nicht wahr? Dieser schändliche Kerl, dieser Hoskins, ist der Mörder! Das ist doch sonnenklar!«

»Beruhigen Sie sich, Sir. Wer ist denn Hoskins?«

»Der Gärtner hier. Er hatte heute Abend einen schrecklichen Streit mit Lady Gleniston - und stieß wilde Drohungen aus, als er fortging. Er neigt auch dazu, sich zu besaufen. Ich möchte wetten, dass er sich erst Mut angetrunken hat und dann wieder hierher zurückgekommen ist...«

»Mein Gott - ich glaube, Sie haben recht«, fiel ihm Fanshawe ins Wort. »Durch den Schock bin ich auf diesen Gedanken gar nicht gekommen...« Er brach ab und sah Staunton an. »Es stimmt, Oberinspektor. Meine Tante musste den Mann heute Abend fristlos entlassen und sagte mir, dass er sie furchtbar beschimpft habe. Sonst hat sie mir keine Einzelheiten erzählt, aber das tat sie me. Es muss jedoch ziemlich schlimm gewesen sein.«

»Sehr schlimm sogar«, nickte Bruce.

Nun erzählten sie dem Beamten den Rest der Geschichte. Sie berichteten ihm von Susans Schwangerschaft - von Lady Glenistons Zorn - von Ned Hoskins Besuch am frühen Abend und seinen wilden Drohungen, nachdem die alte Dame ihn mit der Hundepeitsche geschlagen hatte.

»Hm - das klingt nicht unwahrscheinlich, Sir«, meinte der Oberinspektor. »Wir werden uns den Mann vornehmen, sobald wir ihn finden.«

»Ich kann das nicht glauben!«

Miss Cawthorne, zwar leichenblass, aber wieder gefasst, hatte diese Worte eingeworfen.

»Ned kann es nicht gewesen sein«, fuhr sie kopfschüttelnd fort. »Ned hätte so etwas nie getan! Er hat hier im

Schloss seit seiner Jugend gearbeitet und denkt nicht daran, zu fluchen oder Drohungen auszustoßen, wenn er nicht gerade betrunken ist. Gewiss, er ist jähzornig, unüberlegt und impulsiv; aber sonst ist er harmlos und vernünftig.«

»Wie können Sie so etwas sagen, Margaret, wenn Sie wissen, wie er sich Susan gegenüber benommen hat?«, wandte Fanshawe ein. »Dass er schon von Jugend an hier gearbeitet hat, bedeutet doch gar nichts.«

»Aber Ned ist trotzdem harmlos!«, bestand Miss Cawthorne auf ihrer Ansicht. »Er war heute bei einem Fußballspiel, und Sie wissen ja, danach wird immer getrunken. Als er nach Hause kam, war er wohl blau, und nun erzählte ihm seine Frau, dass Ihre Tante ihn sprechen wolle. Er wurde entlassen, und da verlor er eben die Selbstbeherrschung.«

»Nun, Miss, das werden wir schon alles feststellen«, meinte der Oberinspektor. »Sergeant!« Er winkte Fratton zu sich heran. »Suchen Sie Hoskins und hören Sie sich an, was er zu sagen hat. Oder, noch besser, bringen Sie ihn gleich her!«

»Jawohl, Sir.« Der Sergeant verschwand.

»Dieser Vorschlaghammer gehört wirklich Ned«, meinte Fanshawe und zog die Stirn kraus. »Ich erinnere mich, ihn im Geräteschuppen gesehen zu haben. Er benutzte ihn wohl, um Pflöcke einzuschlagen. Wie grässlich, ihn als Waffe zu verwenden!«

»Jedenfalls ist ein solcher Hammer schnell und wirksam«, erwiderte Staunton. »Ein einziger Schlag... Ja, Inspektor?«

»Wir haben auf dem Griff des Vorschlaghammers Fingerabdrücke gefunden«, meldete Inspektor Davis, der jetzt hinzutrat. »Allem Anschein nach durchaus brauchbare. Weitere Fingerabdrücke finden sich auf dem gestrichenen Holz der Balkontüren - als ob sich jemand dort angelehnt hätte und am Holz festhielt.«

»Gut«, erwiderte Staunton. »Sorgen Sie dafür, dass niemand die Abdrücke berührt und lassen Sie sie von Evans fotografieren. Gibt es Fußspuren auf dem Boden? Oder auf dem Teppich?«

»Nein.« Der Inspektor schüttelte den Kopf. »Die Terrasse ist zementiert. Da es heute nicht geregnet hat, weist auch der Teppich keine Fußspuren auf. Sie nehmen wohl an, dass der Mörder durch die Balkontüren ins Zimmer gekommen ist?«

Der Oberinspektor gab ihm keine Antwort. Als Bruce sah, wie Staunton verstohlen zu Major Fanshawe hinüberblickte, war er sicher, seine Gedanken lesen zu können. Die Lage des Majors war ja auch wirklich recht heikel. Er hatte Blut an den Händen gehabt, und seine Behauptung, er habe seine Tante schon tot aufgefunden, war durch nichts bewiesen. Er hätte die Tat sehr leicht ausführen können. Gerade daraus, dass weder das Haar noch die Kleidung des Opfers in Unordnung waren, ging ja hervor, dass der Schlag die Lady ahnungslos getroffen, dass sie keinen Grund gehabt hatte, die Person zu fürchten, die ihr den Schlag versetzte. Aber dieses Moment wies nicht auf Ned Hoskins als Täter hin...

Bruce zitterte vor Erregung, als er sich erinnerte, dass er und Carol Fanshawe bei einem Streit mit seiner Tante belauscht hatten, als die beiden glaubten, es sei niemand in Hörweite. Bruce entschloss sich jedoch, diese Tatsache noch für sich zu behalten - mindestens bis sich erkennen ließ, in welcher Richtung sich die Untersuchung entwickelte.

Sir Christopher Morton-Gore schlug vor, sich mit einem Drink zu stärken, und sofort strömte alles in die Bar. Das Mädchen, das für gewöhnlich an der Theke bediente, war nicht da, und so bedienten sich die Gäste selbst.

Rascher als erwartet, kehrte Sergeant Fratton zurück.

»Hoskins ist der Mann, den wir suchen«, meldete er dem Oberinspektor. »Ich traf ihn in seinem Häuschen an. Er war völlig nüchtern, obgleich er, als er vor einer Stunde die *Weizengarbe* verließ, noch total betrunken gewesen war. Vermutlich der Schock. Der große, starke Mann zitterte an allen Gliedern. Ich bemühte mich, ihn zum Sprechen zu bringen, aber er wollte den Mund nicht aufmachen. Er wirkte wie ein gehetztes Tier, das sich in die Enge getrieben sieht. Seine Frau war so ziemlich in dem gleichen Zustand.«

»Warum haben Sie ihn nicht hergebracht?«

»Ich hielt es für besser, ihn zunächst einmal einzusperren«, erwiderte der Sergeant. »Ich habe ihn in die Zelle an meinem Häuschen gebracht. Er weigerte sich, eine Aussage zu machen.«

»Dann möchte ich jetzt sofort zu ihm gehen«, meinte Staunton. »Kommen Sie mit, Sergeant!«

Er sagte Inspektor Davis noch Bescheid. Es war nur eine kurze Fahrt bis zu Frattons Häuschen im Dorf. Ned Hoskins wurde aus seiner Zelle zum Verhör in die Polizeiwachstube gebracht.

»Es ist meine Pflicht, Sie darauf hinzuweisen, dass Sie alle Aussagen, die Sie machen, freiwillig abgeben«, sagte der Oberinspektor formell. »Es besteht für Sie keine Verpflichtung...«

»Ich hab's nicht getan, Sir!«, fiel ihm der Mann ins Wort. »Ich will Ihnen die Wahrheit sagen, Sir. Ich war betrunken - jawohl - blau wie ein Veilchen, als ich zur Polizeistunde aus der *Weizengarbe* kam. Das muss so etwa um halb elf gewesen sein. Ich hatte auch eine ganz schöne Wut im Bauch. Man hatte mir gerade die Stiefel vor die Tür gesetzt - ich hatte noch nicht einmal mein Geld für den letzten Monat bekommen. Ich gebe zu, dass ich in der Kneipe allen erzählte, dass ich ins Schloss gehen werde, um mit der alten Dame endgültig abzurechnen. Es hätte ja keinen Zweck, das zu leugnen, weil viel zu viele Leute dabei waren und es hörten.«

Staunton sah ihn finster an, machte aber keine Bemerkung.

»Als ich am. frühen Abend da war, befahl mir Lady Gleniston, mich fortzuscheren«, fuhr Hoskins fort. »Ich ging dann aber vor einer Stunde wieder hin. Ich war ja betrunken - vergessen Sie das nicht. Wenn ich nicht betrunken gewesen wäre, hätte ich mich sicherlich nicht getraut, ohne weiteres zur Balkontür zu gehen. Die Balkontür stand offen, und als ich ins Zimmer sah - mein Gott! -, da lag sie auf dem Boden, starrte zur Decke, und der Schädel war ihr eingeschlagen! Als ich das sah, bin ich gar nicht erst hineingegangen, Sir. Die Angst hatte mich so gepackt, dass ich sofort weglief. Aber ich habe es nicht getan - ich würde so etwas auch nie tun, Sir. Nur der Schnaps gab mir den Mut, überhaupt hinzugehen. Amelia sagt immer...«

Fratton wechselte mit dem Oberinspektor einen Blick, in dem sich ihr Unbehagen zu erkennen gab. Hoskins schluchzte jetzt wie ein Kind. Zwar bemühte sich Staunton, noch mehr zu erfahren, aber es war nichts mehr herauszubekommen. Der Mann beteuerte nur immer wieder seine Unschuld.

»Sperren Sie ihn wieder ein«, meinte der Oberinspektor schließlich brummig. »Was halten Sie davon?«, fügte er hinzu, als Fratton zurückkehrte. »Sie kennen ihn ja besser als ich, Sergeant.«

»Ja, Sir, ich kenne ihn seit vielen Jahren«, nickte Fratton. »Gewiss, er ist ein Radaubruder, wenn er getrunken hat, aber ich habe ihn nie für gewalttätig gehalten. Bei ihm ist alles nur Gerede. Es sieht böse für ihn aus, nicht wahr? Er gibt zu, dass er im Schloss war - gibt zu, in höchster Wut und betrunken gewesen zu sein. Im Suff kann man eine Tat begehen, zu der man normalerweise gar nicht fähig wäre.«

»Wir haben ja auch die Fingerabdrücke auf dem Griff des Vorschlaghammers«, nickte Staunton. »Wir werden sie zu überprüfen haben. Nehmen Sie Hoskins zunächst einmal die Fingerabdrücke ab.«

»Das ist nicht nötig, Sir; ich habe sie hier!«, sagte der Sergeant und öffnete einen Schub. »Ned war vor zwei Jahren in Haft, weil er einen seiner Nachbarn angefallen hatte. Damals bekam er drei Monate. Ich war seinerzeit eigentlich überrascht, dass Lady Gleniston ihn wieder einstellte. Sie tat das wohl nur aus Rücksicht auf seine Frau und seine Kinder.«

»Also ist Hoskins vorbestraft!«, nickte der Oberinspektor grimmig. »Das sieht doch so aus, als ob ihm diese Tat zuzutrauen wäre, Sergeant.«

Sie fuhren ins Schloss zurück. Ein Vergleich der Fingerabdrücke, die Hoskins vor zwei Jahren abgenommen worden waren, mit denen auf dem Griff des Vorschlaghammers ergab ein eindeutiges Resultat. Die Abdrücke waren die gleichen. Die auf dem Griff stammten von der rechten, die am Holz der Balkontür von der linken Hand.

»Es war also eine Gewalttat, ausgeführt in Trunkenheit«, meinte der Oberinspektor. »Ich kann mir leicht vorstellen, wie sich alles abgespielt hat: Der Narr kam zur Balkontür, lehnte sich, weil er betrunken und nicht fest auf den Beinen war, an und sah, dass Lady Gleniston allein im Zimmer saß. Den Vorschlaghammer hatte er sich schon vorher aus dem Geräteschuppen geholt. Nun ging er ins Zimmer und schlug die alte Dame nieder, bevor ihr überhaupt klar wurde, dass sie sich in Gefahr befand - bevor sie fähig war, um Hilfe zu rufen. Inspektor, gehen Sie mit Fratton zu Hoskins, und teilen Sie ihm offiziell den Grund seiner Verhaftung mit.«

Fünftes Kapitel

Major Claude Fanshawe konnte die Veränderung in Oberinspektor Stauntons Verhalten nicht übersehen, als der Beamte jetzt in der Halle zu ihm trat. Staunton sah recht zufrieden aus.

»Ich darf wohl annehmen, Sir, dass Sie jetzt, nachdem die alte Dame tot ist, hier die Leitung übernehmen werden?«, fragte der Oberinspektor. »Ihnen gehört doch jetzt das Haus, nicht wahr? Nun, ich wollte Ihnen nur sagen, dass wir den klaren Beweis haben, dass Hoskins der Mörder ist.«

Der Major sah erschrocken auf.

»Eigentlich hatte ich gehofft, es werde sich herausstellen, dass ein Fremder die Tat begangen hat«, meinte Fanshawe mit Bedauern. »Mein Gott - ich hätte für Hoskins die Hand ins Feuer gelegt. Ich kenne ihn doch seit Jahren und schätze ihn als ausgezeichneten Gärtner. Der Alkohol muss aus ihm einen anderen Menschen gemacht haben.«

»Leider wird sich eine Totenschau nicht vermeiden lassen, aber

sie wird eine bloße Formsache sein. In diesem Fall gibt es keine Komplikationen.«

»Dieser schreckliche Fall erschüttert mich zutiefst, Claude«, sagte Dr. Bellamy, der inzwischen dazugekommen war. »Ihre Tante war in guter körperlicher Verfassung und hätte noch fünfzehn oder zwanzig Jahre leben können. Es ist entsetzlich, dass sie so brutal und sinnlos ums Leben gebracht wurde.«

Schweigend nahm Fanshawe die Beileidsbezeigungen entgegen. Der Arzt war schon seit Jahren mit der Familie befreundet.

»Falls Ihnen das ein Trost ist«, fügte Bellamy hinzu, »so kann ich Ihnen versichern, dass Ihre Tante sofort tot war. Sie wusste von nichts und hatte nichts zu leiden. Ein einziger Schlag tötete sie.«

Der Oberinspektor räusperte sich geräuschvoll.

»Wir wollen jetzt gehen, Sir«, meinte er. »Hier gibt es für uns nichts mehr zu tun. Sie können Ihren Gästen mitteilen, dass unsere Untersuchung vorläufig beendet ist.«

Der Major versammelte die Gäste im Wohnzimmer und sagte ihnen Bescheid. Wie man befürchtet habe, sei der Gärtner Hoskins der Täter. Er sei bereits in Haft.

»Ich bin sicher, dass Sie Verständnis dafür haben werden, dass ich Ihnen heute Abend noch nicht mehr sagen kann«, fuhr er ruhig fort. »Bitte gehen Sie auf Ihre Zimmer. Morgen früh werden Sie weiteres erfahren.«

Die Gäste gingen auseinander. Zweifellos würde Fanshawe alle bitten, abzureisen. Nach dem Tod der Hausherrin konnten sie nicht erwarten, hier einen vergnüglichen Urlaub verbringen zu können. Schließlich war Schloss Gleniston zu einem Trauerhaus geworden.

»Jetzt, nachdem die alte Dame tot ist«, meinte Bruce, als er die Lage mit Carol besprach, »wird das Schloss ja wohl nicht als Hotel weitergeführt werden. Denn Fanshawe erbt natürlich alles, und ich bin überzeugt, dass er den ganzen Krempel verkaufen wird.«

»Haben Sie darauf nicht geradezu gewartet?«, fragte sie ihn. »Sie hatten doch nicht allzu viel Hoffnung, dass sich

Lady Gleniston von ihren Bildern trennen würde. Major Fanshawe dagegen...«

»Ach was - es ist doch kaum anzunehmen, dass er alles so schnell, womöglich sogar noch vor der Beerdigung, zu Geld macht!«, unterbrach sie Bruce. »Zweifellos werden bald alle Kunsthändler hinter ihm her sein, und dann bin ich doch nur einer von vielen...«

Aber das war nicht Bruces Hauptsorge. Denn ihm kam die ganze Geschichte recht ungelegen. Alle seine Hoffnungen und Träume hinsichtlich Carol waren ja nun vernichtet. Morgen würden sie beide Schloss Gleniston verlassen, ihre Wege würden sich trennen. Dabei hatte er sich so auf die kommende Woche gefreut - eine ganze Woche mit Carol! Sie würde sicherlich für den Rest ihres Urlaubs irgendwo anders hinfahren und ihn vergessen.

Inzwischen war Oberinspektor Staunton zu der kleinen Polizeiwache im Dorf gefahren. Inspektor Davis war froh, ihn zu sehen.

»Ich hielt es für besser, nicht mit dem Gefangenen zu sprechen, und Ihre Ankunft abzuwarten, Sir«, sagte er. »Wie mir der Sergeant sagt, ist Hoskins jetzt gefasster. Ich dachte daher...«

»...mir die Aufgabe zu überlassen, ihn zu verhören, wie?«, unterbrach ihn Staunton. »Schön, führen Sie ihn vor. Nur der Suff war an allem schuld, sonst nichts.«

Ned Hoskins, dessen Gesicht jetzt lehmfarben aussah, war inzwischen viel ruhiger geworden.

»Ich hab's nicht getan, Sir...«, begann er.

»Edward Hoskins, ich verhafte Sie unter der Beschuldigung, Lady Gleniston heimtückisch ermordet zu haben«, sagte Staunton kurz und amtlich. »Es ist meine Pflicht, Sie darauf aufmerksam zu machen, dass alles, was Sie sagen, schriftlich niedergelegt und gegen Sie als Beweismaterial benutzt werden kann.« Er räusperte sich. »Privat würde ich Ihnen noch raten, vorläufig gar nichts zu sagen...«

»Aber es ist doch nicht wahr, Sir!«, rief Hoskins. »Ich habe die alte Dame ja nicht umgebracht! Sie war schon tot, als ich hinkam! Ich habe inzwischen nachgedacht, Sir.« Seine Augen blitzten aufgeregt. »Sehen Sie sich das an!« Er hielt ihm seine rechte Hand hin. »Lady Gleniston wurde mit einem Vorschlaghammer getötet; ich habe ja gesehen, dass der Hammer auf dem Boden neben ihr lag. Mit dieser rechten Hand hätte ich aber gar keinen Hammer halten können!«

Der Oberinspektor starrte ihn verwundert an. Neds Hand war mit einem großen Taschentuch, das auf dem Handrücken verknotet war, ungeschickt verbunden. Das Taschentuch war blutig.

»Was ist das?«, fragte der Oberinspektor scharf. »Als ich vorhin mit Ihnen sprach, habe ich nichts davon bemerkt! Was haben Sie denn inzwischen mit Ihrer Hand gemacht?«

»Sie haben es nur nicht bemerkt, Sir, weil ich die Hand in der Tasche hielt«, erwiderte Ned. »Vorhin dachte ich gar nicht daran, dass ja meine Hand meine Unschuld beweisen kann. Erst nachdem Sie fort waren, ist mir das klar geworden. Mit dieser Hand hätte ich noch nicht einmal ein Taschenmesser halten können, geschweige denn einen Vorschlaghammer!«

Während er sprach, hatte er den Verband abgebunden und zeigte dem Beamten die bösen Verletzungen seiner Hand. Mehrere tiefe Schnitte liefen über die Handfläche und alle vier Finger. Die ganze Hand war mit geronnenem

Blut bedeckt, und aus den Wunden quoll frisches Blut nach.

»Großer Gott, Mann, damit müssen Sie zum Arzt - und zwar sofort!«, rief Staunton ärgerlich. »Warum haben Sie denn Fratton nichts davon gesagt? Wie kamen Sie überhaupt zu dieser Verletzung - und wann?«

»In der *Weizengarbe*, Sir, kurz vor der Polizeistunde«, erwiderte Ned rasch. »Ich war doch betrunken - schwer betrunken! Selbst jetzt ist mir noch nicht alles klar, aber ich kann mich noch erinnern, dass ich nach meinem Bierglas auf der Theke langte, aber so ungeschickt, dass es zu Boden fiel und zerbrach, und als ich mich bückte, stolperte ich und fiel mit der rechten Hand in die Scherben. Ich kann mich noch erinnern, wie das Blut herausspritzte; ich lachte nur darüber. Ich war eben so beduselt, dass ich den Schmerz gar nicht fühlte. Alle Leute dort haben das mit angesehen«, fuhr Ned fort. »Mrs. Poole, die Wirtin, wollte mir einen Verband machen, aber ich sagte, es sei nur ein Kratzer und wickelte mir das Taschentuch um die Hand. Manche rieten mir, sofort zum Arzt zu gehen, aber ich lachte sie nur aus.«

»Ich werde dafür sorgen, dass sich der Arzt so bald wie möglich um Ihre Wunde kümmert«, versprach der Oberinspektor. »Aber bilden Sie sich nicht ein, dass Sie damit außer Verdacht sind, mein Junge. Man kann nämlich auch mit der linken Hand mit einem Vorschlaghammer zuschlagen! Fratton, führen Sie ihn in die Zelle zurück.«

Trotz seiner Proteste wurde Hoskins abgeführt.

Aber Inspektor Davis, der während der letzten zwei oder drei Minuten recht nachdenklich geworden war, begann nun, seine Einwände vorzubringen.

»So geht das nicht, Sir«, wandte er ein und schüttelte den Kopf. »Der Mann hat nämlich recht - er hätte unter gar keinen Umständen die alte Dame töten können!«

»Lächerlich! Er hat sie aber getötet!«

»Nein, Sir. Die Fingerabdrücke auf dem Vorschlaghammer stammen von einer rechten Hand, und da seine rechte Hand zerschnitten und verbunden ist, hätte er diese Fingerabdrücke bei der Tat gar nicht hinterlassen können.«

Staunton starrte ihn an.

»Aber die Fingerabdrücke sind doch dort, Inspektor!«

»Gewiss, Sir. Er war ja der Schlossgärtner, und so war er natürlich auch derjenige, der den Vorschlaghammer am meisten benutzte«, erklärte Davis. »Selbstverständlich müssen also auch seine Fingerabdrücke auf dem Griff sein. Aber diese Fingerabdrücke stammen nicht von heute, Sir - sehen Sie das nicht ein?«

Der Oberinspektor nahm diese Erklärung zunächst skeptisch auf. Aber einige Sekunden später wurde er sehr ernst.

»Einen Augenblick, Inspektor...«, sagte er langsam. »Wenn ein anderer Lady Gleniston ermordet hat, warum sind dann Hoskins' Fingerabdrücke nicht verwischt oder sogar ganz ausgelöscht? Warten Sie! Die Geschichte fängt an; sehr hässlich zu werden. Könnte der wirkliche Mörder nicht beabsichtigt haben, die auf dem Hammer vorhandenen Abdrücke von Hoskins dazu zu benutzen, diesem das Verbrechen in die Schuhe zu schieben?«

»Es sieht durchaus danach aus, Sir«, erwiderte Davis. »Er kann auch Handschuhe getragen haben - der wirkliche Mörder, meine ich. Er kann den Hammer auch weiter oben am Griff gehalten haben. Dort sind nämlich verwischte Stellen, aber keine klaren Fingerabdrücke. Die einzigen klaren Fingerabdrücke auf dem Hammer sind die von Hoskins, und die sind genau dort, wo man sie gewöhnlich zu erwarten hat; nämlich ziemlich unten am Griff.«

»Der Fall wird kompliziert, Davis.« Staunton schüttelte bekümmert den Kopf. »Machen wir uns die Sachlage einmal ganz klar, Inspektor. Hoskins' Fingerabdrücke auf dem Griff sind die von seiner rechten Hand. Diese Hand - seine rechte Hand - hatte er sich, noch in der Kneipe, schwer verletzt. Mit seiner zerschnittenen, blutigen Hand hätte er also keine klaren Fingerabdrücke auf dem Griff des Hammers zurücklassen können. Das ist richtig. Aber wie steht es mit den Abdrücken der linken Hand an der Tür?«

»Hoskins gibt ja zu, zur Tür gegangen und in das Zimmer hineingesehen zu haben, Sir. Seine Abdrücke an der Tür beweisen also nur, dass er damit die Wahrheit gesagt hat«, meinte Davis. »Aber zu dem Zeitpunkt war Lady Gleniston schon tot. Tatsächlich befreit ihn die Verletzung an seiner Hand völlig von jedem Tatverdacht.«

»Das soll der Teufel holen! Damit stehen wir ja wieder am Anfang!« Der Oberinspektor schüttelte unwillig den Kopf. »Das bedeutet doch, dass jemand aus dem Schloss die alte Dame umbrachte und sich bemühte, die Tat einem Unschuldigen in die Schuhe zu schieben. Jedenfalls muss der Mörder gewusst haben, dass Hoskins betrunken noch einmal ins Schloss kommen werde. Warten Sie - weiter weist es doch darauf hin, dass der Mörder in der *Weizengarbe*, oder jedenfalls an der Tür des Gasthofes, gewesen sein und Hoskins Drohungen gehört haben muss.«

»Jeder der Leute aus dem Schloss kann dort gewesen sein«, meinte Davis niedergeschlagen. »Das haben wir ja noch nicht überprüft - wir hielten es bisher für überflüssig. Aber der Mörder muss auch verdammt schnell gewesen sein, wenn er wieder ins Schloss zurückkehren und die alte Dame töten konnte, bevor Hoskins seine Drohungen wahrmachte. Mir scheint da etwas nicht ganz zu stimmen.«

»Gar nichts stimmt mehr«, erwiderte Staunton - aber dann sprang er plötzlich auf. »Mein Gott - da ist ja noch etwas zu erledigen!«

»Was denn?«, fragte Davis verwundert.

»Wir dürfen keinen der Gäste fortlassen!«, rief der Oberinspektor und ging zur Tür. »Verstehen Sie das nicht? Manche mögen die Absicht haben, noch heute abzufahren - und damit vielleicht auch der Mörder. Es werden ausgedehnte Untersuchungen notwendig sein.«

Staunton fuhr mit Inspektor Davis zum Schloss zurück.

»Was ist mit Hoskins, Sir?«, erkundigte sich Davis. »Sollten wir ihn nicht freilassen, da er nicht mehr verdächtig ist?«

»Das hat noch Zeit, bis wir alles im Schloss geregelt haben«, erwiderte sein Vorgesetzter kurz. »So was! Sehen Sie sich das an! Verdammt - ich glaube, wir kommen schon zu spät!«

Die Scheinwerfer eines Autos leuchteten ihnen entgegen, noch bevor sie das Ende des Dammes erreicht hatten. Staunton stellte seinen Wagen quer über die Straße, um so dem anderen den Weg zu versperren. Es war ein Austin-Sportwagen, in dem nur eine Person saß. Im Fond lagen Koffer.

»Ich bedaure, Sie anhalten zu müssen, Sir; beabsichtigen Sie abzureisen?«, erkundigte sich Staunton.

»Was denn sonst?«, antwortete der Fremde ungeduldig. »Ich bin zur Erholung hergekommen. Glauben Sie vielleicht, dass ich mich in einem Leichenschauhaus erholen kann? Da morgen sowieso alle Gäste wegfahren, spielt es doch keine Rolle, oder?«

»Leider muss ich Sie auffordern, Ihre Abreise zu verschieben«, sagte der Oberinspektor. »Die Untersuchung muss noch einmal aufgenommen werden.«

»Der Teufel soll Ihre Untersuchung holen! Sie haben doch den Mörder, oder nicht?«

»Das glaubten wir, Sir, aber jetzt sind wir nicht mehr ganz sicher. Es tut mir sehr leid, aber niemand darf das Schloss verlassen, bevor weitere Nachforschungen durchgeführt sind. Wenn Sie mir Ihren Namen angeben möchten...«

»Ich heiße Augustus Reed und will jetzt fortfahren«, unterbrach ihn der andere grob. »Glauben Sie etwa, verdammt noch mal, dass Sie mit uns machen können, was sie wollen? Sie können mich doch nicht zwingen, gegen meinen Willen hierzubleiben!«

»Hier geht es um eine Morduntersuchung, und meine Aufforderung ist eine polizeiliche Anordnung«, erwiderte Staunton scharf. »Ich kann Sie zwar nicht mit Gewalt zurückhalten, aber wenn Sie trotz meiner Weisung fortfahren, bringen Sie sich nur in eine schiefe Lage. Ich versichere Ihnen, Mr. Reed, dass ich Sie nicht eine Minute länger als unbedingt notwendig hier festhalten werde. Wenn Sie aber darauf bestehen, abzufahren, so müssen Sie mir Ihren Namen und Ihre Adresse angeben...«

»Nun schön - dann werde ich eben bleiben müssen«, fiel ihm Reed ins Wort. »Aber es ist mir schrecklich unangenehm!«

Er wendete und fuhr mit knirschenden Rädern auf den breiten Kiesweg zurück. Offenbar war er schlechter Laune.

Ein oder zwei andere Wagen standen schon zur Abfahrt bereit und wurden gerade mit Koffern beladen. Aber Staunton konnte zu seiner Erleichterung feststellen, dass bisher noch niemand abgereist war, obgleich viele Gäste ihre Abfahrt schon vorbereitet hatten. Sie hatten, genau wie Augustus Reed, den Wunsch, das Trauerhaus so schnell wie möglich zu verlassen. Der Oberinspektor gab bekannt, dass sich alle in dem großen Wohnzimmer einfinden sollten.

»Zu meinem größten Bedauern muss ich Sie bitten, meine Damen und Herren, im Schloss zu bleiben, bis unsere Untersuchungen abgeschlossen sind«, sagte er ihnen. »Ich hoffe, dass ich Ihnen damit keine allzu großen Unannehmlichkeiten zumute...«

»Aber erst vor einer Stunde sagten Sie mir doch, dass alles vorbei sei, Mr. Staunton!«, unterbrach ihn Major Fanshawe ärgerlich. »Woher kommt die plötzliche Änderung Ihrer Haltung? Hoskins ist doch verhaftet, nicht?«

»Wir haben gute Gründe, anzunehmen, dass Hoskins nicht der Täter ist, Sir«, antwortete der Oberinspektor ruhig. »Es haben sich gewisse Tatsachen herausgestellt, die ihn entlasten.«

Wieder eine Sensation...

Bruce, der neben Carol stand, war von dieser Wendung höchst erfreut; denn er dachte im Augenblick nur daran, dass er nun nicht, wie er befürchtet hatte, am nächsten

Morgen von Carol getrennt werden würde. Aber als er die erstaunten Gesichter um sich herum sah - und die verstohlenen Blicke, die von einem zum andern flogen -, wurde ihm klar, dass alle Anwesenden unter Verdacht standen. Unwillkürlich zuckte er zusammen. Mein Gott - er selbst ja auch! Allerdings hatte er nicht viel zu befürchten; er hatte auch keine Angst, sondern spürte nur prickelnde Erregung.

»Ich kann Ihnen nur versichern, Major, dass ich die Maßnahme tief bedauere«, meinte Staunton, nachdem sich die Gäste zerstreut hatten. »Ich fürchte, dass Ihnen noch manche Unannehmlichkeiten erwachsen werden. Hoskins ist außer Verdacht - jemand anderes muss also Ihre Tante ermordet haben. Daraus ergibt sich die Notwendigkeit, morgen mit einer ausgedehnten Untersuchung zu beginnen. Über Nacht werde ich zwei Polizisten hier Posten stehen lassen müssen.«

Staunton hatte das Gefühl, dass es besser war, Major Fanshawe und seine Gäste in Unkenntnis über die Hintergründe seiner Maßnahmen zu lassen. Wieder auf der Polizeistation, setzte er sich telefonisch mit der Privatwohnung von Oberst Broderick, dem Polizeidirektor in Kenmere, in Verbindung. Ihm gab er einen ins Einzelne gehenden Bericht.

»Jawohl, Staunton, das sieht böse aus«, meinte der Polizeidirektor schließlich. »Dabei sind in diese Sache viele prominente Leute hineinverwickelt. Wenn Hoskins außer Verdacht ist, wird unsere Aufgabe verdammt kompliziert. Ich möchte glauben, dass die Lösung des Falles für uns ein bisschen zu schwierig ist.«

»Was wollen Sie damit sagen, Sir?«

»Dass ich sofort Scotland Yard zuziehen möchte«, erwiderte der Oberst entschlossen. »Vielleicht können die Leute dort uns noch heute Nacht jemanden herschicken...«

So kam es, dass am frühen Morgen des 4. August, eines Samstags, zwei müde Männer auf dem kleinen Bahnhof von Gleniston aus dem Zug stiegen. Es waren Chefinspektor William Cromwell und Sergeant John Lister von Scotland Yard. Sicherlich hätte kein Mensch in dem großen, hageren, schlenkrigen Individuum mit der ewig traurigen Miene eine der Leuchten der Mordabteilung von Scotland Yard vermutet. Sein blauer Anzug war abgetragen, sein Hut verbeult, und so erinnerte er in seinem Äußeren eher an einen nicht gerade erfolgreichen Vertreter. Dieser Eindruck wurde noch von dem abgeschabten, schäbigen Koffer verstärkt, den er in der Hand trug. Hingegen sah Johnny Lister in seinem fleckenlosen hellen Sommeranzug und seinem strahlend weißen Hemd wie immer untadelig elegant aus.

Oberinspektor Staunton holte sie vom Bahnhof ab. Er war tief betroffen, als er die beiden einander so unähnlichen Beamten erblickte. War das wirklich das Beste, was Scotland Yard schicken konnte? Der eine war doch ein alter Knacker, der schon längst pensionsreif aussah, und der andere wirkte wie eine geistlose Puppe, die eben einem Modejournal entstiegen war.

»Ich freue mich, dass Sie so rasch kommen konnten, Mr. Cromwell«, begrüßte Staunton den älteren Beamten mit einem krampfhaften Versuch, enthusiastisch zu scheinen. »Das ist wohl Sergeant Lister, wie? Hatten Sie eine gute Reise?«

»Man könnte es so nennen«, entgegnete der Mann, der unter dem Spitznamen *Ironsides* bekannt war, böse und mürrisch. »Kein Schlafwagen - kein Speisewagen - und nur kaltes Wasser zum Rasieren!«

»Beachten Sie ihn. gar nicht, Oberinspektor«, grinste Johnny Lister. »Warum weigert er sich, einen elektrischen Rasierapparat zu benutzen? Ich wollte ihm meinen leihen, aber er nahm mein Angebot nicht an. Außerdem war ein Speisewagen da, allerdings war er so zeitig noch nicht offen, so dass wir nicht frühstücken konnten.«

»Und warum nicht?«, fragte Cromwell böse. »Warum kann man im Zug nicht schon ab sechs Uhr ein Frühstück bekommen?

Was denken sich die Leute eigentlich?« Er sah sich missbilligend um. »Welche Chance haben wir hier, am Ende der Welt, etwas Anständiges zu essen zu bekommen?«

»Es ist nur eine kurze Fahrt nach Gleniston, Mr. Cromwell, und dort habe ich Ihnen im Gasthof *Weizengarbe* schon ein Frühstück bestellt«, tröstete ihn der Oberinspektor. »Ich habe auch Zimmer für Sie reservieren lassen. Es ist ein nettes, ländliches Gasthaus; ich glaube, Sie werden sich dort wohlfühlen.«

Sein erster, ungünstiger Eindruck war keineswegs verbessert worden. Staunton wurde unsicher. Chefinspektor Cromwell hatte einen Ruf, der ihn auch hier im Seenbezirk bekannt gemacht hatte, aber der Mann hier entsprach so gar nicht dem Bild, das sich Staunton von ihm gemacht hatte. Er hatte sich Ironsides stets als großen, breitschultrigen, tatkräftigen Mann mit scharfen Gesichtszügen vorgestellt.

Oberinspektor Staunton war nicht der erste, der von dem verschlagenen Fuchs von Scotland Yard zunächst enttäuscht war.

»Nun, so ein Auftrag ist ja eigentlich das, was einem der Arzt verschreibt«, meinte Johnny Lister, als das Auto am malerischen Seeufer entlangfuhr. »Ein schöner Augustmorgen in einer herrlichen Landschaft - ein wolkenloser Himmel - und Montag ist Feiertag. Ich muss schon sagen, Oberinspektor, Sie haben sich für Ihren Mord schon den richtigen Zeitpunkt ausgesucht. In London ist es nämlich stickig heiß.«

»Eine Hitzewelle«, brummte Cromwell. »Wie ich sie hasse! Ich hoffte schon, dass einem hier etwas Besseres geboten wird. Aber in zwei Stunden wird es ja auch hier entsetzlich schwül werden. Dazu kommt noch, dass sich mir die Hitze immer auf den Magen legt.«

Nach dem ausgiebigen Frühstück von Porridge, saftigem Schinken und Eiern, Toast und .Marmelade, das er mit großen Mengen eines überraschend guten Kaffees hinunterspülte, zu urteilen, konnte der Appetit des Chefinspektors aber nicht ernstlich gelitten haben. Staunton, der ebenfalls frühstückte, machte jedoch weder darüber eine Bemerkung, noch sprach er von dem Thema, das ihm am Herzen lag. Erst als er mit Ironsides und Johnny zu Fratton gefahren war, begann er die Rede auf den Mord zu bringen. Er schilderte den Fall in allen seinen Einzelheiten, während es sich Cromwell in Frattons Lehnstuhl bequem gemacht hatte und gemütlich an seiner stinkenden Pfeife zog.

»Ich glaube, damit habe ich Sie ins Bild gesetzt, Mr. Cromwell«, schloss der Oberinspektor. »Die Fingerabdrücke sind geprüft worden. Kurz nach Mitternacht kam der Polizeiarzt von Kenmere hierher und untersuchte Hoskins' Hand im Beisein von Doktor Bellamy. Beide stimmten darin überein, dass der Mann mit dieser Hand keinen Vorschlaghammer heben, geschweige denn damit hätte zuschlagen können. Zwar sind die Abdrücke auf dem Griff zweifellos die von Hoskins, aber sie stammen offenbar von früher.«

»Sie haben auch etwas von verwischten Abdrücken erwähnt!«

»Jawohl. Die sind am oberen Teil des Griffes. Unzweifelhaft trug der Mörder Handschuhe und fasste den Hammer oben in der Nähe des Kopfes an. Auch so konnte er den tödlichen Schlag ausführen - aber wenn er den Hammer so hielt, muss er schon über erhebliche Kräfte verfügt haben.«

»Ein interessanter Punkt«, nickte Cromwell.

»Wir tappen im Dunkeln«, fuhr Staunton fort. »Es muss jemand aus dem Schloss sein. Aber wer? Es ist nicht anzunehmen, dass es einer der Gäste gewesen ist, so dass der Täter wohl unter den ständigen Bewohnern des Schlosses zu suchen ist - unter Leuten, die in enger Verbindung mit Lady Gleniston standen, oder es war einer der Angestellten des Schlosses. Aber wer kann sie in so ausgesucht brutaler Weise ermordet haben? Gerade die Rohheit der Tat weist doch auf einen Betrunkenen als Täter hin. Darum lag es ja auch so nahe, Ned Hoskins zu verdächtigen.«

»Dazu kam noch, dass Hoskins Drohungen ausgestoßen und, bevor er das Wirtshaus betrunken verließ, laut erklärt hatte, dass er nun ins Schloss gehen und mit Lady Gleniston abrechnen werde. Diese Tatsachen sind doch sehr bezeichnend, Oberinspektor. Unser Mörder ist also jemand, der die wilden Drohungen Hoskins' für seine Zwecke ausnutzte - jemand, der genau wusste, was Hoskins zu tun beabsichtigte; jemand, der wusste, wo sich der Vorschlaghammer befand, und der damit Zuschlägen konnte, noch bevor Hoskins ins Schloss kam. Dieser Jemand muss ebenfalls gewusst haben, dass der Hammer noch vor kurzem von Hoskins benutzt worden war, und dass daher seine Fingerabdrücke auf dem Griff zu finden sein müssten.«

»Sie meinen also, mit einem Wort, jemanden, der mit allen Verhältnissen im Schloss genau vertraut ist?«

»So kann man wohl annehmen. Er kannte zum Beispiel auch die Gewohnheiten Lady Glenistons«, meinte Ironsides langsam.

»Jedenfalls wusste oder vermutete er, dass sie zur fraglichen Zeit in ihrem Arbeitszimmer allein sein werde...«

»Ja. Das ist ein Punkt, den ich schon gestern mit Inspektor Davis besprach«, unterbrach ihn der Oberinspektor eifrig. »In der Tat pflegte Lady Gleniston sich jeden Abend um halb elf in ihr Arbeitszimmer zurückzuziehen, die Rechnungen zu überprüfen und für ihre Sekretärin, Miss Cawthorne, die Post vorzubereiten. Allerdings waren normalerweise die Balkontüren zu dieser Stunde schon geschlossen, aber gestern Abend war es so schwül, dass sie noch offenstanden.«

»Was kann man von diesen Balkontüren aus übersehen?«

»Die Rasenfläche«, erwiderte Staunton. »Auch das ist eine höchst bezeichnende Tatsache. Dadurch konnte der Mörder ziemlich sicher sein, dass er sich unbemerkt anschleichen konnte, denn die Balkontüren des Wohnzimmers, in dem viele Gäste am Fernsehapparat saßen, gehen auf den Blumengarten auf der anderen Seite des Hauses hinaus. So war ja auch Hoskins in der Lage, unbemerkt zur Tür des Arbeitszimmers zu gelangen. Er brauchte in der Dunkelheit dazu nur über den Rasen zu gehen und konnte ziemlich sicher sein, dass ihn dabei niemand beobachten werde. Da er hier Gärtner war, kannte er natürlich auch im Garten jeden Winkel.«

»Hm - das sieht böse aus«, meinte Ironsides und zog seine buschigen Augenbrauen zusammen. »Das deutet auf einen verschlagenen, intelligenten Menschen als Täter hin. Natürlich muss Ihnen auch klar sein, dass Hoskins, wenn er sich nicht die Hand verletzt hätte, unweigerlich als Mörder angeklagt und verurteilt worden wäre. Da haben Sie wirklich Glück gehabt, Oberinspektor!«

»Ich?« Staunton starrte ihn verwundert an. »Sie meinen wohl Hoskins?«

»Ich meine Sie beide«, verbesserte Ironsides. »Der Mann wäre doch unzweifelhaft vor Gericht gekommen und wahrscheinlich auch verurteilt worden. Das Beweismaterial gegen ihn war ja scheinbar unwiderleglich und überzeugend. Wie ich sagte, nur seine zerschnittene Hand schützte ihn davor, unschuldig an den Galgen zu kommen. Wir können also diesem zerbrochenen Bierglas verdammt dankbar sein.«

Staunton rieb sich nachdenklich das Kinn.

»Ja, da haben Sie schon recht«, gab er zu. »So betrachtet, haben wir wirklich Glück gehabt.«

»So eine Kleinigkeit!«, meinte Cromwell nachdenklich. »Mein Gott - wie viele Mörder haben sich durch ähnliche, scheinbar unwichtige Kleinigkeiten schon ans Messer geliefert! Die Tatsache, dass sich Hoskins die Hand an einem zerbrochenen Bierglas zerschnitten hatte..., und davon konnte ja der Mörder nichts wissen, wenn er nicht gerade im Gasthaus war, als es passierte. Wenn er davon gewusst hätte, hätte er nämlich zweifellos seinen Plan aufgegeben.«

Staunton sah ihn verwundert an.

»Aber er muss doch in der Nähe der *Weizengarbe* gewesen sein, Mr. Cromwell«, wandte er ein und runzelte die Stirn. »Wie hätte er sonst wissen können, dass sich Hoskins in seiner Trunkenheit brüstete, er werde ins Schloss gehen und mit Lady Gleniston abrechnen? Übrigens hat Davis inzwischen mehrere Leute vernommen, die im Wirtshaus waren. Sie haben ausgesagt, Hoskins habe unflätig geschimpft und sogar geschworen, er werde der *alten Hexe* den Hals umdrehen, wenn sie ihn nicht wieder einstellen wollte. Allerdings war das wohl nur das Gerede eines Betrunkenen. Was er tatsächlich getan hätte, wenn er die alte Dame nicht tot auf dem Boden liegend angetroffen hätte, das können wir nicht wissen. Wie ich gehört habe, ist er ein Mensch, der zu großspurigen Äußerungen neigt und leicht jähzornig wird, aber bisher hat er nur ein einziges Mal seine Worte wahrgemacht. Das war vor ein paar Jahren, als er gegen einen Nachbarn mit der Faust vorging.«

»Nun, ich glaube, mit Hoskins brauchen wir uns nicht weiter zu befassen«, erwiderte Cromwell und stand auf. »Wir müssen den Mörder anderswo suchen. Anderswo bedeutet in diesem Fall in Schloss Gleniston selbst. Eine reizende Aufgabe für ein Wochenende!«

»Um einmal eine naheliegende Frage zu stellen«, meinte Johnny Lister, »wer zieht eigentlich aus dem Tod der alten Dame Nutzen?«

Der Oberinspektor lächelte.

»Nur ein einziger Mensch - ein Major Fanshawe, ihr Neffe«, erwiderte er. »Natürlich habe ich auch schon an ihn gedacht, und ich kann Ihnen nur raten, ihn im Auge zu behalten, Mr. Cromwell«, fügte er plötzlich ernst hinzu. »Es liegt natürlich immer nahe, den Mann als den am meisten Verdächtigen anzusehen, der den Vorteil hat. Aber soweit ich bisher feststellen konnte, ist Fanshawe ein anständiger, ehrlicher Mensch, der nichts zu verbergen hat. Er hätte auch geerbt, wenn seine Tante eines natürlichen Todes gestorben wäre, was ja immerhin abzusehen war, da sie schon recht betagt war. Doktor Bellamy sprach zwar von zehn bis fünfzehn Jahren, aber das glaube ich nicht... Da ist jedoch noch etwas anderes.« Es sprach den Gedanken nur zögernd aus. »Ich glaube zwar nicht, dass an diesem Gerücht viel dran ist, aber die alte Dame soll beabsichtigt haben, einen ihrer Gäste zu heiraten, einen Mann namens Sir Christopher Morton-Gore. Sollte dieses Gerücht tatsächlich begründet sein, so zeigt es doch, dass sie sich noch recht jung fühlte und nicht erwartete, bald zu sterben.«

»Dieses Gerücht ist nicht uninteressant, Oberinspektor«, meinte Cromwell nachdenklich. »Wo wäre zum Beispiel Fanshawes Erbschaft geblieben, wenn diese Ehe tatsächlich geschlossen worden wäre?«

»Ich verstehe nicht, wie eine Ehe in dieser Beziehung viel geändert hätte.« Staunton zuckte die Achseln. »Als nächster Blutsverwandter wäre Fanshawe trotzdem der

Erbe geblieben. Aber was ist dieses Erbe schon wert? Ein verfallenes Haus, aus dem man ein Hotel machen musste, um es überhaupt halten zu können. Grund und Boden gehörten nicht mehr zum Schloss, denn das dazugehörige Gut wurde schon vor Jahrzehnten verkauft. Das Schloss selbst aber hat keinen Wert - wer würde sich schon so einen alten Kasten aufhalsen? Das ist ja das Schlimme, Mr. Cromwell. Es lässt sich für die Ermordung Lady Glenistons kein vernünftiges Motiv finden. Hoskins allein hatte ein Motiv - und er kommt als Täter nicht mehr in Frage. Im Übrigen war jedoch, meinen Informationen nach, Lady Gleniston allgemein beliebt und geachtet. Sie war zwar sehr streng, aber dabei eine gute, fromme Frau.«

»Ja, das habe ich auch schon gehört«, antwortete Ironsides mürrisch. »Aber jemand muss trotzdem ein Motiv gehabt haben, sonst wäre sie jetzt nicht tot. Wenn wir aber jemandem ein hinreichend starkes Motiv nachweisen können, dann werden wir wohl auch unseren Mörder gefunden haben.«

Sechstes Kapitel

In höchster Aufregung ging Bruce Campbell auf der Terrasse vor der Haustür auf und ab, als Oberinspektor Stauntons Wagen langsam über den Damm fuhr, der das Schloss mit dem Festland verband. Mit seinen rehbraunen Hosen und dem am Hals offenen weißen Hemd hatte sich Bruce hübsch zu machen bemüht, denn er wartete auf Carol. Das Frühstück war vorbei, und der Morgen war schon recht heiß.

Im Schloss gingen Gerüchte herum, dass kein Geringerer als der berühmte *Ironsides* von Scotland Yard hergekommen war; um die Morduntersuchung zu führen. Bill Cromwell war für Bruce längst kein Fremder mehr, wenn er auch noch nicht persönlich mit ihm zu tun gehabt hatte.

»Warten Sie nur, bis Sie ihn zu sehen bekommen, Carol«, sagte er am Frühstückstisch. »Aber lassen Sie sich von seinem Äußeren nicht täuschen! Er sieht gar nicht bedeutend aus. Die meisten sind ziemlich enttäuscht, wenn sie Ironsides kennenlernen. Man könnte ihn bei oberflächlicher Betrachtung eher für einen Altwarenhändler als für einen berühmten Kriminalbeamten halten. Aber dafür hat er es hier!« Er tippte sich an die Stirn. »Er wird diesen Fall aufgeklärt und den Mörder am Schlafittchen haben, bevor wir überhaupt recht wissen, was los ist...« Er hielt inne. »Aber eigentlich hoffe ich, dass er es nicht allzu schnell schafft.«

»Warum hoffen Sie das?«, fragte sie verwundert.

Er hielt es jedoch für besser, diese Frage nicht zu beantworten. Es war ihm nämlich eingefallen, dass die Feriengäste - ihn und Carol eingeschlossen - umso länger im Schloss festgehalten wurden, je mehr sich die Nachforschungen Cromwells hinzogen.

Jetzt wartete er gespannt auf den großen Augenblick - und man braucht kaum besonders zu erwähnen, dass er in dieser Stimmung genau das Falsche tat. So war er eben. Wenn irgendwo ein Fettnäpfchen herumstand, in das er treten konnte, so tat er das auch unweigerlich.

»Chefinspektor Cromwell?«, stieß er hervor und rannte die Treppen hinunter, als Ironsides aus dem Wagen stieg. »Hören Sie, Mr. Cromwell...«

»Sachte, mein Sohn! Wer sind Sie eigentlich, und was fällt Ihnen überhaupt ein?«, unterbrach ihn Cromwell unfreundlich. »Leider kann ich mich Ihnen jetzt nicht widmen...«

»Mein Name ist Campbell, Sir - Bruce Campbell. Ich habe Ihnen etwas Wichtiges zu sagen!« Bruce ließ seine Stimme zu einem Flüstern sinken. »Lady Gleniston bekam gestern mit der Abendpost einen Brief. Ich sah, dass sie blass wie ein Leinentuch wurde, als sie ihn las...«

»Gewiss junger Mann, aber...«

»Und warum blickte Morton-Gore so finster und böse drein, als eine Bekannte und ich ihm ein paar Stunden später in der Halle begegneten?«, fuhr Bruce fort, ohne sich aufhalten zu lassen. »In diesem Haus geht einiges vor, was nicht in Ordnung ist, Mr. Cromwell. Damit meine ich nicht den Mord. Lange vorher war da etwas...«

»Ohne Zweifel«, unterbrach ihn Ironsides. »Ich werde es später vielleicht für nötig finden, Sie zu vernehmen, mein Sohn. Aber im Augenblick habe ich etwas anderes zu tun.«

»Warten Sie doch eine Minute!«, rief Bruce, als Cromwell Miene machte, fortzugehen.

»Ein andermal, junger Mann!« Böse schob Ironsides Bruce beiseite und ging die Stufen hinauf. Oberinspektor Staunton wartete schon an der Haustür.

»Schaff mir um alles in der Welt den jungen Trottel vom Hals, Johnny!«, murmelte Cromwell. »Er wird uns nur Schwierigkeiten machen, wenn wir ihn nicht von vornherein in seine Schranken weisen. Die Art kenne ich doch! Amateure, die uns helfen wollen - solche Leute halten sich immer für Gott weiß wie schlau!«

»Trotzdem kann es sich lohnen, ihn einmal anzuhören, Old Iron«, meinte Johnny, der die kurze Unterhaltung gehört hatte. »Er hat uns zwei interessante Hinweise gegeben. Wenn Lady Gleniston beim Lesen eines Briefes blass wurde, so muss der Brief etwas enthalten haben, was ihr unangenehm war. Ist Morton-Gore nicht der Mann, den sie angeblich heiraten wollte? Er sah böse und finster aus? Das lässt doch vermuten, dass da eine Verbindung besteht...«

»Halt den Mund«, fuhr Cromwell ihn an. »Wir werden verdammt viele Leute zu verhören haben, bevor wir den Fall lösen können, Johnny, und wir werden uns verlässlichere Auskünfte besorgen müssen als das Geschwafel dieses jungen Mannes.«

Johnny lächelte.

»Da magst du recht haben«, erwiderte er. »Er gehört wohl zu der Sorte, die aus jeder Maus einen Elefanten macht. Wahrscheinlich war der Brief vom Finanzamt.«

Staunton führte sie sofort in Lady Glenistons Arbeitszimmer.

»Hier ist nichts berührt worden, Mr. Cromwell«, sagte er. »Außer natürlich der Leiche, die, nachdem sie fotografiert worden war, in das Schlafzimmer der alten Dame getragen wurde. Ich sah keine Veranlassung, sie sofort ins Leichenhaus zu überführen. Sonst ist hier alles genau, wie wir es bei unserer Ankunft vorfanden.«

»Es ist stickig hier«, meinte Cromwell. »Mach das Fenster auf, Johnny! Lass frische Luft herein!«

Während Johnny die Flügel der Balkontür öffnete, ließ Cromwell seine Augen zu einem großen Gemälde wandern, das über dem Schreibtisch an der Wand hing.

»Hier - diese Kreidestriche auf dem Boden geben die Lage der Leiche an«, fuhr der Oberinspektor fort. »Dieser Fleck auf dem Boden ist ein Blutfleck. Es ist Inspektor Davis und mir gelungen, die Tatzeit ziemlich scharf - auf eine Viertelstunde - festzulegen. Lady Gleniston wurde zwischen drei Viertel elf und elf ermordet.«

»Wie haben Sie die Zeit so genau festlegen können?«

»Bentley - der Butler hier - hat ausgesagt, er habe gesehen, wie Lady Gleniston genau eine Minute vor drei Viertel elf in ihr Arbeitszimmer gegangen sei. Unmittelbar nachdem sie die Tür hinter sich geschlossen hatte, schlug nämlich, wie er sagte, die Standuhr in der Halle drei Viertel. Im Allgemeinen begab sich Lady Gleniston, wie ich Ihnen schon erzählte, um halb elf in ihr Arbeitszimmer; aber gestern Abend verspätete sie sich. Zwei der Gäste, dieser Campbell, der Sie vorhin an der Tür gesprochen hat, und eine junge Dame namens Carol Gray kamen kurz vor elf von einem Spaziergang zurück. Beide behaupten übereinstimmend, es sei drei Minuten vor elf gewesen, und das kann man ihnen wohl abnehmen. Sie sahen, wie Major

Fanshawe von diesem Zimmer her in die Halle wankte. Er konnte nur hervorstoßen, dass Lady Gleniston in einer Blutlache in ihrem Zimmer läge. Er bat Campbell, sofort einen Arzt anzurufen - Campbell fand das merkwürdig, da ja ein Telefon hier ist -, also in dem Zimmer, aus dem Fanshawe gerade gekommen war. Aber das ist schließlich zu verstehen. Der Mann war eben völlig verwirrt. Miss Gray sagte, dass die Standuhr kurz darauf elf Uhr schlug.«

»Ja, damit scheint die Zeit recht genau festzuliegen«, nickte Ironsides. »Wenn wir also jemanden finden können, der für die Zeit von zehn Uhr fünfundvierzig bis zehn Uhr siebenundfünfzig kein Alibi besitzt, werden wir schon einen Schritt weiter gekommen sein.« Er brummte. »Das setzt natürlich voraus, dass der Mord von einem Hausbewohner begangen wurde. Wir dürfen nicht völlig außer Acht lassen, dass auch ein Fremder die Tat verübt haben kann, obwohl das unwahrscheinlich ist.«

»Warum?«, fragte Staunton. »Nachdem Hoskins ausgeschieden ist, habe ich mir sehr ernsthaft die Frage vorgelegt, ob nicht auch ein vollkommen Fremder um diese Zeit sich im Garten herumgetrieben haben kann. So ein Mann hätte sich ja ohne weiteres den Vorschlaghammer holen können, da der Geräteschuppen unverschlossen ist. Er hätte auch durch die Balkontür hereinkommen und Lady Gleniston anfallen können, die ja an gar keine Gefahr dachte.«

»Das möchte ich bezweifeln!« Cromwell schüttelte energisch den Kopf. »Das Bild, das ich mir von Lady Gleniston mache, ist das einer durchaus aufmerksamen, kräftigen alten Frau. Sie würde zweifellos geschrien haben, wenn sie sich von einem Fremden bedroht gesehen hätte. Bedenken

Sie doch, wie sie mit der Hundepeitsche gegen Hoskins vorging! Nein, Oberinspektor, ich möchte zunächst einmal davon ausgehen, dass der Mörder hier im Haus wohnt. Dabei ist wichtig, dass das tatsächliche Verbrechen - der Schlag mit dem Hammer - nur zwei, höchstens drei Minuten in Anspruch genommen haben kann. Das deutet darauf hin, dass der Mörder jemand ist, der Lady Gleniston gut bekannt war, so dass sie weder Furcht noch Argwohn empfand, als sie ihn eintreten sah. Darum traf sie der vernichtende Schlag mit dem Hammer auch völlig überraschend. Nach der Tat ging der Mörder rasch fort, da er ja beabsichtigte, Hoskins den Mord in die Schuhe zu schieben. Danach muss als Tatzeit also etwa zehn Uhr fünfzig angenommen werden. - Ich möchte jetzt Major Fanshawe sprechen«, fügte er mit seiner charakteristischen Sprunghaftigkeit hinzu. »Hol ihn her, Johnny!«

Der Major betrat zögernd das Zimmer.

»Ich hoffe, dass mein Verhör Sie nicht allzu lange aufhalten wird, Sir, aber es ist leider unvermeidlich«, begann Cromwell. »Sie waren wohl derjenige, der die Leiche auffand, nicht wahr?«

»Ja«, antwortete Fanshawe. Seine Haltung war noch gebeugter als sonst, und sein Blick wanderte ruhelos durch das Zimmer.

»Ich hatte mit meiner Tante eine Kleinigkeit zu besprechen - ich weiß gar nicht mehr, um was es sich handelte und da fand ich sie dort liegen...« Er sah auf die Kreidestriche auf dem Teppich. »Sie lag auf dem Rücken, mit weitaufgerissenen Augen... Mein Gott, ist das wirklich notwendig?«

Er fuhr sich mit der Hand durch sein blondes Haar; das Gesicht war verzerrt.

»Es tut mir furchtbar leid, Sir, aber ich muss die Einzelheiten nun einmal aus erster Hand erfahren«, entschuldigte sich Cromwell. »Sie traten an die Leiche Ihrer Tante heran und berührten sie sogar, wie mir gesagt wurde. Denn als Sie einige Minuten später in die Halle kamen, war Ihre Hand blutig. Warum fassten Sie die Leiche überhaupt an?«

»Was hätte ich sonst tun sollen?«, entgegnete der Major ärgerlich. »Ich wusste doch nicht, dass meine Tante tot war! Woher hätte ich das denn wissen können? Ich sah auch den Hammer zunächst nicht; ich dachte also, sie sei gestürzt und hätte sich beim Fall verletzt. So lief ich zu ihr, beugte mich über sie und fand, dass sich dort, wo ich mit der Hand auf den Boden stützte, auf dem Teppich eine Blutlache gebildet hatte. Erst jetzt sah ich auch den Hammer...« Er schloss die Augen, wie um die Erinnerung an diesen Augenblick zu verdrängen. »Erst dann wurde mir klar, dass meine Tante tot war. Was ich daraufhin tat, weiß ich nicht mehr genau. Ich war vollkommen benommen.«

»Haben Sie hier irgendjemanden gehört oder gesehen?«

»Nein.«

»Gingen Sie zum Fenster?«

»Später wurde mir natürlich klar, dass der Mörder durch die Balkontür hereingekommen sein musste. Aber im ersten Augenblick dachte ich nur daran, Hilfe herbeizuholen«, erwiderte Fanshawe. »Ganz verwirrt stürzte ich in die Halle hinaus und bat die Leute, die ich dort traf, einen Arzt anzurufen. Ich wusste zwar, dass das sinnlos war, aber nach so einem Schock...«

»Das kann ich Ihnen durchaus nachfühlen, Sir«', unterbrach ihn Cromwell. »Zunächst nahm man an, dass nur Hoskins den tödlichen Schlag geführt haben konnte, aber es wurde bald klar, dass er als Täter nicht in Betracht kam. Er gibt zu, betrunken und wütend über die Terrasse zur Balkontür dieses Zimmers gekommen zu sein, um mit Lady Gleniston noch einmal zu sprechen. Er behauptet, dass sie bereits tot war, als er ankam. Wir wissen, dass seine Aussage der Wahrheit entspricht. Ist Ihnen jemand anders bekannt, der Ihre Tante so hasste?«

Der Major schüttelte den Kopf und fuhr sich mit der Hand über den Mund. Seine Nervosität nahm zu.

»Schon der Gedanke ist unvorstellbar«, antwortete er hilflos. »Sie war bestimmt - mit den Dienstboten vielleicht sogar streng -, aber dabei doch sehr gutmütig. Je mehr ich mir diese furchtbare Sache überlege, umso mehr bin ich davon überzeugt, dass es sich nur um die Tat eines Wahnsinnigen handeln kann - eines Fremden, der die offene Balkontür sah und meine Tante in einem plötzlichen Anfall überfiel. So etwas gibt es doch.«

»Das glauben Sie doch selbst nicht, Sir.« Cromwell schüttelte brummig den Kopf.

»Doch, davon bin ich fest überzeugt!«

»Dieser Wahnsinnige, der plötzlich Mordabsichten bekommt, hätte ja die ihm fremde Dame nur überfallen können, nachdem er vorher in den Geräteschuppen gegangen und sich von dort einen schweren Vorschlaghammer geholt hatte. Diesen Hammer hätte er dann mit behandschuhten Händen so weit oben anfassen müssen, dass er Hoskins' Fingerabdrücke am Ende des Griffs nicht verwischte.«

Major Fanshawe sah bei den ironischen Worten Cromwells recht verwirrt aus.

»Nun ja, wenn man diese Tatsache bedenkt, muss man natürlich zugeben, dass meine Theorie unhaltbar ist«, gab er zu. »Aber damit wird die Tat für mich nur noch unerklärlicher.«

»Sie müssen sich eben damit abfinden, Sir, dass es sich hier um ein sorgfältig vorbereitetes Verbrechen handelt, das planmäßig so ausgeführt wurde, dass der Tatverdacht auf einen Mann fallen musste, der Lady Gleniston hasste und vor Zeugen geäußert hatte, er werde sie aufsuchen, um mit ihr *abzurechnen*. Glücklicherweise schlug dieser Plan des Mörders fehl...«

»Aber meine arme Tante fiel ihm doch zum Opfer!«, wandte Fanshawe ein.

»Der Plan schlug nur insoweit fehl, als es dem Mörder nicht gelang, seine Tat einem anderen in die Schuhe zu schieben«, verbesserte sich Cromwell. »Aber auch das misslang ihm nur durch einen Zufall. Wäre das mit der Verletzung nicht passiert, hätte man Ned Hoskins ohne weiteres verhaftet.«

»Gestern Abend sagte mir der Oberinspektor, alles sei vorüber, und die Nachforschungen seien abgeschlossen«, meinte Fanshawe niedergeschlagen. »Jetzt geht alles wieder von vorn an.« Er wurde plötzlich heftig; vielleicht waren seine Nerven der Belastung nicht mehr gewachsen. »Großer Gott, Sir, glauben Sie etwa, dass ich Ihnen jemanden nennen kann, dem ich dieses Verbrechen zutraue? Schon allein der Gedanke, dass jemand aus dem Haus der Mörder ist, erscheint mir phantastisch. Ich kann so etwas einfach nicht glauben!«

»Sie sind sich doch darüber klar, Sir, dass der einzige Weg, einen Mörder zu finden, darin besteht, dass man, einen nach dem andern, diejenigen ausscheidet, die den Mord nicht begangen haben können«, sagte der Chefinspektor. »Darum bitte ich Sie, mich nicht falsch zu verstehen. Denn die Frage, die ich jetzt an Sie richte, ist rein formell. Wo hielten Sie sich gestern Abend zwischen drei Viertel elf und elf Uhr auf?«

Das Blut stieg dem Major ins Gesicht, und der Zorn blitzte aus seinen Augen.

»Wollen Sie damit etwa andeuten...«, begann er mit halb erstickter Stimme.

»Bitte beantworten Sie meine Frage, Major Fanshawe. Ich deute gar nichts an, sondern tue nur das, wozu mich mein Beruf zwingt.«

»Entschuldigen Sie, Chefinspektor«, murmelte der Major. »Aber die Andeutungen, die in Ihrer Frage enthalten sind...« Er brach ab und wurde ruhiger. »Um zehn Uhr wurde ich von einem unserer Gäste, einem Herrn namens Reed, zu einer Partie Billard aufgefordert. Wir spielten ein Spiel, aber kurz nach halb elf gingen wir ins Freie, da es im Billardzimmer unerträglich heiß war. Wir gingen auf den Damm zu, denn Reed beabsichtigte, zum Bootssteg zu gehen, um irgendetwas an seinem Motorboot, das dort vertäut lag, in Ordnung zu bringen. Aber ich hatte keine Lust, ihn zu begleiten; so trennten wir uns auf dem Damm, und ich kehrte wieder um.«

»Um welche Zeit war das?«

»Es muss so gegen drei Viertel elf gewesen sein.«

»Was taten Sie dann, Sir?«

»Ich wollte ins Wohnzimmer gehen, um mir die Tagesschau im Fernsehen anzusehen«, antwortete Fanshawe ungeduldig. Die Doppeltüren des Wohnzimmers standen weit offen, und ich konnte in dem gedämpften Licht die Leute sitzen sehen. Plötzlich fiel mir ein, dass ich ja mit meiner Tante noch etwas zu besprechen hatte, und so ging ich in ihr Arbeitszimmer. Was ich hier vorfand, wissen Sie ja.«

Cromwell dachte kurz nach.

»Haben Sie auf Ihrem Rückweg ins Haus jemanden getroffen, nachdem Sie sich von Mr. Reed auf dem Damm getrennt hatten?«

»Nicht, dass ich wüsste.«

»Mit anderen Worten, niemand sah Sie, als Sie um diese Zeit wieder ins Haus zurückkamen.«

»Nein, niemand.«

»Sie kamen durch den Haupteingang herein?«

»Ja.«

Schweigen. Wieder überlegte Cromwell. Wenn Major Fanshawe um drei Viertel elf zurückgekommen war, ohne dabei gesehen worden zu sein, so hatte er auch Zeit gehabt, sich aus dem Geräteschuppen den Vorschlaghammer zu holen und die Tat auszuführen. Danach konnte er dann in die Halle laufen und Alarm schlagen...

»Wie gestaltet sich jetzt Ihre Lage, Sir, nachdem Lady Gleniston tot ist?«, fragte Ironsides unvermittelt.

»Wie sich meine Lage gestaltet?«

»Sie sind doch Erbe, nicht wahr?«

»Jawohl.«

»Aber die Erbschaft ist wohl nicht viel wert, oder? Das Schloss ist wohl, nachdem das umliegende Land schon längst verkauft ist, praktisch unverkäuflich. Ihre Tante konnte ja nur dadurch durchkommen, dass sie im Sommer Feriengäste aufnahm. Die Erbschaft ist also wohl unerheblich.«

Major Fanshawe sah ihn überrascht an, zögerte aber mit seiner Antwort.

»Da haben Sie nicht ganz recht«, erwiderte er langsam; wieder stieg ihm das Blut ins Gesicht. »Wenn ich aber Ihren Gedankengang richtig verstehe, Mr. Cromwell, so wird das, was ich Ihnen zu antworten habe, die Sachlage für mich nicht gerade verbessern. Ich glaubte, es sei allgemein bekannt. Meine Tante hatte es an sich nicht nötig, aus dem Schloss ein Hotel zu machen. Schon seit Jahren dringe ich in sie, alles zu verkaufen und in einem hübschen kleinen Haus in oder bei London zu leben. Das lehnte sie jedoch stets ab. Sie hing eben zu sehr an diesem Familiensitz. Sie entgegnete mir immer, dass die Glenistons seit Jahrhunderten hier gelebt haben und dass auch sie den Wunsch habe, hier zu sterben. Dem Schloss gehörte ihre ganze Liebe.«

»Gewiss, Sir«, sagte Cromwell. »Das kann ich schon verstehen. Aber Sie sprechen davon, alles zu verkaufen. Wer würde denn das Schloss kaufen? Es gibt für alte Schlösser dieser Größe ja keine Käufer mehr!«

»Ich dachte weniger daran, das Haus selbst zu verkaufen, als vielmehr das, was es enthält.«

»Sie meinen die Möbel?«

»Mein Gott - haben Sie denn nicht die Bilder gesehen?«, fragte Major Fanshawe. »Gerade über Ihnen hängt doch ein fast unbezahlbares Bild - ein Rembrandt. Andere Gemälde hängen in der Halle. Hier gibt es Bilder, die Hunderttausende wert sind, wir haben Ming-Porzellan und viele andere Kunstgegenstände, die äußerst wertvoll sind. Mein Onkel, Sir Simeon Gleniston, verkaufte zwar sein Land, dachte aber nicht daran, sich von seinen Kunstschätzen zu trennen. Sein Großvater hatte sie zu einer Zeit gesammelt, als das Gut viel einbrachte.«

»Ach...«, meinte Ironsides überrascht. »Sie sind also durch den Tod Ihrer Tante ein reicher Mann geworden? Denn Sie haben ja wohl keine Hemmungen, diese Kunstschätze zu Geld zu machen?«

»Nein, da haben Sie recht.«

»Welchen Betrag, glauben Sie, könnte man für die Bilder und die übrigen Sachen erwarten?«

»Das ist schwer zu sagen.« Der Major zuckte die Achseln. »Wohl so etwa eine halbe Million Pfund.«

Siebtes Kapitel

Nachdem Major Fanshawe aus dem Zimmer gegangen war, betrachtete Bill Cromwell nachdenklich das Bild, das über dem Schreibtisch hing.

»Dieses Bild sah mir gleich nicht nach einer bloßen Kopie aus«, meinte er dann langsam. »Ebenso die Bilder in der Halle. Da man mir aber gesagt hatte, dass Lady Gleniston Feriengäste aufnehmen musste, um überhaupt durchkommen zu können, ist mir gar nicht der Gedanke gekommen, dass diese Bilder so kostbar sein könnten.«

»Mich überrascht das auch«, meinte der Oberinspektor. »Es werden wohl viele Leute davon gewusst haben - vielleicht sogar das ganze Dorf aber man kann ja nicht gut nach so etwas fragen. Trotzdem - eine halbe Million Pfund? Kann denn das stimmen?«

»Ich glaube nicht, dass er sich da sehr irrt«, erwiderte Cromwell. »Ich halte ihn für einen intelligenten, geschäftstüchtigen Mann, der sehr wohl über den Wert dieser Gemälde orientiert ist. Umso weniger verstand er wohl die Weigerung seiner Tante, sich von ihren Schätzen zu trennen; Jahr um Jahr hat er unter ihrer Fuchtel in ärmlichen Verhältnissen leben müssen, obwohl er genau wusste, dass ein Verkauf allen Beteiligten zu Wohlstand verholfen haben würde.«

»Dazu kommt noch«, nickte Johnny Lister, »dass er kein Alibi hat.«

»Er hatte also ein sehr starkes Motiv für die Tat«, zog Staunton die Schlussfolgerung.

»Ein starkes Motiv? Ein genügend starkes glauben Sie?«, fragte Ironsides nachdenklich. »Gewiss, er erbt jetzt diese wertvollen Bilder. Aber brauchte er sie deshalb umzubringen? Als nächster Anverwandter hätte er sie ja in jedem Fall geerbt. Er hatte auch nicht mehr ewig zu warten, um diese Erbschaft anzutreten.«

»Nur zehn bis fünfzehn Jährchen«, meinte Johnny ironisch.

»So sagte der Arzt. Aber wer will das genau wissen?«, antwortete Cromwell. »Mit siebzig kann eine alte Dame jeden Augenblick das Zeitliche segnen. Warum sollte der Major wegen einer Verzögerung von ein paar Jahren ein so furchtbares Risiko auf sich nehmen? Nein, Johnny, ich halte das Nächstliegende nicht unbedingt für das Richtige. Ich bin mir über Fanshawe noch nicht im Klaren. Für gewöhnlich kann ich einen Menschen schon nach dem ersten Eindruck recht gut beurteilen, aber bei ihm bin ich im Zweifel. Ich weiß nicht recht... Lassen wir das für eine Weile. Jetzt möchte ich einmal Miss - wie heißt doch die Sekretärin? - ach, Miss Cawthorne, sprechen. So heißt sie doch?«

»Über sie sprach ich gestern Abend schon mit Sergeant Fratton«, sagte der Oberinspektor. »Er ist ja aus dem Ort und kennt hier jeden Menschen. Miss Cawthorne war eigentlich weniger Lady Glenistons Sekretärin als ihre Stellvertreterin. Sie hatte auch für die Gäste zu sorgen. Natürlich hat sie jetzt ihre Stellung verloren und wird sich wohl Sorgen machen, was mit ihr werden soll. Wie Fratton mir sagte, war sie mit der alten Dame eng befreundet.«

Als Margaret Cawthorne, von Johnny herbeigeholt, ins Arbeitszimmer kam, hatte sie einen Teil ihrer überströmenden Vitalität, die heitere Freundlichkeit, die Bruce bei seiner Ankunft aufgefallen war, eingebüßt. Sie war jedoch gefasst und sah nun wieder viel jünger aus, als sie tatsächlich war.

»Ich hoffe, ich werde Sie nicht allzu sehr zu quälen brauchen, Miss Cawthorne, aber vielleicht können Sie uns behilflich sein«, begann Cromwell mit einer bei ihm ungewöhnlichen Sanftheit. »Die Tragödie im Schloss muss Sie natürlich tief getroffen haben, aber ich muss nun einmal Ihre Meinung darüber hören. Wissen Sie etwas Genaueres über das Verbrechen?«

»Ich weiß nur, dass meine arme Angela tot ist«, flüsterte sie kaum hörbar. »Leider habe ich mich gestern Abend gehenlassen, was ich tief bedaure. Aber der Schock war für mich so furchtbar - es kam so unerwartet. Nachdem der Spielfilm im Fernsehen zu Ende war, sagte mir jemand, Lady Gleniston habe einen Unfall gehabt; so kam ich rasch hierher ins Arbeitszimmer...«

»Sie sahen also beim Fernsehen zu?«

»Ja. Im Wohnzimmer. Zusammen mit einer ganzen Anzahl unserer Gäste. Es war dort sehr still, und so machte ich leider während eines Teils des Programms wohl ein Nickerchen. Das Starren auf den Fernsehschirm ermüdet mich oft - und gestern Abend war es, obwohl Türen und Fenster offenstanden, im Wohnzimmer unerträglich heiß. Es rührte sich kein Lüftchen.«

»Wie lange haben Sie beim Fernsehen zugesehen?«

»Ziemlich lange. Ich kam etwa um halb zehn - vielleicht auch ein bisschen später«, erwiderte Miss Cawthorne. »Ich setzte mich wie üblich hinten an die Wand. Ich bin eigentlich hier ein Niemand - nur ein besserer Dienstbote.« Ihre

Stimme hatte einen bitteren Unterton. »Den Gästen gegenüber gelte ich als Angelas Sekretärin, aber damit wird nur ein Schein gewahrt. In Wahrheit bin ich hier Mädchen für alles. Ich führe die Bücher, kaufe ein, kümmere mich um die Gäste, bin zu höchst unsympathischen Leuten nett, lege Streitigkeiten bei und so fort.« Ihre Augen wurden feucht. »Angela überließ alles mir.«

»Mir scheint im Gegenteil, Miss Cawthorne, dass Ihre Stellung hier viel bedeutender ist als nur die einer Sekretärin. Sie sind wohl eine jener Frauen, denen man wegen ihrer Tüchtigkeit immer noch mehr aufhalst.«

»Sehr liebenswürdig von Ihnen, es so auszudrücken«, erwiderte sie und warf ihm einen dankbaren Blick zu. »Aber ich fürchte, Claude - ich meine, der Major - würde Ihre Worte nicht unterschreiben.«

»Nun, Miss Cawthorne, kommen wir zu unserem Thema zurück. Sehen Sie sich die Fernsehsendungen öfter an?«

»So oft ich kann - aber es ist nicht immer möglich. Gestern Abend war Lady Gleniston so reizbar, dass ich es für besser hielt, ihr aus dem Weg zu gehen.«

»War sie wegen der Auseinandersetzung mit Hoskins so erregt?«

»Gewiss!« Miss Cawthorne schien einen Augenblick unsicher zu werden und zu zögern. »Das heißt, in der Hauptsache. Sie hatte unter einer harten Schale ein weiches Herz und machte sich wohl wegen Neds Frau und Kindern Gedanken.«

»Sie sagten soeben *in der Hauptsache*. Gab es vielleicht noch einen anderen Grund? Ich kann verstehen, dass sie sich wegen der Familie des Gärtners Sorgen machte. Aber das kann doch nicht der einzige Grund der Reizbarkeit gewesen sein.«

»Ja, sie hatte noch eine andere Veranlassung!«, rief Miss Cawthorne plötzlich heftig. »Etwas - etwas war geschehen!« Plötzlich änderte sich ihr ganzes Verhalten. Sie beugte sich mit hochrotem Gesicht zitternd vor. »Seit fünfzehn Jahren bin ich nun bei Lady Gleniston, und jetzt liegt alles in Scherben. Ich habe meine Stellung verloren und keine Aussicht, eine andere zu finden.«

Bill Cromwell brummte unwillig.

»Davon wollten Sie doch eigentlich gar nicht sprechen«, meinte er. »Warum gehen Sie zu einem neuen Thema über?«

»Nun schön - ich werde Ihnen reinen Wein einschenken. Wie Angela nur an so etwas überhaupt denken konnte, verstehe ich nicht! In ihrem Alter!«, rief Miss Cawthorne unwillig. »Es ist lächerlich! Sie überlegte sich doch tatsächlich, mit Sir Christopher Morton-Gore die Ehe einzugehen! Als sie mir Anfang der Woche davon erzählte, fiel ich geradezu aus allen Wolken!«

»War denn diese Ankündigung so unerhört? Frauen heiraten doch oft nach einer langen Witwenzeit wieder.« Cromwell zuckte die Achseln. »Warum sollte das im Fall Lady Glenistons etwas so Außerordentliches sein? Waren Sie vielleicht von dieser Ankündigung nur deshalb so betroffen, Miss Cawthorne, weil Sie fürchteten, Ihre Stellung zu verlieren?«

»Keineswegs«, erwiderte sie rasch. »Im Gegenteil, Angela versicherte mir, dass sich für mich nichts ändern werde. Sie sagte sogar, sie werde mich mehr denn je brauchen. Sie versprach, mir nach der Hochzeit die Verwaltung des

Schlosses völlig anzuvertrauen und mein Gehalt erheblich zu erhöhen. Aber wie dieser Mensch sie dazu gebracht haben kann, in eine Ehe einzuwilligen, kann ich mir gar nicht vorstellen! Er ist erst drei oder vier Wochen hier, aber ich konnte sehr bald erkennen, dass er auf sie geradezu unheimlich faszinierend wirkte! Wie absurd! Eine so alte Frau!«

»Alte Frauen, meine liebe Miss Cawthorne, können manchmal sehr sonderbar sein.« Ironsides schüttelte den Kopf. »Was Sie mir jetzt erzählt haben, ist keineswegs ungewöhnlich. Hatten Sie etwa einen besonderen Grund, der Idee einer solchen Heirat abgeneigt zu sein?«

»Jawohl! Meine Abneigung gegen Sir Christopher!«, erwiderte sie sofort. »Ich habe immer die Empfindung gehabt, dass er nicht ehrlich und vertrauenswürdig ist. Vielleicht allerdings entspringt dieses Gefühl nur einer unschönen Eifersucht. Denn es gibt eigentlich nichts, was mein Empfinden rechtfertigt; es ist nur mein weiblicher Instinkt. Man könnte es vielleicht als Intuition bezeichnen.« Sie lächelte entschuldigend und fuhr dann rasch fort: »Und nun will ich Ihnen den wirklichen Grund für Angelas Erregung verraten. Sie bekam mit der Abendpost einen Brief. Ich war nicht dabei, als sie ihn las, aber schon während des Essens merkte ich, dass irgendetwas nicht in Ordnung war; kurz danach ging sie in übelster Laune in ihr Arbeitszimmer. Sie ließ mich kommen und sagte mir, ich solle Sir Christopher zu ihr schicken. Der Ausdruck in ihren Augen erschreckte mich geradezu; es war reiner Hass. Ihr ganzes Wesen hatte sich plötzlich verändert. Sie war fast eine halbe Stunde mit Sir Christopher zusammen. Ich begegnete Sir Christopher, als er aus ihrem Zimmer kam; er sah ganz entsetzlich aus. Der Schweiß strömte ihm übers Gesicht, und seine Augen funkelten vor Wut. Ja, und dabei war es fast, als ob er Furcht hätte. Ich war so überrascht, dass ich sofort zu Angela ins Zimmer ging und sie fragte, was geschehen sei.«

Miss Cawthorne hielt inne.

»Sprechen Sie weiter, Miss Cawthorne«, sagte Ironsides. »Was Sie da erzählen, ist recht interessant und aufschlussreich. Es könnte auch wichtig sein. Verriet Ihnen Lady Gleniston, warum sie sich mit ihrem Verlobten gestritten hatte?«

»Nein. Sie gab mir überhaupt keine Erklärung«, erwiderte die Hausdame. »Sie kündigte mir nur an, dass Sir Christopher am nächsten Morgen - also heute - abfahren werde. Sie trug mir auf, dafür zu sorgen, dass der Wagen für ihn bereitstünde, damit er den Frühzug erreichen könne. Sie war so nervös, dass ich es bei ihr nicht aushalten konnte. Sie wurde auch mir gegenüber so grob, wie sie es bisher noch niemals geworden war. Ich ging ins Wohnzimmer, um ihr aus den Augen zu kommen. »Mehr weiß ich nicht, bis ich um elf Uhr hörte, was passiert war.«

»Vielen Dank, Miss Cawthorne. Sie haben uns wirklich geholfen«, sagte Cromwell. »Wissen Sie übrigens, was aus dem Brief geworden ist?«

»Er lag nicht auf dem Schreibtisch, als Mr. Staunton gestern das Zimmer durchsuchte«, erwiderte sie mit einem Blick auf den Oberinspektor. »Sie erinnern sich doch, Mr. Staunton? Ich war ja auch hier - Sie hatten mich aufgefordert, hierzubleiben -, aber diesen Brief konnte ich nicht finden. Angela hat ihn wohl verbrannt. Ich sah, dass in dem leeren Kamin Asche von verbranntem Papier lag.«

»Ja, das ist mir auch aufgefallen«, nickte Staunton. »Aber da wusste ich doch von diesem Brief noch nichts; ich habe ja jetzt erst davon gehört. Warum haben Sie mir gestern Abend nichts gesagt, Miss Cawthorne?«

»Ich glaube nicht, dass er von Bedeutung sein könne. Erst in der Nacht ging mir das alles wieder durch den Kopf.« Sie zuckte bedauernd die Achseln. »Gestern konnte ich an nichts anderes denken, als dass meine arme Angela tot war... Könnte ich bitte eine Zigarette haben? Ich hoffe, es stört Sie nicht, wenn ich rauche...«

Johnny beeilte sich, ihr sein geöffnetes Zigarettenetui hinzuhalten. Er gab ihr auch Feuer, und Miss Cawthorne zog tief und dankbar den Rauch ein. Sie wirkte jetzt viel ruhiger.

»Es hat keinen Sinn, Ihnen verheimlichen zu wollen, Miss Cawthorne, dass vorläufig jeder Bewohner dieses Hauses unter Verdacht steht«, erklärte Cromwell rundheraus. »Damit habe ich zwar, wie ich sehe, Ihnen einen neuen Schreck versetzt, aber bei einer Morduntersuchung müssen wir den Tatsachen ins Gesicht sehen. Lady Gleniston könnte zwar auch von einem Außenstehenden ermordet worden sein, oder von jemandem, der in ihrer Vergangenheit eine Rolle spielte...«

»Das ist doch höchst unwahrscheinlich!«

»Gewiss, aber wir müssen immerhin auch diese Möglichkeit berücksichtigen«, fuhr Ironsides fort. »Ebenso, wie wir alle Menschen verdächtigen müssen, die zurzeit im Hause sind. Wie Sie wissen, ist die Tatzeit ziemlich genau festgelegt, und das kann uns unsere Aufgabe erleichtern. Die kritische Zeit beschränkt sich doch nur auf die wenigen Minuten zwischen zehn Uhr fünfundvierzig und zehn

Uhr siebenundfünfzig. Sie saßen zu dieser Zeit vor dem Fernsehschirm - und jetzt werden Sie erkennen, wie bedeutsam diese Tatsache ist. Andere Bewohner des Hauses hielten sich auch im Wohnzimmer auf. Die Doppeltüren des Zimmers und die beiden Balkontüren standen weit offen. Sahen Sie, wie sich während der fraglichen Zeit jemand aus dem Wohnzimmer fortschlich oder wie jemand hereinkam?«

Sie sah ihn höchst verwundert an.

»Meinen Sie damit, jemand hätte die Dunkelheit im Wohnzimmer ausnützen können, um sich ein Alibi zu verschaffen?«, fragte sie dann rasch. »Was für ein entsetzlicher Verdacht! Aber ich kann Ihnen dabei nicht helfen; ich kann mich nicht entsinnen, dass sich überhaupt jemand im Zimmer vom Platz rührte. Es war gerade die Tagesschau, und die anwesenden Herrschaften unterhielten sich wohl auch miteinander. Aber ich bin ganz sicher, dass ich es bemerkt haben würde, wenn irgendjemand durch die Balkontüren hereingekommen wäre.«

»Wo genau haben Sie denn gesessen?«

»Hinten in einer Ecke - wo ich stets sitze, wenn ich Zeit habe, beim Fernsehen zuzusehen«, erwiderte sie. »Ja, ich verstehe jetzt, worauf Sie hinauswollen. Aber von meinem Platz aus konnte ich wirklich so ziemlich das ganze Zimmer überblicken.«

»Das ist ja gerade der springende Punkt, Miss Cawthorne. Ich wollte Ihnen keine Suggestivfrage stellen, aber Sie haben mir unaufgefordert, ganz spontan, genau die Antwort gegeben, die ich haben wollte«, meinte der Chefinspektor. »Bitte denken Sie sorgfältig nach. Ich möchte nämlich noch etwas mehr wissen. Sie sagen, Sie saßen hinten im Zimmer. Konnten Sie von Ihrem Platz aus sowohl die Tür zum Gang wie die Balkontüren auf die Terrasse übersehen?«

»Die Tür lag links von mir, aber ein oder zwei Leute saßen zwischen mir und der Tür«, antwortete sie. »Die Balkontüren lagen an der mir gegenüberliegenden Wand, und zwar rechts.« Sie schüttelte den Kopf. »Wenn jemand durch die Balkontüren hereingekommen wäre, so hätte ich das unbedingt sehen müssen, dessen bin ich ganz sicher. Ich bin nicht ganz so sicher hinsichtlich der Tür zum Gang, weil sie, wenn ich den Kopf ein bisschen drehte, schräg hinter mir lag und dazwischen noch andere Leute saßen. Wenn Sie Zeit haben und mich ins Wohnzimmer begleiten wollen, kann ich Ihnen das alles ganz genau zeigen. Aber wie grässlich ist doch das alles!«, fuhr sie fort. »Wie sehr ich mir jetzt wünschte, dass ich gestern in gutem Einvernehmen mit Angela gestanden hätte! Ich kannte sie doch so gut - mit allen ihren Eigenheiten, ihren kleinen Fehlern, ihren raschen Impulsen, ihren Eitelkeiten. Ich glaubte, alle ihre Stimmungen zu verstehen...«

»Jawohl, Miss Cawthorne, gewiss. Ich bin Ihnen auch für die Geduld dankbar, mit der Sie alles erklärt haben«, meinte Cromwell. »Aber im Augenblick, glaube ich, haben Sie uns wohl nichts mehr zu erzählen.«

Nachdem sie gegangen war, fluchte er leise.

»Ich hoffte, bei ihr mehr Glück zu haben«, meinte er brummig. »Da die Balkontüren des Wohnzimmers weit offenstanden, war es doch möglich, dass sich jemand verstohlen hinausgeschlichen hat, um das Haus herum zum Geräteschuppen gegangen und dann durch die Balkontür hier hereingekommen ist.« Er hielt nachdenklich inne.

»Das hätte höchstens fünf Minuten in Anspruch genommen, und nach der Tat hätte der Mörder wieder ins Wohnzimmer zurückgehen können. Vielleicht haben sich die Ereignisse doch so abgespielt. Miss Cawthorne hat uns zwar gesagt, sie habe weder jemanden kommen, noch gehen sehen, aber ich kann sie in diesem Punkt nicht als zuverlässige Zeugin betrachten. Sie sagt ja selbst, dass sie vielleicht eingenickt sei. Aber selbst wenn sie wach war, war sie wohl so mit ihren eigenen Gedanken beschäftigt, dass sie kaum genau beachtete, was um sie herum vorging. Ich halte es also für durchaus möglich, dass trotz ihrer Aussage jemand in der fraglichen Zeit das Wohnzimmer betrat oder verließ.«

»Denken Sie dabei an Morton-Gore?«, fragte Staunton.

»Bis jetzt wissen wir noch nicht einmal genau, ob er überhaupt beim Fernsehen zusah«, brummte Ironsides. »Aber das können wir ja leicht klären. Übrigens besteht wohl kein Zweifel mehr,

dass der Brief, der Lady Gleniston so erregte, etwas über Morton-Gore enthielt. Das wird ja einwandfrei dadurch bewiesen, wie sie sich nach Erhalt des Briefes Morton-Gore gegenüber benahm.«

»Meiner Ansicht nach sieht das verdammt faul aus«, meinte Johnny Lister. »Die alte Dame hat sich von diesem Kerl einwickeln lassen, und zwar so, dass sie sogar gewillt war, ihn zu heiraten; plötzlich jedoch, von einem Augenblick zum andern, änderte sie ihre Ansicht völlig. Ich möchte wetten, in dem Brief stand, dass der Kerl sie nicht heiraten konnte, weil er schon verheiratet ist.«

Cromwell warf ihm einen geradezu vernichtenden Blick zu.

»Für was hältst du dich eigentlich, mein Sohn - vielleicht für einen Hellseher?«, höhnte er. »Niemand weiß, was der Brief enthielt, und Ratereien bringen uns bestimmt nicht weiter. Hol mir lieber Morton-Gore her. Ich bin neugierig, ob er ein Alibi hat oder nicht.«

»Ich glaube, Sie sollten mit ihm vorsichtig sein, Mr. Cromwell«, meinte der Oberinspektor verlegen. »Wir möchten die Leute nicht unnötig vor den Kopf stoßen. Männer wie Sir Christopher Morton-Gore können verdammt unangenehm werden, wenn wir sie allzu scharf anpacken. Sie können sich über die Methoden der Polizei beklagen, Interviews geben oder gar bissige Leserbriefe an Zeitungen schreiben. Gehen Sie um Gottes willen mit ihm behutsam um!«

Cromwell jedoch ignorierte diese Einwendungen völlig.

»Ohne Zweifel hat Morton-Gore großen Einfluss auf die alte Dame ausgeübt«, meinte er nachdenklich. »Jedenfalls bis zur Ankunft des geheimnisvollen Briefes. Was würde also geschehen sein, wenn der Brief nicht gekommen wäre? Wenn Lady Gleniston nicht ihre Absichten geändert und ihn nicht aus dem Haus gewiesen hätte? Einmal mit ihr verheiratet, hätte er sie wohl leicht dazu überreden können, den größten Teil ihrer Kunstgegenstände zu Geld zu machen.«

»Hältst du das wirklich für wahrscheinlich?«, fragte Johnny. »Ihrem eigenen Neffen gelang es nicht - obwohl er es Jahre hindurch versuchte.«

»Der Einfluss eines Ehemannes ist unvergleichlich größer als der eines Neffen«, erwiderte Ironsides unwillig. »Das gilt besonders für den Ehemann einer alten Frau, die ihm mehr oder minder hörig geworden ist. Das habe ich unzählige Male erlebt. Jawohl, ich halte es für höchst wahrscheinlich, dass er sie dazu überredet hätte, alles zu verkaufen. Ich bin fest überzeugt, dass er das schon sehr bald erreicht hätte.«

»Donnerwetter! Jetzt fange ich an zu verstehen, was du meinst«, sagte Johnny.

»Und plötzlich erhielt Lady Gleniston einen Brief und beauftragte die Cawthorne, Morton-Gore zu ihr ins Arbeitszimmer zu schicken, das- Morton-Gore nachher in höchster Wut verlässt. Diese Tatsachen können wir eindeutig beweisen.«

»Jawohl«, nickte der Oberinspektor. »Nicht nur Miss Cawthorne, sondern auch der junge Campbell und Miss Gray haben ihn beobachtet.«

»Lady Gleniston befahl Morton-Gore, ihr Haus am nächsten Morgen zu verlassen«, fuhr Ironsides fort. »Mit anderen Worten, sie gab ihm einen Korb. Und was geschieht nun? Kurz darauf wird die alte Dame ermordet aufgefunden! Oh, ich bin wirklich neugierig, ob dieser Morton-Gore ein Alibi hat!« Er hielt inne und sah Staunton an. »Wenn ich ihn beim Verhör scharf anfassen muss, so ist das einfach nicht zu ändern. Hol ihn her, Johnny!«

Sir Christopher Morton-Gore trat so selbstsicher auf, so mit sich, mit Gott und der Welt zufrieden, als ob er zu einem Cocktail eingeladen worden wäre. Das einzige Zeichen seiner Nervosität war die Art, wie er ständig seinen kurzgeschnittenen grauen Schnurrbart zwirbelte. Auch die Fältchen um seine Augen waren jetzt ausgeprägter als sonst.

»Sie sind die Herren von Scotland Yard, wie?«, fragte er freundlich. »Eine böse Sache. Sie sind wohl Chefinspektor

Cromwell?«, fuhr er fort und blickte Ironsides fragend an. »Es wird mich sehr freuen, wenn ich Ihnen behilflich sein kann.«

»Vielen Dank, Sir Christopher«, erwiderte Cromwell. Seine Augen überflogen rasch und abschätzend die große Gestalt des Mannes. »Es gibt da ein oder zwei Punkte, die Sie aufklären können. Kurz nachdem Lady Gleniston einen Brief mit der Abendpost bekommen hatte, ließ sie Sie gestern hierher in ihr Arbeitszimmer kommen. Sie sprachen mit ihr und gingen dann zornig fort. Möchten Sie mir sagen, worum es sich bei dieser Unterhaltung handelte?«

»Nein, der Teufel soll mich holen, das möchte ich nicht!«

»Sie lehnen es also ab, mir diese Auskunft zu geben?«

»Es handelte sich um rein private Dinge, die weder Sie noch sonst jemanden etwas angehen.«

»Ich glaube, Sie wollten Lady Gleniston heiraten?«

»Wer hat das gesagt? Mein Gott, dabei waren wir doch übereingekommen, bis zum Ende der Sommersaison nichts davon bekanntwerden zu lassen!«, rief Sir Christopher ärgerlich. »Das kann Ihnen nur diese Spionin, die Cawthorne, mitgeteilt haben!«

»Sie brauchte dazu nicht zu spionieren, Sir. Miss Cawthorne war Lady Glenistons Vertraute; es gab zwischen den beiden keine Geheimnisse. Da Lady Gleniston tot ist, bestand für Miss Cawthorne kein Grund mehr, diese Dinge geheimzuhalten.«

»Ich glaube keinen Augenblick, dass Lady Gleniston dieser Schlange etwas von ihren Heiratsplänen erzählt hat!«, rief Morton-Gore erregt. »Sie wird etwas davon erfahren haben, als sie irgendwann einmal hinter einer Tür lauschte!« Er zuckte die Achseln. »Nun, wozu sollte ich es noch leugnen? Jawohl, Lady Gleniston hatte eingewilligt, meine Frau zu werden.« Er warf Ironsides einen wütenden Blick zu. »Haben Sie vielleicht etwas dagegen einzuwenden? Sie war eine großartige Frau - außerdem noch erstaunlich jugendlich! Sie war auch völlig davon überzeugt, dass wir zusammen sehr glücklich werden würden.«

»Gestern Abend aber war sie wohl nicht mehr dieser Ansicht«, entgegnete Ironsides lächelnd. »Vielmehr wies sie, wie uns Miss Cawthorne mitteilte, Sie gestern Abend aus dem Haus - und ich habe keinen Grund, Miss Cawthornes Worte zu bezweifeln, besonders, da sie vom Chauffeur und anderen Leuten bestätigt werden können. Warum änderte Lady Gleniston so unvermittelt ihre Einstellung Ihnen gegenüber?«

»Ich wünschte, Sie könnten mir das verraten«, antwortete Sir Christopher bitter. »Mir wollte sie keine Erklärung geben, sondern teilte mir nur mit, dass ich in ihrem Haus nichts mehr zu suchen habe. Ich bemühte mich, sie umzustimmen oder wenigstens eine Erklärung zu erhalten, aber sie war sehr eigensinnig, und ich konnte nichts erreichen.«

»Hat sie Ihnen etwas von einem Brief gesägt?«

»Ich weiß von keinem Brief«, antwortete Sir Christopher ungeduldig. »Aber ich protestierte gegen diese Behandlung und wurde nun meinerseits auch heftig. Jawohl, ich war sehr zornig. Wir stritten uns, und ich war sehr wütend, als ich dieses Zimmer verließ.«

»Diese Unterhaltung fand, soviel ich weiß, am Abend statt - vielleicht kurz nach neun«, stellte der Chefinspektor fest. »Wo hielten Sie sich, sagen wir, zwischen drei Viertel elf und elf auf, Sir Christopher?«

Bei diesen Worten prallte Morton-Gore geradezu zurück.

»Nun - Sie vermuten doch nicht etwa - großer Gott!« Seine Aufregung nahm immer mehr zu. »Sie denken wohl, dass ich Veranlassung hatte, sie umzubringen? Toll vor Wut, weil sie mich abgewiesen hatte, soll ich sie wohl ermordet haben? Da irren Sie sich aber sehr! Von dem Mord weiß ich gar nichts! Sie können doch nicht im Ernst annehmen...«

»Beruhigen Sie sich, Sir Christopher!« Cromwell beobachtete ihn scharf, aber mit einem gewissen Vergnügen. »Ihr Motiv, Lady Gleniston etwas Böses zu wünschen, liegt ja auf der Hand. Sie hatten sie überredet, in eine Ehe mit Ihnen einzuwilligen...«

»Überredet! Sie wagen es, mir das ins Gesicht...«

»Sie hatten sie überredet, in eine Ehe mit Ihnen einzuwilligen«, wiederholte Ironsides mit lauter Stimme. »Aber gestern Abend erfuhr sie etwas, was sie veranlasste, ihre Absicht zu ändern. Damit war Ihr Plan gescheitert; natürlich waren Sie darüber wütend.«

»Was erlauben Sie sich eigentlich, mir gegenüber einen solchen Ton anzuschlagen?«, rief Sir Christopher, dem vor Wut das Blut ins Gesicht stieg. »Gegen den Ausdruck *überredet* muss ich protestieren! Sie haben auch kein Recht zu behaupten, dass mein Plan gescheitert sei - denn das heißt doch, ich sei nach Schloss Gleniston mit der Absicht gekommen, die Lady zu einer Ehe mit mir zu überreden! Mein Gott - dabei war sie es doch, die unablässig hinter mir her war!« Er wischte sich mit einem Taschentuch den Schweiß vom Gesicht. »Zuerst amüsierte es mich nur - es war doch verdammt komisch, wenn die alte Dame mir schöne Augen machte. Aber allmählich gewann ich sie lieb, und jetzt war der Gedanke einer Ehe schon nicht mehr so absurd. Ich muss Sie also dringend auffordern, bei der Wahl Ihrer Worte etwas vorsichtiger zu sein!«

»Ich bin überzeugt, Mr. Cromwell beabsichtigte nicht...«, begann Staunton.

»Ich weiß wohl selbst am besten, was ich beabsichtige!«, herrschte ihn der Chefinspektor an. »Ich habe Ihnen noch ein paar andere Fragen zu stellen, Sir Christopher.« Er war jetzt die leibhaftige Bosheit. »Was taten Sie, nachdem Sie Lady Gleniston verlassen hatten - also nach dem Streit?«

»Ich war aufgeregt, dass ich unverzüglich auf mein Zimmer ging. Dort hatte ich eine Flasche Whisky und konnte mich stärken. Dann fing ich an zu packen...«

»Wie lange blieben Sie in Ihrem Zimmer?«

»Bis ich den Lärm unten hörte. Erst dann ging ich wieder hinunter und erfuhr, dass Lady Gleniston tot war.«

»Bis dahin hielten Sie sich also in Ihrem Zimmer auf?«

»Ja.«

»Sahen Sie jemand, als Sie kurz vor Zehn in Ihr Zimmer gingen?«

»Nicht, dass ich wüsste.«

»Es suchte Sie auch niemand in Ihrem Zimmer auf?«

»Nein. Ich blieb ja oben, weil ich niemanden sehen wollte. Das ist doch wohl leicht verständlich, nicht wahr?«

»Verständlich schon - aber es trifft sich für Sie unglücklich!«

»Wollen Sie damit etwa sagen, dass Sie mich tatsächlich verdächtigen, dieses scheußliche Verbrechen begangen zu haben?«, fragte Sir Christopher heiser. »Natürlich muss ich zugeben, dass ich für die Tatzeit kein Alibi habe. Aber ist das so wichtig? Man ermordet doch nicht jemanden, nur, weil man mit ihm einen Streit gehabt hat! Ich kann Ihnen nur sagen, dass ich nichts von dieser Tat weiß.« Eine Panik ergriff ihn. »Gott ist mein Zeuge, dass ich in meinem Zimmer blieb, bis ich den Lärm unten hörte. Das müssen Sie mir schon glauben!«

»Sie haben gar keine Veranlassung zur Aufregung, Sir«, brummelte Cromwell. »Ich will Sie ja nicht verhaften! Sie können gehen, aber ich muss Sie bitten, im Schloss zu bleiben.«

Morton-Gore wollte offenbar noch etwas sagen, änderte dann aber seine Absicht und ging schweigend hinaus.

»So, so!«, nickte Bill Cromwell vergnügt hinter ihm her. »Smoky Dawson ist also wieder einmal auf seiner alten Tour!«

Achtes Kapitel

»Smoky Dawson?«, wiederholte Johnny Lister verständnislos und starrte ihn verwundert an. »Du meinst doch nicht etwa...«

»Ich weiß zwar nicht, wer dieser Smoky Dawson ist, Mr. Cromwell, aber ich fürchte, Sie haben Sir Christopher doch vielleicht nicht richtig behandelt«, fiel ihm Oberinspektor Staunton ins Wort. »Ich habe Grund anzunehmen, dass er ein sehr wohlhabender und einflussreicher Mann ist, und es ist nie gut, solche Leute vor den Kopf zu stoßen. Sie könnten doch nicht im Ernst annehmen, dass er Lady Gleniston ermordet hat!«

»Nun machen Sie aber einen Punkt, Oberinspektor«, unterbrach ihn Johnny hastig. »Mr. Cromwell will nämlich behaupten, dass Sir Christopher Morton-Gore identisch ist mit einem gewissen Smoky! Er sah Ironsides fragend an. »Aber wer ist Smoky Dawson?«

»Ein geschniegelter, unternehmungslustiger Mensch, dessen Spezialität es ist, unverheiratete ältere Damen auszubeuten«, erwiderte der Chefinspektor und warf dabei Staunton einen bösen Blick zu. »Ich darf ihn natürlich nicht vor den Kopf stoßen, wie? Er ist Gott weiß wie begütert und einflussreich, wie? Dabei habe ich ihn sofort erkannt, als er ins Zimmer trat!«

»Sie haben ihn erkannt?« Ganz außer sich hielt der Oberinspektor inne. »Sie meinen also - einen Augenblick, Mr. Cromwell, was meinen Sie denn nun tatsächlich?«

»Muss ich mich wirklich noch klarer ausdrücken?«, erwiderte Ironsides, zog seine Pfeife heraus und stopfte sie.

»Smoky Dawson! Das ist wirklich einmal eine nette Überraschung!« Er warf Johnny einen Blick zu. »Das war lange vor deiner Zeit, mein Sohn. Er hat mich natürlich nicht wiedererkannt und nicht die leiseste Ahnung, dass ich ihn erkannt habe. Aber ich war dabei, als er vor vierzehn Jahren verurteilt wurde.« Er hielt inne, um seine Pfeife anzuzünden. »Charles Henry Dawson - wegen Betruges zu sieben Jahren Gefängnis verurteilt. Er hatte sich bei einer unverheirateten Dame in Bournemouth einzuschmeicheln gewusst, die zwanzig Jahre älter war als er. Er schlug ihr die Ehe vor und überredete sie, ihm auf Grund der Heirat fünftausend Pfund auszuhändigen. Er verhandelte gerade über weitere zwanzigtausend Pfund, die ihm für irgendwelche Geschäfte übergeben werden sollten, als etwas schiefging und die Dame misstrauisch wurde. So landete er hinter schwedischen Gardinen. Ein schlauer Schuft, Johnny!«

»Großer Gott!«, stieß der Oberinspektor atemlos hervor. »Und dieser Mann - das ist also Sir Christopher Morton-Gore? Wenn das wahr ist, Mr. Cromwell...«

»Ich sagte es Ihnen doch eben - es ist wahr!«, fuhr ihn Ironsides an. »Es war damals schon der dritte Fall, in dem er ältere Damen so weit herumgekriegt hatte, dass sie ihm Geld aushändigten. Die beiden anderen hatten zwar keine Anklage erhoben, aber diese Tatsache kam trotzdem vor Gericht zur Sprache. Ich glaube nicht, dass er nach Verbüßung der sieben Jahre nochmals bestraft wurde, aber zweifellos hat er sein altes Spiel weitergetrieben - nur offenbar mit Erfolg, da ihn niemand angezeigt hat. Denn es war sein eisernes Prinzip, die Damen niemals zu heiraten, die er um ihr Geld erleichtert hatte. Stets verschaffte er sich das Geld vor dem entscheidenden Tag und verduftete dann.

Wie viele Frauen mag er in den letzten Jahren um ihr Geld gebracht haben! Betrüger dieser Art ändern ja fast nie ihre Geschäftspraktiken. Dawson wusste sich schon damals tadellos zu benehmen und sprach einen ausgesprochenen Oxfordakzent. So gewann er Zutritt zu den besten Kreisen. Dass er sich eines Tages auch einen Adelstitel zulegen werde, war schon damals zu erwarten.«

»Ich bin wie vor den Kopf geschlagen«, sagte der Oberinspektor ganz verwirrt. »Aber es zeugt von einem verdammt guten Gedächtnis, Mr. Cromwell, ihn nach so vielen Jahren wiederzuerkennen.«

»Ich vergesse Gesichter nicht leicht«, brummte Cromwell. »Fiel Ihnen denn nicht seine Unsicherheit auf? Er zitterte ja vor Nervosität, als er hereinkam - und versuchte, seine Furcht durch gespielte Jovialität zu verbergen. Vielleicht war er sogar diesmal bereit, seine übliche Taktik zu ändern, denn Lady Glenistons Gemälde und übrige Kunstschätze sind ja bestimmt die fetteste Beute, nach der er je seinen Köder ausgeworfen hat. Vielleicht dachte er diesmal wirklich daran, seinen letzten Coup zu landen und die Dame tatsächlich zu heiraten. Er war natürlich fest davon überzeugt, sie dann überreden zu können, alles schnellstens zu Geld zu machen.«

»Dieser Brief!«, rief Johnny plötzlich. »Er stammte natürlich von jemandem, der der alten Dame die Wahrheit über ihn mitteilte! Darum war sie also so wütend! Er hat uns selbstverständlich angeschwindelt, als er uns weismachen wollte, er wisse nicht, weswegen sie gegen ihn so aufgebracht gewesen sei. Lady Gleniston hatte ihm einen Korb gegeben - und nun hatte er eine Sterbensangst, sie werde ihn bloßstellen. Aber offenbar genügte es ihr, wenn er sich fortscherte. Dann war sie wohl bereit, die Sache auf sich beruhen zu lassen. Aber er musste natürlich befürchten, dass sie ihre Ansicht ändern könnte. So machte er sich ihren Streit mit Ned Hoskins zunutze, schlich sich ungesehen aus seinem Zimmer hierher und schlug ihr den Schädel ein. Er konnte ja hoffen, Hoskins werde für die Tat verantwortlich gemacht werden! Verdammt noch mal! Es wäre ja auch so gekommen, wenn sich Hoskins nicht die Hand zerschnitten hätte!«

Cromwell runzelte die Stirn.

»Das hast du dir gut ausgedacht, nicht?«, fragte er ironisch. »Bei einer so überscharfen Kombinationsgabe wird man dich bald zum Inspektor befördern müssen, Johnny!«

»Na, aber ist das denn nicht ganz klar? Außer sich vor Angst vor einer öffentlichen Bloßstellung...«

»Du brauchst mir die Geschichte nicht zum zweiten Mal zu erzählen«, unterbrach ihn Cromwell. »Das Unglück ist, du machst es dir zu leicht. So etwas würde doch gar nicht zu seinem Charakter passen. Galgenvögel von Dawsons Typ begehen keinen Mord. Dazu haben sie nicht den Mumm. Es gibt natürlich Ausnahmen - möglicherweise haben wir es hier mit einer solchen Ausnahme zu tun aber wir dürfen so etwas keinesfalls von vornherein annehmen.«

»Jedenfalls ist er Verdächtiger Nummer zwei - da Fanshawe Verdächtiger Nummer eins ist«, meinte Johnny. »Was tun wir jetzt, Old Iron?«

»Nichts - vorläufig. Dawson - nennen wir ihn lieber Morton-Gore - weiß nicht, dass wir ihn durchschaut haben, und wir wollen es auch zunächst noch für uns behalten«, meinte Ironsides. »In diesem Fall gibt es noch viele

Unklarheiten. Ich habe das Gefühl, wir werden bald weitere Feststellungen machen können.«

Wie als Antwort auf diese Bemerkung klopfte es an der Tür, und Bruce Campbell blickte ins Zimmer.

»Was ist denn?«, fuhr ihn Ironsides an.

»Haben Sie einen Augenblick für mich Zeit?«, fragte Bruce und kam herein. »Ich sah Sir Christopher fortgehen und dachte, dass jetzt eine gute Gelegenheit für mich sei, mit Ihnen zu sprechen.«

»Wenn Sie etwas Wichtiges zu sagen haben, junger Mann, so sagen Sie es!« forderte ihn Ironsides auf. »Verdammt - können Sie nicht die Tür zumachen? Ich muss Sie aber bitten, mir nicht unnütz die Zeit zu stehlen...«

»Mein Gott - selbstverständlich nicht«, versicherte Bruce eifrig. »Aber ich meine, Sie sollten über gewisse Vorfälle Bescheid wissen, die sich kurz vor dem Mord ereigneten. Der eigenartigste dieser Vorfälle erschien mir erst merkwürdig, als ich mir die Sache heute Morgen nochmals überlegte. Dann erst kam mir seine Bedeutung zum Bewusstsein.«

»Erzählen Sie uns lieber ohne Kommentar, was Sie uns zu sagen haben, Mr. Campbell, sonst wird Mr. Cromwell böse werden«, warnte ihn Johnny Lister.

»Natürlich«, stimmte Bruce zu. »Also, es handelt sich um folgendes: Gestern Abend war ich mit Miss Gray im Wohnzimmer beim Fernsehen. Wir bekamen es dann satt, weil es dort heiß und stickig war. Als wir vom Wohnzimmer durch den Gang in die Halle kamen, hörten wir, wie sich Lady Gleniston mit Major Fanshawe heftig stritt.«

»In der Halle?«

»Nicht eigentlich in der Halle - vielmehr in dem Gang, der vom Arbeitszimmer in die Halle führt«, erwiderte Bruce. »Aber vielleicht ist es übertrieben, von einem Streit zu sprechen...«

»Was war es denn?«, unterbrach ihn Cromwell finster.

»Nun, sie gingen schon scharf aufeinander los«, erklärte Bruce. »Dann aber sagte ich etwas mit lauter Stimme - nur, um die beiden auf unsere Anwesenheit hinzuweisen, verstehen Sie? Daraufhin trat die alte Dame, völlig kühl und gelassen, zu uns und riet Carol - ich meine Miss Gray -, sich noch etwas anzuziehen. Eigentlich war das eine ganz törichte Bemerkung, denn es war ja heute Nacht entsetzlich schwül. Ich glaube, sie sagte das nur, um überhaupt etwas zu sagen und uns so davon zu überzeugen, dass alles in bester Ordnung war. Das war es aber eben nicht; denn sie hatte mit dem Major...«

»Ja, davon sprachen Sie schon! Einen Streit! Vielen Dank, Mr. Campbell. Ich glaube, es ist überflüssig, dass Sie mir Ihre weiteren Beobachtungen mitteilen.«

»Einen Augenblick, Sir! Ich bin noch nicht fertig!«

»Doch! Sie sind fertig!«

»Nein!«, widersprach Bruce. »Daraufhin gingen Miss Gray und ich spazieren. Auf dem Weg am See entlang - nein, bitte, lassen Sie mich ausreden!«, fügte er hinzu, als er Cromwells wütenden Ausdruck sah. »Das müssen Sie sich noch anhören, Mr. Cromwell! Es kann von größter Bedeutung sein!«

»Schön - ich will Ihnen noch eine Minute Zeit geben, mein Sohn. Aber nur eine einzige Minute!«

»Also schön!«, fügte Bruce hastig hinzu. »Wir schlenderten zuerst auf der Terrasse herum und unterhielten uns und gingen dann den Damm entlang, da Carol eigentlich ins Dorf wollte. Aber dann wollte sie lieber die Aussicht auf den See genießen, bevor wir später am Ufer entlanggingen.«

»Die junge Dame scheint nicht recht gewusst zu haben, was sie wollte«, meinte Ironsides ironisch.

»Nun, Sie wissen ja, wie es ist, wenn man einen Abendspaziergang macht - man hat keine Eile«, meinte Bruce. »Aber jetzt bin ich sehr froh darüber, dass sie zuerst vorschlug, ins Dorf zu gehen. Denn dabei konnten wir etwas sehr Eigenartiges beobachten. Ich weiß nicht, ob Sie wissen, dass am Schlossende des Dammes ein paar Steinstufen zu einem Weg hinabführen, der am Seeufer entlanggeht. Nun, als wir wieder auf das Schloss zugingen, sah ich unten auf diesem Weg zwei unbestimmte Gestalten; daran ist ja nichts Merkwürdiges - viele Leute gehen dort am Abend spazieren. Erst als der Mann ein Streichholz anstrich, um sich eine Zigarette anzuzünden, erschien es mir eigenartig.«

»Warum?«

»Weil der Mann Major Fanshawe war.«

»Wirklich?«, fragte Cromwell, zum ersten Mal interessiert. »Aber vor einer Minute erzählten Sie mir doch, dass Sie Major Fanshawe bei Lady Gleniston gehört hatten. Sie müssen sich also wohl geirrt haben.«

»Ich habe mich nicht geirrt!«, verteidigte sich Bruce. »Ich erkannte sein Gesicht ganz deutlich, als das Streichholz aufflammte Die Dame, die bei ihm war, konnte ich allerdings nicht erkennen. Ich weiß nur, dass sie nicht aus dem Schloss war, denn sie hatte rotes Haar. Und hier im Schloss gibt es niemanden, der rotes Haar hat.«

»Schön, junger Mann...«

»Einen Augenblick! Ich bin noch nicht am Ende!«, unterbrach ihn Bruce. »Das Merkwürdigste kommt noch! Ich brauche Ihnen ja nicht zu versichern, dass ich mehr an Miss Gray als an dem Major interessiert war. Es ging mich ja nichts an, dass er dort flirtete.«

»Mr. Campbell«, begann Ironsides, und seine buschigen Augenbrauen zogen sich drohend zusammen, »möchten Sie nicht endlich zur Sache kommen? Meine Geduld ist wirklich bald erschöpft!«

»Entschuldigen Sie. Carol hat gestern auch erklärt, dass ich dazu neige, vom Hundertsten ins Tausendste zu kommen!«

»Mr. Campbell!«, brüllte Cromwell.

»Wie? Ja, natürlich...«, fuhr Bruce hastig fort. »Nun, ich will es kurz machen: Wir gingen ebenfalls die Steinstufen zum See hinunter. Fanshawe stand mit seiner Dame noch an der gleichen Stelle und unterhielt sich mit ihr. Wir gingen auf sie zu. Aber sobald der Major uns kommen sah, schlug er sich den Rockkragen hoch und ging mit abgewandtem Gesicht an uns vorbei, als ob er nicht erkannt werden wollte. Merkwürdig, nicht wahr? Offenbar wusste er nicht, dass ich ihn schon vom Damm aus erkannt hatte.«

»Um welche Zeit war das, mein Sohn?«

»Um halb elf.«

»Sind Sie sicher, dass es halb elf war?«

»Ja«, antwortete Bruce. »Denn die Kirchenuhr hatte gerade halb geschlagen, und daraufhin hatte Carol gebeten, zurückzukehren. Wir hatten ziemlich viel Zeit beim Herumschlendern vertrödelt.«

»Ja, das kann ich verstehen«, unterbrach ihn Cromwell. »Es war also halb elf, wie?«

»Während der Major rasch die Stufen zum Damm hinaufstieg und auf das Schloss zuging, entfernte sich das Mädchen in der entgegengesetzten Richtung. Sie rannte dabei sogar. Sie trug ein Sommerkleid.«

»Und dann sahen Sie Major Fanshawe kurz vor elf, als er mit Blut an der Hand in die Halle kam«, nickte der Chefinspektor. »Also nur eine halbe Stunde später, nachdem Sie ihn mit der Dame am See gesehen hatten, wie?«

»Jawohl!«

»Nun muss ich Sie bitten, sich Ihre Worte genau zu überlegen, Mr. Campbell«, warnte Ironsides, plötzlich sehr ernst. »Sind Sie ganz sicher, dass der Mann, den Sie am See sahen, Major Fanshawe war?«

»Oh, ja, Sir.«

»Darüber haben Sie also nicht den geringsten Zweifel?«

»Nicht den geringsten.«

»Danke«, antwortete Cromwell kurz. »Das ist alles, Mr. Campbell. Was Sie mir gesagt haben, kann möglicherweise wichtig werden. Ich möchte jedoch hinzufügen, dass es sinnlos ist, zu mir zu kommen, wenn es nicht wirklich wichtig ist.«

Recht niedergeschlagen ging Bruce fort.

»Warst du nicht ein bisschen sehr scharf?«, fragte Johnny. »Seine Aussage über Fanshawe ist doch recht interessant.«

»Mag schon sein. Weißt du, dieser junge Mann ist der geborene Schwätzer, und wenn ich ihm keinen Dämpfer gebe, wird er zu mir kommen und mich behelligen, wann es ihm passt«, erwiderte Ironsides. »Ich kenne diese Amateurdetektive. Aber er hat uns immerhin einen Fingerzeig gegeben, Mr. Staunton«, fügte er mit einem Blick auf den Oberinspektor hinzu. »Als wir mit Fanshawe sprachen, erklärte er uns doch, er sei nach einer Partie Billard mit Reed spazieren gegangen. Sieh nur einmal in deinen Notizen nach, Jonny. Er sagte uns, er habe mit Reed kurz vor halb elf das Schloss verlassen. Das stimmt doch?«

»Jawohl!«, erklärte Johnny.

»Er kann uns dann unmöglich die richtige Zeit angegeben haben«, brummte Ironsides. »Er hat uns auch die Auseinandersetzung verschwiegen, die er mit seiner Tante in der Halle hatte. Weiterhin hat er behauptet, er habe sich am Damm von Reed getrennt und sei wieder ins Schloss zurückgegangen.«

»Und zwar um Viertel vor elf!«, fügte Johnny hinzu.

»Das alles kann doch nicht stimmen – falls die Zeitangaben von Campbell richtig sind«, fuhr Cromwell fort. »Campbell zufolge soll sich Fanshawe um halb elf mit einer Frau getroffen haben. Davon hat der Major uns überhaupt nichts gesagt. Den soll doch der Teufel holen! Warum können die Leute sich nicht an die Wahrheit halten? Für uns ergeben sich daraus nur Komplikationen. Campbell zufolge trennte sich Major Fanshawe also kurz nach halb elf von dem Mädchen und muss also spätestens zwanzig vor elf wieder im Schloss gewesen sein. Die Gäste waren in den Zimmern, spielten Karten oder sahen beim Fernsehen zu. Der Major konnte daher ohne weiteres ungesehen zum Geräteschuppen gehen, sich dort den Hammer holen und dann hierher ins Arbeitszimmer kommen – wo seine Tante ganz allein war. Hm... das gefällt mir nicht. Warum hat Fanshawe uns verheimlicht, dass er sich mit seiner Tante stritt? Ich glaube, wir sollten ihn nochmals verhören.«

Lister ging hinaus und kehrte bald mit Major Fanshawe zurück.

»Hoffentlich können Sie mir bald mitteilen, Mr. Cromwell, dass es meinen Gästen freisteht, abzureisen«, begann Fanshawe, der besorgt aussah. »Einige werden schon ungeduldig. Sie wollen eben nicht länger hierbleiben. - Aber ich kann Ihnen auf Ihre Fragen nur erwidern, dass ich Ihnen nicht helfen kann. Wenn Sie mir wenigstens andeuten könnten...«

»Es tut mir sehr leid, Major Fanshawe, aber ich muss wiederholen, dass niemand das Schloss verlassen darf«, unterbrach ihn der Chefinspektor. »Ihre Tante wurde brutal ermordet, und wir müssen annehmen, dass die Tat von jemandem aus dem Haus begangen wurde. Sie müssen eben Ihren Gästen klarmachen, dass es in ihrem eigenen Interesse liegt, wenn sie dableiben. Jeder, der unerlaubt abreist, macht sich dadurch unbedingt verdächtig.«

»Ja, das sehe ich durchaus ein«, stimmte der Major zu. »Aber es gibt eben Leute, die nicht auf Vernunftgründe hören wollen.«

»Ich habe Sie aus einem ganz anderen Grunde hergebeten, Sir«, sagte Cromwell und sah den Major prüfend an. »Wer war die rothaarige Frau, mit der Sie sich auf dem Seeweg eine halbe Stunde vor dem Tod Ihrer Tante unterhielten?«

Fanshawe sah ihn höchst überrascht an.

»Eine rothaarige Frau?«, wiederholte er verwundert.

»Jawohl, Sir.«

»Ich weiß gar nicht, wovon Sie sprechen. Ich traf mich mit keiner Frau am See - weder mit einer rothaarigen, noch mit sonst einer.« Fanshawe wurde ärgerlich. »Was soll denn Ihre Frage überhaupt? Ich habe Ihnen doch bereits gesagt, dass ich mit einem Mann namens Reed wegging, und dass wir uns auf dem Damm trennten...« Er hielt inne. »Wer hat Ihnen denn einen solchen Unsinn überhaupt eingeredet, Chefinspektor?«

»Mir wurde gesagt, dass man Sie mit dieser rothaarigen Dame etwa um halb elf am See gesehen hat...«

»Das leugne ich entschieden!«, rief Fanshawe. »Diese Aussage ist falsch! Es wird eine Verwechslung vorliegen; vielleicht hat sich jemand anderer mit dieser Frau getroffen. Warum, zum Teufel, sollte ich mich auch mit einem rothaarigen Mädchen am See unterhalten? Ich kann Ihnen nur raten, etwas sorgfältiger vorzugehen...«

»Schon gut, Sir, schon gut!«, fiel ihm Cromwell ins Wort. »Das ist doch kein Grund, sich so aufzuregen. Es war eben meine Pflicht, diesen Punkt aufzuklären. Besten Dank, Sir.«

Nach einem Augenblick des Zögerns verließ Fanshawe das Zimmer.

»Hässlich...«, murmelte Staunton unsicher. »Ich möchte aber glauben, dass er die Wahrheit gesagt hat, Mr. Cromwell.«

»Vielleicht...«, brummte Ironsides. »Wie denkst du darüber, Johnny?«

»Entweder ist er ein ganz abgefeimter Lügner, oder Campbell hat sich geirrt. Schließlich hat Campbell sein Gesicht ja nur im Schein eines Streichholzes gesehen. Vielleicht war der Kerl, den er mit der Frau sah, wirklich jemand anderes – jemand, der mit dem Mord nichts zu tun hatte.«

Ironsides schüttelte den Kopf.

»Irrte sich Campbell auch, als er uns sagte, der Mann sei direkt zum Schloss gegangen, nachdem er sich von der Frau getrennt hatte?«, fragte er scharf. »Wir haben keinen Grund, diesen Teil seiner Aussage anzuzweifeln.«

Neuntes Kapitel

»Wir müssen uns über diesen Punkt sofort Klarheit verschaffen«, fuhr Bill Cromwell ungeduldig fort. »Ich glaube, wir sollten Miss Cawthorne danach fragen. Hol sie her, Johnny!«

Margaret Cawthorne kam nur zögernd herein. Unwillkürlich glitt ihr Blick zu der Stelle, wo die Kreidestriche noch zu sehen waren. Trotz der schwülen Augusthitze schauderte sie.

»Ich muss mich entschuldigen, dass ich Sie schon wieder zu belästigen habe, Miss Cawthorne, aber ich glaube, Sie könnten noch ein oder zwei Punkte aufklären«, begann Cromwell freundlich. »Bitte nehmen Sie Platz.«

Sie setzte sich. Ihre Nervosität war auffallend.

»Sie sagten doch, Miss Cawthorne, dass Lady Gleniston vor Ihnen keine Geheimnisse hatte?«

»Ja, das ist richtig.«

»Sie genossen also ihr vollstes Vertrauen?«

»Das glaube ich wenigstens.«

»Wissen Sie etwas davon, warum sie sich kurz vor ihrem Tod mit ihrem Neffen stritt?«

Miss Cawthorne starrte ihn verwundert an.

»Die beiden hatten Streit?«, wiederholte sie.

»Jawohl.«

»Wer hat Ihnen das gesagt? Davon weiß ich nichts. Es klingt auch unwahrscheinlich. Warum sollte Claude mit seiner Tante streiten?« Sie sah ihn zornig an. »Das kann ich nicht glauben! Das ist törichter Klatsch, nichts weiter.«

»Leider ist es kein Klatsch, Miss Cawthorne«, unterbrach Ironsides sie. »Glaubwürdige Zeugen haben gehört, wie sich Lady Gleniston mit ihrem Neffen stritt. Ich dachte, Sie wüssten vielleicht den Grund des Zerwürfnisses...«

»Leider nein, ich habe keine Ahnung«, fiel sie ihm ins Wort. Ihre Züge würden besorgt. »Ach, mein Gott, Sie wollen doch nicht etwa andeuten, dass Claude seine Tante umgebracht hat? Das ist doch unsinnig!«

»Verzeihen Sie, Miss Cawthorne, aber gestern Abend waren Sie es, die so etwas andeuteten, und nicht ich!«, erwiderte Cromwell. »Nun schön - lassen wir das. Sie wissen eben nichts von einem Streit. Ich hätte Sie gern noch nach etwas anderem gefragt.«

»Bitteschön.«

»Bemerkten Sie beim Lernsehen im Wohnzimmer Mr. Campbell und Miss Gray?«

»Gewiss«, erwiderte Miss Cawthorne gereizt. »Sie saßen zwischen mir und der Tür. Sie flüsterten ununterbrochen miteinander, so dass ich mehr als einmal gezwungen war, sie um Ruhe zu bitten. Schließlich wurde den beiden wohl klar, dass sie störten, und so gingen sie fort. Zwei andere Gäste kamen bald darauf ins Zimmer und setzten sich auf ihre Plätze - aber wer diese Leute waren, weiß ich nicht.«

»Vielen Dank, Miss Cawthorne. Und was wissen Sie von einer rothaarigen Frau?«, fügte er unvermittelt hinzu.

Seine Frage überraschte sie offenbar sehr.

»Keine der Damen, die bei uns zu Gast sind, ist rothaarig.«

»Das habe ich auch nicht behauptet, Miss Cawthorne. Aber kennen Sie nicht sonst irgendeine rothaarige junge Dame?«

»Ich verstehe gar nicht, worauf Sie hinauswollen. Auffallend rote Haare hat hier nur Mary Summers. Aber Mary können Sie doch gar nicht meinen...«

»Wer ist Mary Summers? Wissen Sie, ob Major Fanshawe sie kennt?«

»Ob Major Fanshawe... Hören Sie, Mr. Cromwell, Sie müssen wohl an jemand anderen denken. Mary arbeitete hier einige Monate als Zimmermädchen, wurde aber Ende Juni entlassen. Sie war für Lady Glenistons Geschmack allzu keck. Ich selbst musste feststellen, dass sie faul und unfähig war. Aber wie kommen Sie auf den Gedanken, dass Mary Summers in irgendeiner Verbindung mit dieser schrecklichen Tragödie steht? Sie stammt aus einem Dorf ein paar Meilen von hier und ist jetzt höchstwahrscheinlich in einem Hotel in einer anderen Gegend des Seedistrikts beschäftigt.«

»Ich danke Ihnen, Miss Cawthorne. Das ist alles.«

Unzufrieden ging Miss Cawthorne fort.

»Hm - anscheinend kommen wir jetzt doch zu Ergebnissen...«, murmelte Ironsides. »Mary Summers, ein Zimmermädchen, das vor einigen Monaten entlassen wurde. Sehr interessant!«

»Ich verstehe nicht, was daran interessant sein kann«, wandte der Oberinspektor ein. »Wenn Mary Summers die Frau war, die Campbell am See sah, so ist doch wohl anzunehmen, dass sie sich dort mit einem der Männer traf, die im Schloss sind. Vielleicht mit dem Chauffeur...«

»Nein! Sie traf sich dort mit Major Fanshawe!«, unterbrach ihn Cromwell. »Darin hat sich der junge Campbell nicht geirrt. Er ist zwar ein Schwätzer, aber auch ein guter Beobachter. Das Verhalten des Mannes, den er beobachtete, deutet ja auch auf Fanshawe hin. Denn natürlich wollte der Major verhüten, dass jemand davon erfährt, dass er sich heimlich mit einem entlassenen Zimmermädchen trifft. Darum verbarg er sein Gesicht, als er an Campbell und Miss Gray vorüberging. Warum sollte ein Angestellter des Schlosses so etwas tun? Überhaupt steckt wohl hinter diesem Rendezvous mehr, als es auf den ersten Blick hin den Anschein hat. Höchstwahrscheinlich wurde das Mädchen nur deshalb entlassen, weil Lady Gleniston bemerkte, dass sie ihrem Neffen schöne Augen machte - und so etwas empfand die alte Dame mit ihren viktorianischen Ansichten natürlich als Frechheit. Es mag sich lohnen, dieses Mädchen zu verhören. Das werde ich Ihnen überlassen, Oberinspektor«, fügte er mit einem Blick auf Staunton hinzu. »Lassen Sie von Inspektor Davis unauffällig feststellen, wo sie sich jetzt aufhält. Sie wird wahrscheinlich leichter zum Sprechen zu bringen sein als Fanshawe. Wenn zwischen den beiden etwas ist, wird sie es bald zugeben. Aber gehen wir nun weiter.«

Er stopfte wieder seine Pfeife, zündete sie an und las einige Notizen, die er sich gemacht hatte.

»Wir haben gehört, dass der ehrenwerte Sir Christopher Morton-Gore hier einen Freund namens Reed hat«, sagte er nachdenklich. »Dabei erhebt sich zunächst die Frage: Ist Reed ein Freund von Sir Christopher Morton-Gore oder ein Freund von Smoky Dawson? Sollte das letztere der Fall sein, so ist auch er wahrscheinlich ein zweifelhafter Gentleman. Ich möchte ihn jetzt einmal sprechen.«

Johnny suchte Augustus Reed. Er fand ihn auf dem Tennisplatz, wo er mit einer knochigen Frau mit großen, vorstehenden Zähnen Tennis spielte.

»Der berühmte Mann von Scotland Yard will mich sprechen?«, fragte Reed, nachdem er Johnny angehört hatte. »Schön! Unter uns, ich bin verdammt froh, die Tennispartie abbrechen zu können. Haben Sie je so eine Vogelscheuche gesehen wie dieses Weibsstück? Wenn sie noch wenigstens Tennis spielen könnte - aber sie spielt miserabel!«

Reed war ruhig und selbstbewusst, als er mit Johnny ins Haus zurückging. Er schien sich nicht die geringsten Sorgen zu machen.

»Nun, was bedrückt Sie, Sie alter Menschenjäger?« schnarrte Reed, als er im Arbeitszimmer Platz nahm, die Beine übereinanderschlug und sich eine Zigarette aus seinem goldenen Etui nahm. »Möchte einer der Herren vielleicht auch rauchen? Nein?«

»Sie werden verstehen, Sir, dass es meine Pflicht ist, bei einer solchen Untersuchung alle zu vernehmen, die zur fraglichen Zeit in der Nähe des Tatorts waren«, begann Cromwell steif. »Betrachten Sie also bitte meine Fragen als reine Routinefragen. Soweit mir bekannt ist, Mr. Reed, waren Sie bemüht, noch gestern Abend abzureisen?«

»Verdammt - wer möchte das nicht?«, erwiderte Reed. »Die Dame des Hauses hatte man ermordet. Major Fanshawe bat uns, spätestens am Morgen zu reisen - und die ganze Atmosphäre hier ist verdammt unangenehm geworden. Natürlich war ich nicht scharf darauf, noch eine Nacht hier zu verbringen; so wollte ich eben so schnell wie möglich fort.«

»Das ist durchaus zu verstehen, Sir«, nickte Cromwell. »Man hatte Ihnen ja auch gesagt, dass der Mörder verhaftet und der

Fall abgeschlossen sei. Ich kann Ihren Standpunkt schon verstehen. Aber unglücklicherweise ist der Mörder doch noch nicht entdeckt. Sie sind, wie ich gehört habe, ein Freund von Sir Christopher Morton-Gore?«

»Ein Freund kaum. Sagen wir, ich kenne ihn.«

»Wie lange schon?«

»Einige Monate.«

»Kamen Sie zusammen her?«

»Aber nein! Er ist ja schon wochenlang hier, und ich kam erst vor sechs Tagen«, antwortete Reed. »Er erzählte mir, dass er im August hier sein werde und lobte das Haus in so enthusiastischen Tönen, dass ich mich entschloss, auch herzukommen. Ich habe ein Motorboot, und dafür ist der See hier wie geschaffen.«

»Vielen Dank für die Auskunft, Sir. Können Sie mir übrigens sagen, was Sie gestern Abend gegen drei Viertel elf taten und wo Sie sich zu dieser Zeit aufhielten?«

Reed grinste.

»Also um die Tatzeit herum?«, lachte er. »Leider muss ich Ihnen da eine Enttäuschung bereiten; um diese Zeit war ich unten am Bootssteg bei meinem Motorboot. Ich musste etwas am Vergaser in Ordnung bringen. Jeder Vorübergehende muss mich gesehen haben.«

»Das Entscheidende ist, Sir - sind viele Leute dort vorbeigekommen?«

»Nun, lassen Sie mich einmal nachdenken«, meinte Reed. »Ich hatte mit Fanshawe Billard gespielt, dann gingen wir zusammen ins Freie. Ich weiß nicht genau, wie spät es war. Jedenfalls trennten wir uns auf dem Damm; ich ging zum Bootssteg hinunter und machte mir am Vergaser zu schaffen. Ich wollte, dass das Boot am nächsten

Morgen startbereit war. Hm - ich kann mich nicht erinnern, dass jemand vorbeigegangen ist, während ich dort arbeitete. Aber ich kann Ihnen mein Ehrenwort geben, dass ich wirklich dort war. Als ich ins Schloss zurückkam, fand ich alles in wildem Aufruhr vor.«

»Vielen Dank, Mr. Reed.«

Reed erhob sich, verbeugte sich und ging hinaus.

»Der Kerl ist zu selbstbewusst«, murmelte Bill Cromwell zufrieden. »Wirf mal einen Blick ins Fremdenbuch, Johnny, und stell fest, welche Heimatadresse er angegeben hat.« Dann hob er den Telefonhörer ab und sagte, als sich das Amt meldete: »Hier ist Schloss Gleniston. Geben Sie mir Whitehall zwölfhundertzwölf, Polizeiblitzgespräch... Werden Sie zurückläuten? Schön.«

Er legte auf. Johnny hatte inzwischen das Zimmer verlassen. Der Oberinspektor stand am Fenster und sah auf den Rasen hinaus.

»Jawohl...«, fuhr Cromwell fort. »Unser lieber Mr. Reed war viel zu selbstsicher. Hinter dieser Fassade verbarg sich nur Angst. Haben Sie das nicht bemerkt, Staunton?«

»Leider nicht«, gab der Oberinspektor zu. »Ich kann nicht behaupten, dass ich für Menschen seiner Art allzu viel übrig habe, aber seine Aussagen schienen mir durchaus der Wahrheit zu entsprechen. Sie haben natürlich mit solchen Vögeln mehr Erfahrung als ich. Glauben Sie wirklich, dass er auch kriminell ist?«

»Er verbarg uns etwas - war unsicher - und hat keine Spur eines Alibis«, meinte Ironsides grimmig. »Nun, Johnny?«

»Er hat als Heimatadresse Kensington, Chilton Court drei angegeben«, erwiderte der Sergeant, der gerade zurückgekommen war.

In diesem Augenblick läutete das Telefon.

»Scotland Yard?«, fragte Cromwell und fuhr einen Augenblick später fort: »Hier Chefinspektor Cromwell. Verbinden Sie mich mit Inspektor Wrenn.« Kurze Pause. »Wrenn? Hier ist Cromwell. Bitte sagen Sie mir, was über einen Mann namens Augustus Reed, wohnhaft Kensington, Cilton Court Nummer drei in den Polizeiakten steht... Jawohl, so bald als möglich. Läuten Sie zurück. Sie erreichen mich unter Gleniston Nummer vierhundertdreiundsechzig.« Er hängte ein. »Wenn Scotland Yard etwas über diesen geschniegelten Herrn bekannt ist, werden wir es bald wissen. Dann müssen wir...« Er brach ab. »Ja - Miss Cawthorne?«

Miss Cawthorne war atemlos ins Zimmer gestürzt. Sie schien außer sich zu sein vor Aufregung.

»Etwas Schreckliches ist geschehen, Mr. Cromwell!«, stieß sie hervor. »Es ist wirklich entsetzlich! Lady Glenistons Brillanthalsband ist verschwunden!«

»Wie?«, fragte Cromwell scharf.

»Es ist fort! Ich habe es überall gesucht...«

»Einen Augenblick, Miss Cawthorne. Ich höre zum ersten Mal etwas von einem Brillanthalsband.«

»Ich habe bis vor einer halben Stunde überhaupt nicht an das Halsband gedacht«, fuhr sie fort, setzte sich und griff sich an die Schläfen. »Es fiel mir erst ein, kurz nachdem Sie mit mir gesprochen hatten. Ich läutete sofort Inspektor Davis über das andere Telefon - vom Dienstbotenflügel aus - an.«

»Beruhigen Sie sich nur, Miss Cawthorne. Zu einer solchen Aufregung besteht gar keine Veranlassung. Erzählen Sie mir lieber in aller Ruhe, was eigentlich geschehen ist.«

Sie zwang sich gewaltsam zur Ruhe. Johnny bot ihr eine Zigarette an, die sie dankbar annahm.

»Ich weiß gar nicht, was mich auf den Gedanken brachte«, begann sie in ruhigerem Ton. »Aber plötzlich erinnerte ich mich, dass Angela - Lady Gleniston - gestern Abend beim Abendbrot ihr Brillanthalsband getragen hatte. Ich konnte mich aber nicht entsinnen, es später noch an ihr gesehen zu haben. Gestern Abend, als sie da drüben auf dem Boden lag, dachte ich einfach nicht mehr daran...« Sie warf einen Blick auf die Kreidestriche. »Es war für mich alles so grauenhaft, dass ich an nichts anderes denken konnte. Aber vor einer halben Stunde fiel mir das Halsband wieder ein. Ich ging also in Angelas Zimmer, sah mich dort um und erkundigte mich bei den Dienstboten, als ich. es nicht fand. Aber offenbar hat es niemand gesehen. Ich weiß, dass es nicht in diesem Zimmer sein kann, sonst hätten es Mr. Staunton und ich doch gestern Abend hier finden müssen.«

»Richtig, Miss Cawthorne«, nickte der Oberinspektor. »Ich durchsuchte ja gestern den Schreibtisch und das Zimmer. Dabei halfen mir einige Polizeibeamte. Sie würden es mir natürlich gesagt haben, wenn sie ein Halsband gefunden hätten.«

»Ja, selbstverständlich«, sagte Miss Cawthorne niedergeschlagen. »Wie ich Ihnen schon sagte, rief ich gleich Inspektor Davis an; aber der Inspektor weiß genau, dass die - die Leiche kein Halsband trug, als sie fortgeschafft wurde. Er versprach mir, die Leute vom Bestattungsinstitut anzurufen und sie danach zu fragen. Er hat jetzt zurückgerufen und mir gesagt, dass die Leute dort auch nichts wissen. Es ist eben fort - jemand muss es gestohlen haben! Glauben Sie, dass die arme Angela vielleicht wegen ihres Halsbandes sterben musste?«

»Einen Augenblick, Miss Cawthorne«, unterbrach sie Cromwell rasch. »Wieviel ist denn dieses Halsband wert? Haben Sie davon eine Ahnung?«

»Angela sagte mir einmal, der Schmuck sei zwanzigtausend Pfund wert«, erwiderte Miss Cawthorne. »In jedem Fall waren die Brillanten äußerst wertvoll.«

Ironsides wurde nun sehr aufmerksam.

»Wenn sie so viel wert sind, dann haben Sie recht«, nickte er. »Das ist eine sehr ernste Sache!«

»Das - das habe ich mir auch gesagt«, flüsterte sie. »Ned behauptet ja, dass die arme Angela tot war, als er sie durch das Balkonfenster sah. Halten Sie es für möglich, dass er den Schmuck an sich nahm? Aber nein! Das traue ich ihm doch nicht zu!«

»Jedenfalls freue ich mich, dass Sie damit zu mir gekommen sind, Miss Cawthorne«, meinte Cromwell. »Nun können Sie den Fall beruhigt uns überlassen. Jedenfalls danke ich Ihnen.«

Als sie fortging, sah sie etwas gefasster aus.

»Das auch noch«, brummte der Chefinspektor, rieb sich aber dabei die Hände. »Als ob wir nicht schon genug Sorgen hätten!«

»Verdammt noch mal, Old Iron, dabei siehst du aus, als ob du dich darüber freutest!«, rief Johnny.

»Das nicht - aber es regt mich an«, erwiderte Cromwell. »Plötzlich bietet sich uns ja ein gänzlich neues und unerwartetes Motiv für diesen Mord an!«

»Finden Sie es nicht merkwürdig, Mr. Cromwell, dass ein so wertvolles Halsband erst jetzt vermisst wird?«, fragte Staunton.

»Nein. Gestern Abend war hier alles in Verwirrung, und auch heute Morgen herrschte noch allgemeine Aufregung. Es ist daher durchaus verständlich, dass sich Miss Cawthorne erst jetzt wieder an das Halsband erinnerte.«

Das Telefon läutete.

»Ja? Sind Sie das, Wrenn?« Der Chefinspektor hörte eine Weile schweigend zu; vergeblich bemühte sich Johnny, aus seinem Pokerface etwas zu erraten. »Ja. Danke schön. Gute Arbeit, Wrenn!«

Er legte auf.

»Wenn das ein Zufall ist, dann bin ich der Kaiser von China«, meinte er vergnügt. »Über Reed steht zwar nichts im Strafregister, aber er war vor fünf Jahren einmal angeklagt, Brillanten nach Holland geschmuggelt zu haben. Er wurde damals freigesprochen, aber Wrenn meint, er sei einer von den zweifelhaften Kunden, die immer mit einem Bein im Gefängnis stehen, ohne dass es gelingt, sie zu überführen. Mein Gott! Ausgerechnet Brillanten!«

»Du hast ganz recht, Old Iron - das kann kein Zufall sein!«, rief Johnny erregt. »Erinnerst du dich, wie eilig es Reed hatte, nach dem Mord abzureisen? Ich möchte wetten, er hatte das Brillanthalsband bei sich. Aber wo - mag es jetzt sein? Als er ins Schloss zurückgeschickt wurde, musste er sich ja darüber klar sein, dass eine gründliche Untersuchung bevorstand', also hat er es zweifellos mit der

Angst zu tun bekommen. Es ist daher kaum anzunehmen, dass er den Schmuck jetzt noch bei sich trägt.«

»Bist du bald fertig?«, fuhr ihn Cromwell an. »Vorläufig haben wir noch nicht nachweisen können, dass Reed den Schmuck überhaupt gestohlen hat. Wir haben keinerlei Beweise gegen ihn. Aber natürlich wird er nun für uns zu einem Hauptverdächtigen. Er hatte das Motiv und die Gelegenheit zur Tat. Sein Alibi ist völlig wertlos.«

»Dazu kommt noch, dass er ein Freund von Morton-Gore ist«, fügte Johnny Lister hinzu. »Glaubst du, dass er mit Morton-Gore zusammengearbeitet hat?«

»Das ist nicht unwahrscheinlich«, erwiderte Cromwell. »Nach dem Mittagessen werde ich ihn eine halbe Stunde lang unter irgendeinem Vorwand im Park festhalten. In dieser halben Stunde, Johnny, musst du dir zu seinem Zimmer Zutritt verschaffen und seine Koffer durchsuchen. Wenn du dabei das Halsband finden solltest...« Er wechselte plötzlich das Thema. »Wir haben noch eine andere Aufgabe, die wir sofort erledigen müssen. Wir müssen feststellen, wer zur Zeit des Mordes im Wohnzimmer beim Fernsehen saß. Wenn wir diese Leute endgültig aus der Liste der Verdächtigen streichen können, haben wir schon einiges gewonnen.«

Wieder war die unschätzbare Miss Cawthorne in der Lage, die notwendigen Auskünfte zu erteilen. Im Wohnzimmer vor dem Fernsehschirm hatten sich Mr. und Mrs. Catamole - ein Börsenagent und seine Frau eine Mrs. Straight, Mr. und Mrs. James Kenyon, Mr. Neville Harper, Miss Jill Everton, Miss Emily Salter und Oberst Bullstrode aufgehalten.

»Mit Ausnahme von Mr. und Mrs. Kenyon, die erst kamen, nachdem Mr. Campbell und Miss Gray fortgegangen waren, waren alle anderen von Beginn der Sendung an im Zimmer«, schloss Miss Cawthorne. »Miss Everton ist das blasse, nervöse junge Mädchen, das Sie sicher schon gesehen haben. Miss Salter ist eine fahrige alte Jungfer. Oberst Bullstrode ist alt und taub und schläft immerfort ein. Aber ich glaube, die Catamoles werden in der Lage sein, Ihnen über alles, was Sie wissen möchten, Auskunft zu geben.«

Der Börsenagent und seine Frau wurden ins Wohnzimmer gebeten. Dort zeigte ihnen Miss Cawthorne den Platz, auf dem sie gesessen hatte.

»Ich möchte Sie nicht unnötig behelligen, meine Herrschaften«, meinte Ironside brummig, »aber es handelt sich um einen Mord, und es besteht immerhin die Möglichkeit, dass sich auch der Mörder in diesem Zimmer aufhielt, während Sie beim Fernsehen zusahen.«

»Oh, mein Gott!«, rief Mrs. Catamole entsetzt.

»Ich kann Ihnen da nicht beipflichten«, meinte ihr Mann und sah Cromwell böse an. »Die Leute in diesem Zimmer waren alle Feriengäste, die über jeden Verdacht erhaben sind...«

»Unglücklicherweise ist bei einer Morduntersuchung niemand über jeden Verdacht erhaben, Sir«, unterbrach ihn Cromwell. »Jemand kann das Halbdunkel in diesem Zimmer, die offenen Balkon- und Flurtüren, durchaus dazu benutzt haben, sich ein Alibi zu verschaffen. Zu dem eigentlichen Verbrechen brauchte er ja nur wenige Minuten, und die Entfernung von diesen Balkontüren bis zu Lady Glenistons Arbeitszimmer ist nicht erheblich. Ich muss also auch die Möglichkeit in Betracht ziehen, dass sich jemand zwischen zehn Uhr vierzig und zehn Uhr fünfundvierzig durch die Balkontüren hinausstahl und zehn Minuten später zurückkehrte. Er hätte das tun können, ohne dass es jemand im Zimmer bemerkte. Denn die Aufmerksamkeit der Anwesenden war ja durch die Sendung abgelenkt...«

»Oh, nein - doch nicht in dem Maß!«, rief Mr. Catamole. »Was meinst du?« Er sah seine Frau an. »Wir würden es doch wohl bemerkt haben, wenn jemand durch die Balkontür aus dem Zimmer gegangen wäre. »Haben Sie denn nicht Miss Cawthorne gefragt?«

»Gewiss«, sagte Cromwell.

»Dann muss sie Ihnen doch auch gesagt haben, dass ihr so etwas nicht hätte entgehen können«, fuhr Mr. Catamole fort. »Sie saß ja von halb zehn Uhr an dort hinten und konnte von ihrem Platz aus sowohl die Balkontüren wie auch die offene Zimmertür überblicken. Ich kann Ihnen auch nur versichern, dass Ihre Annahme, jemand könne sich hinausgeschlichen und nach ein paar Minuten wieder hereingekommen sein, so unwahrscheinlich ist, dass sie als unmöglich angesehen werden kann. Meine Frau und ich sahen zwar auf den Bildschirm, aber so etwas hätten wir, genau wie Miss Cawthorne, sicherlich bemerken müssen.«

Cromwell bedankte sich bei den Catamoles. Er war ganz sicher, dass sie verlässliche Zeugen waren. Er brauchte auch nicht lange, um sich davon zu überzeugen, dass auch die anderen Zuschauer beim Fernsehen harmlose Feriengäste waren, denen ein Mord einfach nicht zuzutrauen war.

»Ich glaube, diese Leute sind wohl unverdächtig, Oberinspektor«, meinte er kurz vor dem Mittagessen. »Miss Cawthorne hatte darin recht, und ihre Ansicht wird von den Catamoles bestätigt. Der Mörder hätte das Zimmer nicht unbeobachtet verlassen und später wieder betreten können.«

Um diese Zeit strömten die Hotelgäste aus dem Park ins Schloss zurück, denn der Gong schlug zum Mittagessen. Cromwell konnte sie aus der Nähe beobachten. Dabei sagte er sich, dass sie wirklich, von einigen Ausnahmen abgesehen, völlig unverdächtig waren.

Zu diesen Ausnahmen zählten Sir Christopher Morton-Gore und Mr. Augustus Reed...

Zehntes Kapitel

Beim Essen teilte Oberinspektor Staunton Bill Cromwell - zu dessen größter Erleichterung - mit, dass dringende Polizeigeschäfte ihn für den Rest des Tages nach Kenmere riefen. Als er abfuhr, schüttelte er den Londoner Beamten noch herzlich die Hand und brachte den Wunsch zum Ausdruck, dass seine Kollegen recht gute Fortschritte machen möchten.

»Er will damit natürlich sagen, dass er hofft, dass wir es auch ohne ihn schaffen werden«, höhnte Ironsides, als er mit Johnny auf der Terrasse stand und sah, wie der Wagen des Oberinspektors über den Damm fuhr. »Ich glaube fast, dass wir den Trennungsschmerz überleben werden.«

Johnny enthielt sich jeder Bemerkung. Er wusste genau, dass sein mürrischer Vorgesetzter viel lieber ohne die örtlichen Beamten arbeitete. Ihm schien sich auch das Rätsel schon zu klären. Die Entdeckung, dass zwei bekannte Verbrecher unter den Feriengästen waren, deutete doch darauf hin, dass die beiden - oder jedenfalls einer von ihnen - auch für den Mord verantwortlich waren.

War dieser eine Morton-Gare, alias Smoky Dawson? Es war doch anzunehmen, dass er nur nach Schloss Gleniston gekommen war, um die alte Dame für seine Pläne zu gewinnen, sie zu heiraten und sich so in den Besitz ihres. Vermögens zu bringen. Mit anderen Worten, er war nach seiner alten, erprobten Methode vorgegangen. Seine Pläne hatten auch ausgezeichnete Fortschritte gemacht, bis Lady Gleniston einen Brief erhielt, der ihr die Augen öffnete. Hatte er daraufhin in seiner Wut und Enttäuschung vielleicht den Zwischenfall mit Ned Hoskins ausgenützt, um Lady Gleniston zu ermorden und sich wenigstens ihr Brillanthalsband anzueignen?

Wie stand es mit Augustus Reed? Von ihm war bekannt, dass er an Brillanten interessiert war. Er hatte sicherlich nicht geplant gehabt, sich bei der alten Dame einzuschmeicheln, um sich in den Besitz ihrer Schätze zu bringen. Viel wahrscheinlicher beschränkte sich sein Interesse auf das Brillanthalsband. War er also gestern Abend, als alles ruhig war, ins Arbeitszimmer der alten Dame gegangen, um das Halsband zu stehlen? War dabei vielleicht etwas schiefgegangen, was ihn gezwungen hatte, den Mord zu begehen?

Und wie stand es schließlich mit Major Fanshawe? Hatte er tatsächlich ein Verhältnis mit diesem ehemaligen Zimmermädchen Mary Summers? Konnte ihm in diesem Fall nicht seine Tante auf die Schliche gekommen sein und ihm gedroht haben, ihn zu enterben? Er hing doch materiell gänzlich von ihr ab! Seine Stellung im Schloss war doch letzten Endes die eines bezahlten Angestellten, der jedem Wink der alten Dame zu gehorchen hatte. Hatte er vielleicht einem plötzlichen Impuls nachgegeben und sie niedergeschlagen?

»Nun, mein Sohn, zu welchem Resultat bist du gekommen?«, fragte Bill Cromwell spöttisch.

Johnny Lister fuhr zusammen.

»Wie meinst du das?«, fragte er und wurde rot.

»Ich kann eben Gedanken lesen«, antwortete Ironsides. »Als du ein Gesicht wie eine ausgestopfte Eule machtest, wusste ich, dass du den Fall im Geist schon geklärt hast und weißt, wer der Mörder ist.«

»Nein – verdammt noch mal, ich habe mir nur alles nach den verschiedenen Richtungen hin überlegt«, verteidigte sich Johnny.

»Der Fall ist doch recht verwirrt geworden, Old Iron. Wir können noch nicht einmal behaupten, eine gute Liste der Verdächtigen zu besitzen.«

»Das trifft sich ja großartig, dann kannst du vielleicht an etwas Wichtigeres denken – nämlich ans Mittagessen.« Der Chefinspektor sah auf seine Uhr. »Staunton hat uns in der *Weizengarbe* ein Essen bestellt, und wir sollten jetzt wohl hinübergehen...«

»Hallo, Mr. Cromwell!«, unterbrach ihn plötzlich eine Stimme.

Sie wandten sich um und sahen Major Fanshawe in der offenen Tür stehen.

»Ich habe zufällig Ihre letzten Worte gehört«, fuhr der Major fort und trat zu ihnen. »Hoffentlich werden Sie es nicht für notwendig halten, während Ihres Aufenthaltes hier in der *Weizengarbe* zu wohnen. Ich möchte Sie jedenfalls bitten, für die Zeit Ihres Hierseins im Schloss zu wohnen.«

»Leider kann ich mir das nicht leisten, Sir.« Cromwell schüttelte den Kopf. »Ihre Preise sind mir etwas zu hoch...«

»Sie und Mr. Lister werden natürlich meine Gäste sein«, wandte Fanshawe ein. »Ich glaubte, Ihnen das schon klargemacht zu haben. Die *Weizengarbe* ist ja ein ganz gutes Landgasthaus, genügt aber keineswegs verwöhnteren Ansprüchen. Es wird auch für Sie bequemer sein, hier im Schloss zu wohnen, weil Sie ja hier Ihre Untersuchungen zu führen haben.«

»Das ist sehr liebenswürdig von Ihnen, Sir, und ich nehme Ihre Einladung gern an«, erwiderte Cromwell prompt. »Hoffentlich werden Sie mir nicht böse sein, wenn ich eine kleine Bedingung an diese Annahme knüpfen muss. Wir würden nämlich gerne auf unserem Zimmer essen. Es wäre doch wohl unpassend, wenn wir uns unter Ihre Gäste mischten. - Da unser heutiges Mittagessen aber schon in der *Weizengarbe* bestellt ist, müssen wir auf jeden Fall hingehen, außerdem auch, um unsere Sachen zu holen.«

Kurz darauf gingen sie in der heißen Mittagssonne über den Damm ins Dorf. Das Wetter hatte sich nicht geändert; noch immer war der Himmel wolkenlos, und die Augustsonne strahlte mit unbarmherziger Hitze herab.

»Eine richtige Hitzewelle!«, stöhnte Ironsides.

»Es ist doch sehr anständig von dem Major, uns im Schloss zu bewirten - und noch dazu gratis und franko«, meinte Johnny.

»Auf diese Weise können wir uns aus unserem Spesenkonto etwas herauswirtschaften. Glaubst du, dass Fanshawe einen besonderen Grund hat, uns bei sich im Schloss haben zu wollen?«

»Möglich«, erwiderte Ironsides. »Es sieht fast aus, als ob er uns im Auge behalten wolle und bereit wäre, dafür ein Opfer zu bringen.«

Das Essen in der *Weizengarbe* war nicht gerade hervorragend. Mrs. Poole verstand sich zwar auf die Zubereitung von Eiern und Schinken - was sie mit ihrem ausgezeichneten Frühstück bewiesen hatte -, versagte aber beim Hammelfleisch, das in einer wässrigen Tunke zusammen mit noch wässrigerem Gemüse und fadem Kartoffelpüree serviert wurde. Das Kompott, das mit einer dünnen Vanillesoße als Nachtisch gereicht wurde, konnte das abfällige Urteil über ihre Küche nur abrunden.

»Nun, bis zum Abendbrot werden wir ja durchhalten können«, meinte Johnny resigniert. »Im Schloss wird man uns sicher ein ausgezeichnetes Diner vorsetzen. Was steht jetzt auf unserem Programm, Old Iron? Ich für meinen Teil möchte jetzt am liebsten eine halbe Stunde in einem Liegestuhl dösen und dann kurz baden gehen.«

»Den Wunsch gib nur gleich auf!«, höhnte Cromwell. »Du bist nämlich hergekommen, um zu arbeiten, mein Sohn! Ich werde Reed zu einer Motorbootfahrt auffordern - dafür ist das Wetter gerade richtig und während wir beide unterwegs sind, wirst du sein Zimmer durchsuchen. Mir hat es übrigens immer Spaß gemacht, Motorboot zu fahren.«

»Du elender, alter Kerl!«, rief Johnny. »Mir verbietest du, schwimmen zu gehen, aber dafür leistest du dir einen Motorbootausflug! Hoffentlich kriegst du dabei einen Sonnenstich! - Aber vielleicht ist dein Plan gar nicht einmal so schlecht«, fügte er hinzu.

»Ich wusste immer schon, dass es dumm von mir war, dir zu viel Freiheit zu lassen«, antwortete Ironsides bitter. »Was ist das Resultat? Jetzt wirst du frech! Ich muss dich daran erinnern, dass ich dein Vorgesetzter bin und dass ich im Dienst Anspruch darauf habe, von dir mit Respekt behandelt zu werden!«

»Gib nicht so an, Old Iron. Übrigens sind wir ja im Augenblick gar nicht im Dienst!«

»Wir sind in diesem verdammten Luftkurort dauernd im Dienst«, erwiderte Cromwell böse. »Ausgerechnet in einer

Sommerfrische arbeiten zu müssen! Alle anderen amüsieren sich, nur ich habe zu schuften...« Er zuckte die Achseln. »Hör zu, Johnny. Wenn Reed seinen Schlüssel mitnimmt - wenn du den Schlüssel nicht am Schlüsselbrett in der Halle finden kannst -, so öffne das Schloss mit einem Dietrich. Das kann nicht allzu schwierig sein. Ich habe mir die Türschlösser angesehen und festgestellt, dass sie zwar modern, aber billig sind. Durchsuche sein ganzes Gepäck und taste auch die Koffer nach Geheimfächern ab. Wenn er Diamantenschmuggler ist, so hat er in seinen Koffern sicher Verstecke. Wenn er Frisiercreme verwendet, fahre mit einer Nadel in die Cremedose hinein...«

»Bring lieber einer Ente das Schwimmen bei«, unterbrach ihn Johnny ärgerlich. »Glaubst du etwa, ich weiß nicht, wie man Gepäck durchsucht?«

Sie hatten das Glück, am Ende des Dammes Augustus Reed zu begegnen, der tatenlos unter einem großen Baum stand und rauchte. Er trug makellose Flanellhosen und einen Sweater, dessen Brusttasche mit den Abzeichen eines teuren Clubs geschmückt war.

»Warten Sie hier auf jemanden, Mr. Reed?«

»Um die Wahrheit zu sagen - ja«, gab Reed zögernd zu. »Ich hatte eigentlich gehofft, hier diesem hübschen Mädchen, Carol Gray, zu begegnen; ich wollte sie zu einer Spazierfahrt auf dem See auffordern. Das Schlimme ist nur, dass ihr dieser verdammte Campbell wie ein Schatten nachläuft. Sie ist das einzige wirklich hübsche Mädchen im Schloss, und ausgerechnet sie muss sich mit einem solchen Trottel zusammentun!«

»Ich kann Ihnen Ihren Ärger nachfühlen.« Ironsides nickte verständnisvoll. »Ich kenne Campbell, und es war gar nicht leicht, ihn loszuwerden. Bei dieser Hitze muss es auf dem See herrlich sein«, fügte er hinzu, zog sein Taschentuch aus der Tasche und wischte sich den Schweiß von der Stirn.

»Wollen Sie vielleicht eine Spazierfahrt machen?«, lachte Reed. »Denn in diesem Fall...«

»Leider habe ich keine Zeit, Sir...«, meinte Cromwell zögernd. »Aber trotzdem vielen Dank für das Angebot...«

»Ach was! Eine halbe Stunde können Sie schon erübrigen.«

»Die Versuchung ist wirklich sehr groß, Sir.« Der Chefinspektor zögerte und sah Johnny an. »Du könntest ja inzwischen den ersten Bericht ausarbeiten, Lister. Ich kann ja schließlich doch nicht viel tun, bevor ich den Bericht habe. Also schön, Sir! Eine halbe Stunde! Vielen Dank. Das wird mich für den Rest des Tages wieder frisch machen.«

Grinsend beobachtete Johnny die beiden, als sie zum Bootssteg gingen.

So ein schlauer, alter Fuchs!, dachte er. *Das hat er doch wieder einmal großartig gemacht!*

Er verlor nun keine Zeit mehr. Wie er erwartet hatte, hing Reeds Zimmerschlüssel nicht am Schlüsselbrett. Reed hatte ihn wohl mitgenommen. Im oberen Stockwerk war alles ruhig. Die meisten Gäste ruhten sich im Schatten der großen Bäume in Liegestühlen aus. Der Zeitpunkt für Johnnys Aufgabe war also sehr günstig.

Ein paar Versuche mit den Spezialschlüsseln, die Johnny aus der Tasche zog, und das Schloss war offen. Wie Cromwell gesagt hatte, die Schlösser dieser modernen Türen waren billige Massenfabrikate.

Reeds Gepäck bestand aus einem großen Koffer und zwei kleineren Reisetaschen. Alle Gepäckstücke waren verschlossen, aber auch diese Schlösser boten keine Schwierigkeiten. Mit einer Haarnadel ließen sie sich leicht öffnen.

Trotzdem sank Johnny allmählich der Mut. Das Gepäck des Mannes war allzu durchschnittlich. Ein Verbrecher, der einen Raub beabsichtigt, hätte sich zweifellos bessere Gepäckstücke besorgt - mindestens einen Koffer mit einem einbruchsicheren Schloss.

In bezug auf das Brillanthalsband erwies sich die Suche als völlig ergebnislos. Johnny kannte alle Tricks von Schmugglern, und seine Durchsuchung war recht gründlich. Seine Bemühungen ergaben jedoch nur ein, allerdings nicht uninteressantes, Resultat. Er fand nämlich einen Reisepass, der auf den Namen John Andrew Robertson ausgestellt war - das Passbild stellte jedoch unzweifelhaft Augustus Reed dar.

»Na ja - das ist immerhin etwas!«, murmelte Johnny, als er den Pass prüfte. »Ein echter Pass - also lebt Reed unter falschem Namen! Nicht uninteressant!«

Er legte alles wieder an Ort und Stelle zurück, so dass nichts seine Durchsuchung verriet. Dann verließ er das Zimmer und schloss es mit seinem Spezialschlüssel wieder von außen ab. Dabei übersah er jedoch, dass ihn jemand beobachtete.

Es war Bruce Campbell, der vor Aufregung am ganzen Körper zitterte.

»Dieser junge Scotland-Yard-Mann!«, flüsterte er leise vor sich hin. »Jetzt schleicht er sich aus Reeds Zimmer. Donnerwetter! Haben sie denn Reed im Verdacht?«

Er wartete, bis Johnny Lister hinuntergegangen war; dann schlich er ihm vorsichtig nach. Die Methoden der beiden Kriminalbeamten interessierten ihn brennend. Übrigens war diese Durchsuchung von Reeds Zimmer doch zweifellos gesetzwidrig!

Aber Bruce vergaß die Beamten völlig, als er kurz darauf im Garten Carol begegnete. Sie wollte sich an einen schattigen Platz setzen, und eifrig rannte Bruce fort, um ihr eine eisgekühlte Limonade zu holen.

Kurze Zeit danach kehrte Bill Cromwell ins Schloss zurück. Johnny erstattete Bericht.

»Etwas anderes hatte ich auch nicht erwartet«, brummte Ironsides dann. »Selbst wenn Reed das Collier hat, wird er es kaum in seinem Zimmer aufbewahren. Aber wir mussten uns davon überzeugen. Die Geschichte mit dem Pass ist recht interessant. Natürlich kann er das Collier auch in seinem Wagen oder im Motorboot verborgen haben. Wir müssen eben auch den Wagen und das Boot durchsuchen.«

Eine Gelegenheit zur Durchsuchung des Wagens ergab sich bald. Als er aus dem Fenster auf die Rasenflächen hinaussah, konnte Johnny beobachten, wie Augustus Reed mit Carol Gray fortging. Als Ironsides und Johnny zehn Minuten später Reeds Motorboot auf dem See sahen, gingen sie zu den Garagen auf der Rückseite des Schlosses.

Sie konnten Reeds Wagen ungestört gründlich durchsuchen, fanden aber nichts.

»Falls Reed mit Dawson zusammenarbeitet, könnte natürlich Dawson die Kette in Verwahrung genommen haben. Das bedeutet, dass wir auch sein Gepäck und seinen Wagen durchsuchen müssen«, sagte Cromwell.

Die Gelegenheit dazu ergab sich schon nach dem Tee, als Sir Christopher, nachdem er Cromwell um Erlaubnis gebeten hatte, mit Reed in dessen Wagen einen Ausflug nach Kenmerc machte.

Die beiden Beamten teilten sich in die Arbeit. Während Johnny Sir Christophers Zimmer durchsuchte, dessen Schlüssel er am Schlüsselbrett gefunden hatte, nahm sich Ironsides das Auto, den Sunbeam, vor. Aber das Brillanthalsband war unauffindbar.

Nach dem Abendbrot wurde die Hitze fast unerträglich. Kein kühles Lüftchen wehte vom See, und man hatte das Gefühl, dass ein Gewitter in der Luft lag. Bruce Campbell, der mit Carol aus dem Haus kam, war froh, das Mädchen wieder für sich haben zu können.

»Es geht mich eigentlich gar nichts an, aber wäre es nicht ratsam, mit diesem ekligen Reed keine Motorbootausflüge mehr zu machen?«, fragte er stockend. »Ich traue ihm nämlich nicht...«

»Bitte...«, unterbrach sie ihn mit leiser Stimme.

Er rechnete damit, von ihr entrüstet angefahren zu werden. Umso überraschter war er, als sie sich bei ihm einhängte und seinen Arm drückte.

»Schön - ich nehme es Ihnen nicht übel, wenn Sie mich abkanzeln«, murmelte sie, als sie über die Terrasse gingen. »Ich werde es auch nicht wieder tun. Er versuchte... nun, Sie können sich das ja denken.«

»Was versuchte er denn?«

»Das ist ja nicht wichtig. Gehen wir lieber spazieren. Nein, dazu ist es auch zu heiß. Es ist ja jetzt direkt noch heißer als heute Nachmittag. Vielleicht sollten wir uns hier auf die Steinbalustrade setzen.«

Der Major ging an ihnen vorbei, aber Bruce war viel zu sehr mit Carol beschäftigt, um sich um ihn zu kümmern.

»Ja, es ist wirklich verdammt heiß«, nickte er. »Wissen Sie was? Wie wäre es, wenn wir heute um Mitternacht schwimmen gingen?« Er hielt inne, von der Kühnheit seines Vorschlages selbst verblüfft. »Natürlich, wenn Sie etwa glauben sollten...«

»Das ist ein glänzender Gedanke!«, unterbrach sie ihn lachend. »Schwimmen, nachdem hier schon alles zu Bett gegangen ist! Das ist genau das, was wir nach einem so heißen Tage brauchen! Also abgemacht!«

»Nun, das ist ja fein«, sagte er eifrig. »Ich wagte kaum zu hoffen... Also, um Mitternacht! Ich werde bei Ihnen anklopfen.«

Sie blieben noch eine Weile auf der Balustrade sitzen. Gelegentlich schlenderten Gäste an ihnen vorbei. Alle sprachen mit gedämpfter Stimme, denn alle spürten eine gewisse Spannung. Die Polizei war zwar abgezogen, nur die Leute von Scotland Yard waren noch im Haus. Die Feriengäste hatten das Gefühl, unter ständiger Beobachtung zu stehen.

Ironsides und Johnny saßen mit finsterer Miene in ihrem Zimmer. Johnny war mit der Abfassung des Tagesberichtes beschäftigt.

»Wir haben nicht gerade glänzende Resultate vorzuweisen. Old Iron!« Lister lehnte sich zurück und schüttelte den Kopf. »Wo, zum Donnerwetter, kann das Collier nur sein? Miss Cawthorne bekam mich nach dem Abendessen zu fassen und fragte mich, ob es etwas Neues gäbe; ich musste sie mit einer ausweichenden Antwort abspeisen. Anscheinend redet sie sich ein, dass der Verlust des Schmuckstückes ihre Schuld ist. Sie sagt, sie hätte eher an das Halsband denken sollen.«

»Mir ging es mit Fanshawe ähnlich«, brummte Cromwell. »Auch er macht sich natürlich wegen des Schmucks Sorgen, der ja jetzt sein Eigentum geworden ist. Er nimmt an, dass es von einem der Angestellten gestohlen wurde. Auch das ist natürlich nicht unmöglich. Denn gestern Abend, als die Leiche entdeckt worden war, herrschte ja ziemliche Verwirrung.«

»Ich möchte immer noch glauben, dass es Reed gestohlen hat«, sagte Johnny überzeugt. »Wozu ist dieser Mann überhaupt hergekommen? Um mit seinem Motorboot auf dem See herumzugondeln? Lächerlich! Er weiß doch, wer Morton-Gore wirklich ist...«

»So? Dafür haben wir keinerlei Beweise!«

»Unsinn, Old Iron - das ist doch sonnenklar!«, wandte Johnny ein. »Davon bist du doch auch überzeugt! Dawson kam hierher, um die alte Dame herumzubekommen, ihn zu heiraten. Reed folgte ihm in der Hoffnung, dass dabei etwas für ihn abfallen werde. Wie steht es mit seinem Motorboot? Wir haben es noch nicht durchsucht; und wenn das Halsband in Reeds Besitz ist, so ist es am wahrscheinlichsten, dass er es dort verborgen hat.«

»Ich glaube, da hast du recht«, nickte Cromwell. »Das werden wir später zu erledigen haben. Aber sprich doch leise - das Fenster hinter dir steht offen.«

Vor dem Haus saßen Bruce und Carol noch immer auf der Steinbalustrade der Terrasse. Es war so heiß, dass tatsächlich jede Bewegung mühsam war. Über ihnen waren die Sterne im Dunst verschwunden, und ein gelegentliches

Aufblitzen hinter den Bergen deutete ein fernes Gewitter an.

»Das ist nur Wetterleuchten«, meinte Bruce. »Ich glaube nicht, dass es heute noch ein Gewitter geben wird. Jedenfalls hoffe ich es, denn ich möchte nicht, dass uns irgendetwas unser Bad verdirbt.«

Sie hörten das leise Knirschen von Fußtritten auf dem Kies; jemand stieg die Stufen zur Terrasse hinauf und ging zur offenen Haustür. Es war Major Fanshawe. Er verschwand im Haus.

»Haben Sie das gesehen?«, flüsterte Bruce.

»Was denn?«

»Sein Gesicht! Blass wie der Tod, und dabei rann ihm der Schweiß in großen Tropfen über die Wangen. Er sah auch wütend aus - als ob er sich mit jemandem furchtbar gezankt hätte! Oder hatte er nur sehr große Sorgen?«

»Er hatte Sorgen, möchte ich glauben«, meinte Carol. »Der arme Mann hat ja auch genug auf dem Herzen. Seine Tante wurde ermordet, und der Mörder ist noch immer nicht gefunden. Er muss sich ja sagen, dass der Mörder auch einer seiner Gäste sein könnte. Schon bei dem Gedanken läuft einem ein kalter Schauer den Rücken herunter!«

»Bei dieser Hitze ist ein kalter Schauer gerade das Richtige!«, meinte Bruce.

»Aber kein Schauer dieser Art!« Carol erhob sich. »Ich glaube, ich werde jetzt nach oben gehen. Ich möchte mich etwas ausruhen.«

Sie trennten sich in der Halle mit dem Versprechen, sich um Mitternacht wieder zu treffen. Bald darauf ging auch Bruce in sein Zimmer. Es war zwar erst halb elf, aber er hatte das Gefühl, dass Carols Gedanke nachahmenswert war. Nachdem er sich gewaschen und rasiert hatte - er rasierte sich für gewöhnlich nicht am Abend, aber bei dieser Gelegenheit hielt er es doch für angebracht -, schlüpfte er in seinen Pyjama und setzte sich in den Lehnsessel am offenen Fenster, um zu lesen. Jedenfalls versuchte er zu lesen. Aber in Wirklichkeit verbrachte er die Zeit damit, sich verträumt all die wunderbaren Eigenschaften Carols wieder vor Augen zu führen. Er hoffte nur, dass die Beamten von Scotland Yard noch viele Tage brauchen würden, um den Mord aufzuklären. Je länger sie dazu brauchten, umso besser - nach Bruces Meinung jedenfalls. Denn die Festnahme des Mörders bedeutete ja, dass sich die Feriengäste in alle Winde zerstreuten.

Um drei Viertel zwölf zog er sich seine Badehose an und überlegte, wie Carol im Badeanzug aussehen mochte.

Genau zwei Minuten vor zwölf, als es im Hause schon ganz still geworden war, schlang er sich sein Badetuch um den Hals, zog Tennisschuhe an und schlich sich in den Gang hinaus. Hier war es sehr dunkel, aber er hatte sich vorsorglich eine Taschenlampe mitgenommen. Zunächst brauchte er sie allerdings noch nicht, denn Carols Zimmertür lag ja der seinigen genau gegenüber, und es drang Lichtschein heraus. Er klopfte leise an.

Sie öffnete sofort; offenbar hatte sie ihn schon erwartet.

»Sind Sie fertig?«, flüsterte er.

Die Frage war eigentlich überflüssig, denn noch fertiger für ein nächtliches Schwimmen hätte sie gar nicht sein können. Sie trug einen einteiligen Badeanzug, der sich eng an ihren Körper schmiegte. Ihr Anblick nahm ihm den

Atem, so dass er verstummte und sie unter seinen starrenden Blicken verlegen wurde.

»Mein Gott! Dieser Badeanzug! Sie sehen wirklich unerhört...«

»Es ist doch unwichtig, wie ich aussehe«, unterbrach sie ihn leise. »Aber wir können jetzt nicht schwimmen gehen.«

Ihre Worte waren für ihn niederschmetternd.

»Nicht schwimmen gehen?«, wiederholte er ganz benommen.

»Nein.«

»Warum denn nicht - um Gottes willen?«

»Vor zehn Minuten hörte ich Schritte«, erwiderte sie, immer noch flüsternd. »Haben Sie denn nichts gehört? Ich nahm an, Sie seien ein bisschen zu zeitig gekommen. Aber als ich die Tür öffnete und hinaussah, konnte ich gerade noch die beiden Beamten von Scotland Yard erkennen, die um die Ecke nach der Haupttreppe zu verschwanden. Sie schlichen wie Einbrecher durch den Gang. Ich hörte, wie sie die Riegel an der Haustür zurückschoben...«

»Nun, das macht doch nichts!«, fiel ihr Bruce erleichtert ins Wort. »Man kann nie wissen, was solche Leute im Schilde führen. Aber warum sollten sie uns hindern, schwimmen zu gehen?«

»Warten Sie nur. Ich knipste mein Licht aus und ging zum Fenster. Da sah ich, wie die beiden über den Damm zum See hinuntergingen, Bruce. Wenn wir das auch tun, werden wir ihnen also begegnen, und was werden sie dann von uns beiden denken? Verschieben wir unser nächtliches Schwimmen lieber auf morgen.«

»Ach, wie schade! Bis morgen kann sich das Wetter ändern - ja, es wird sich sogar bestimmt ändern!«, wandte er ein. »Morgen wird es regnen, und ein eisiger Wind wird durch die Gegend pfeifen. Wie oft haben wir denn schon eine so schwüle Nacht in England? Höchstens einmal im Jahr!«

Sie lachte.

»Die Hitzewelle bleibt - jedenfalls noch ein paar Tage«, antwortete sie. »Hören Sie, Bruce, es wäre doch nett gewesen, wenn wir um Mitternacht schwimmen gegangen wären - nur wir zwei. Aber ich möchte nicht, dass Mr. Cromwell oder Mr. Lister uns unten am See sehen. Sie könnten Gott weiß was davon halten!«

»Was denn?«, fragte er verwundert. »Es ist doch nichts dabei, in der Nacht noch schwimmen zu gehen!«

Sie blieb jedoch fest, sagte gute Nacht und schlug ihm die Tür vor der Nase zu. Schwer enttäuscht ging er schließlich leise fluchend in sein Zimmer zurück. Aber dann schoss ihm, urplötzlich, ein neuer Gedanke durch den Kopf. Ganz unvermittelt fiel ihm wieder ein, was er am Nachmittag beobachtet hatte - nämlich Johnny Lister, der verstohlen aus Augustus Reeds Zimmer kam.

Zwischen dieser Tatsache und dem mitternächtlichen Gang zum Seeufer musste doch ein Zusammenhang bestehen!, folgerte er. Zweifellos waren die Bluthunde von Scotland Yard zum See hinuntergegangen, um Reeds Motorboot zu durchsuchen! Sie hatten ihn also doch im Verdacht, der Mörder zu sein!

Nun hätte jeder andere junge Mann die Sache wohl auf sich beruhen lassen und wäre zu Bett gegangen. Nicht so Bruce Campbell! Schon der bloße Gedanke an Schlaf erschien ihm lächerlich. Er beschloss vielmehr, auch seinerseits aus dem Haus zu schlüpfen, zum See hinunterzugehen und sich davon zu überzeugen, ob seine Annahme zutraf oder nicht. Es musste recht interessant sein, den berühmten Ironsides bei seiner Arbeit zu beobachten.

Ohne seine Pläne weiter zu durchdenken, knipste er sein Licht aus und ging, diesmal ohne Badetuch, die Treppe hinunter. Er fand die Haustür geschlossen, aber nicht verriegelt vor. Die Zunge des Sicherheitsschlosses war festgehalten, so dass sie nicht einschnappen konnte; die Tür war daher ohne weiteres von außen zu öffnen. Aber diesen Umstand - der für ihn doch von erheblicher Bedeutung hätte sein sollen - beachtete er gar nicht.

Es war ein kühles Lüftchen vom See her aufgekommen. Es machte sich stärker bemerkbar, als er am Damm ankam. Hier blieb er einen Augenblick stehen, um über die Wasserfläche zu blicken, die im nächtlichen Dunkel schimmerte. Er warf auch einen Blick auf die Insel zurück, wo sich die Silhouette des Schlosses vom Himmel abhob. Aus ein oder zwei Fenstern im Obergeschoss fiel noch Lichtschein heraus.

Während er seinen Weg fortsetzte, begann Bruce sein Abenteuer von einem anderen Gesichtspunkt aus zu betrachten. Im Grunde genommen war das, was er sich vorgenommen hatte, doch recht unsinnig. Was würde er denn schon zu sehen bekommen? Wie konnte er die beiden Kriminalbeamten bei ihrer Arbeit beobachten, wenn er sich vor ihnen versteckt halten wollte? Denn wenn sie ihn zu sehen bekamen, so würden sie ihn doch zweifellos auffordern, unverzüglich ins Schloss zurückzukehren und zu Bett zu gehen. Zögernd blieb Bruce stehen. Er fing an, sich vor den strengen Blicken des Chefinspektors zu fürchten.

Aber schließlich ging er doch weiter. Er kam zu den steinernen Stufen, die vom Damm zu dem Weg hinabführten, der am See entlanglief. Von hier waren es nur ein paar Meter bis zu dem kleinen Bootssteg, an dem Reeds Motorboot neben dem unförmigen Motorboot des Schlosses angebunden war. Hier lagen auch zahlreiche Ruderboote, die das Schloss den Feriengästen zur Verfügung stellte.

Als Bruce sich vorsichtig dem Bootssteg näherte, konnte er gerade noch die Silhouetten von zwei Gestalten sehen, die aus Reeds Motorboot herauskletterten. Er hatte also mit seiner Annahme völlig recht gehabt. Rasch kauerte er sich hinter einen Busch, um nicht gesehen zu werden. Ironsides und Johnny gingen, ohne ihn zu bemerken, an ihm vorbei und unterhielten sich leise. Bruce konnte zwar nicht hören, was sie sagten, aber er hatte das Empfinden, dass Bill Cromwell niedergeschlagen war. Die beiden gingen sofort ins Schloss zurück.

»Ich Esel«, murmelte Bruce. »Wozu bin ich überhaupt hergekommen? Wenn ich nur einen Funken Verstand gehabt hätte, hätte ich mir doch denken können, dass ich meine Zeit nur sinnlos verschwende! Der Teufel soll diese Polizisten holen! Hätten sie ihr Herumschnüffeln nicht am helllichten Tag erledigen können?«

Plötzlich schoss ihm ein anderer Gedanke durch den Kopf.

»Die Haustür!«

Als er seinen Schwimmausflug mit Carol geplant hatte, hatte er beabsichtigt, beim Hinausgehen die Riegel zurückzuschieben und die Tür unverschlossen zu lassen. Er hätte, wenn er mit Carol vom Schwimmen zurückkam, ohne Schwierigkeiten wieder ins Schloss zurückkehren können.

Aber die beiden Beamten würden natürlich, sobald sie wieder im Haus waren, die Riegel vorschieben. Damit war er, Bruce, für die Nacht ausgesperrt.

Bei diesem Gedanken begann er so schnell wie möglich hinter den Kriminalbeamten herzurennen.

Elftes Kapitel

»Einen Augenblick, Old Iron!«

Gerade, als die beiden Männer die Haustür geöffnet hatten, fasste Johnny Lister Bill Cromwells Arm. Das Geräusch von Schritten auf dem Kies hatte seine Aufmerksamkeit erregt, und jetzt sah er erstaunt, wie eine fast nackte Gestalt die Terrassenstufen heraufstürmte.

»Was, zum Teufel...«, begann Ironsides.

Die Gestalt kam näher; es war ein junger Mann, der nur eine Badehose und Tennisschuhe anhatte.

»Gerade noch rechtzeitig! Ich fürchtete schon, Sie könnten mich aussperren!«

»Mr. Campbell!« Cromwells Stimme klang drohend. »Ich hätte mir denken können, dass Sie es sind! Was suchen Sie eigentlich um diese Nachtzeit hier, während die anderen schlafen?«

»Ich - ich ging zum See schwimmen...«

»Wirklich? Aber das Wasser reizte Sie wohl nicht mehr, als Sie hinkamen?«

»Das Wasser war schon in Ordnung, aber...«

»...aber Sie wollten doch lieber auf das Bad verzichten, wie?«, unterbrach ihn Ironsides. »Muss ich Sie wirklich darauf aufmerksam machen, dass Ihre Badehose knochentrocken ist? - Sie wollten mir doch nicht etwa nachspionieren?«

»Spi-spionieren...?«, stotterte Bruce. »Natürlich nicht! Aber ich - ich sah Sie beide unten am Wasser und fürchtete, Sie würden es vielleicht nicht gern sehen, wenn Sie mich dort treffen sollten. So ging ich nicht ins Wasser.

Denn ich erinnerte mich plötzlich, dass Sie ja die Haustür verriegeln und mich aussperren könnten.«

»Das bedeutet, dass Sie das Haus nach uns verließen«, meinte Cromwell noch bösartiger als zuvor. »Erschien es Ihnen denn nicht merkwürdig, dass die Haustür unverriegelt war, als Sie fortgingen - falls Sie uns nicht mit Absicht nachgegangen sind?«

»Ich - ich habe gar nicht daran gedacht«, erwiderte Bruce verwirrt.

»Folgen Sie meinem Rat, junger Mann, kümmern Sie sich um Ihre Angelegenheiten, und lassen Sie die Finger von meinen«, warnte ihn Ironsides. »Wenn ich noch mehr solche Geschichten sehe, werde ich gezwungen sein, schärfer vorzugehen. Gehen Sie jetzt auf Ihr Zimmer - und bleiben Sie dort!«

Bruce hatte nichts zu erwidern. Inzwischen hatte Johnny die Haustür verriegelt; sie gingen alle zusammen die große Treppe hinauf, trennten sich aber im ersten Stock, denn die Zimmer der Beamten lagen in einem anderen Flügel als das Campbells. Bruce war der Vorfall sehr peinlich, denn er hatte ja wirklich spioniert, und noch unangenehmer war, dass Cromwell davon wusste.

In solche Gedanken versunken, war er an seiner Tür vorübergegangen. Als er es merkte, hatte er nicht die leiseste Ahnung, welches Zimmer das seine war. Unschlüssig ging er noch ein paar Schritte weiter und blieb dann stehen. Aber gerade diese paar Schritte sollten einem Menschen das Leben retten.

Denn als er sich umwandte, fiel ihm in der heißen, stickigen Luft des Ganges ein bestimmter Geruch auf. Diesen Geruch kannte er doch - das war doch Gas!

Konnte jemand einen Gashahn offengelassen haben? Wahrscheinlicher war, dass eine Leitung undicht war, dachte er. Jedes Zimmer hatte zwar einen Gasofen, aber nur ein Verrückter konnte in einer so heißen Nacht Feuer angezündet haben! Er tastete sich zur nächsten Tür. Wieder nichts. Aber an der nächsten - mein Gott! Hier war der Gasgeruch ja geradezu betäubend!

»Hallo!«, rief Bruce verzweifelt.

Er schlug mit der Faust an die Tür, aber es rührte sich nichts. Er griff an den Türknopf, aber die Tür war verschlossen. Wieder schlug er mit der Faust auf das Holz.

»He!«, schrie er. »Machen Sie auf! In Ihrem Zimmer strömt Gas aus!«

Die Nutzlosigkeit seiner Bemühungen wurde ihm jedoch bald klar. Aufgeregt stürmte er den Gang entlang und schrie dabei laut um Hilfe. An der Treppe blieb er stehen, schrie aber weiter. Wie erwartet, waren die ersten, die auf sein Rufen herbeirannten, Bill Cromwell und Johnny Lister.

»Campbell«, schrie Ironsides. »Sind Sie wahnsinnig geworden? Was schreien Sie denn so?«

»Gas!«, stieß Bruce heiser hervor.

Cromwell machte Licht, Bruce, immer noch nur in der Badehose und hochrot im Gesicht, wies in den Gang.

»Dort hinten!«, rief er. »Nach meinem Zimmer! Die Tür ist zwar verschlossen, aber das Gas strömt durch die Ritzen! Ich habe an die Tür gehämmert, aber keine Antwort bekommen!« Er war ganz atemlos. »Wir müssen etwas tun - und zwar rasch!«

Bill Cromwell ergriff Bruce am Arm und zog ihn rennend hinter sich den Korridor entlang, gefolgt von Johnny

Lister. Schon öffneten sich auch andere Zimmertüren, und Leute blickten ängstlich heraus.

»Das ist die Tür!«, stieß Bruce hervor.

»Es ist Major Fanshawes Zimmer!«, rief Cromwell. »Mein Gott, Campbell, Sie haben recht!« Er hielt die Nase an einen Türspalt. »Keine Zeit, nach Schlüsseln zu suchen! Johnny, brich die Tür mit der Schulter auf!«

Wie ein junger Stier warf sich Johnny gegen die Tür, die jedoch nicht nachgab. Cromwell versuchte es gemeinsam mit dem Sergeanten noch einmal. Ein Splittern, und die Tür brach auf.

Erstickende Gasluft strömte Ironsides und Johnny entgegen, als sie ins Zimmer taumelten.

»Atem anhalten!«, rief Cromwell.

Schon auf den ersten Blick verstand er, was vorgegangen war. Die schweren Plüschvorhänge, nur für den Winter gedacht, waren vor das Fenster gezogen. Aus dem Gasofen im Kamin kam ein leises, böses Zischen. Major Fanshawe lag im Bett. Sein blaugestreifter Pyjama war am Hals offen, und sein Gesicht war halb in den Kissen vergraben. Mit zwei Schritten stand Cromwell am Bett, hatte Johnny ein Zeichen gemacht und die Decke zurückgeschlagen. Bruce, der in seiner Badehose auf der Schwelle geblieben war und sich die Hand vor den Mund gehalten hatte, trat nun auch hilfsbereit hinzu.

Er fasste mit Johnny den Körper unter den Armen, während Cromwell die Beine hochhob. So trugen sie ihn hinaus. Erst im Korridor holte Ironsides wieder Atem. Dann rief er ungeduldig: »Platz machen - verdammt noch mal!«

Denn viele Leute drängten sich jetzt im Gang. Miss Cawthorne, tüchtig wie immer, stand in einer offenen Zimmertür.

»Hier hinein...«, sagte sie mit zitternder Stimme. »Hier ist ein leeres Zimmer! Ich habe das Fenster schon aufgerissen. Ist er denn...«

Offenbar hatte sie Furcht, ihre Frage auszusprechen. Aber Cromwell gab ihr keine Antwort, wenn er auch ihre Tatkraft angesichts dieser neuen Katastrophe bewunderte. Er verlor keine Sekunde, nachdem er mit seinen Helfern Fanshawe in dem leeren Zimmer auf das Bett gelegt hatte.

»Künstliche Atmung, Johnny!«, befahl er rasch, eilte sofort wieder hinaus und fauchte jeden an, der ihm im Weg stand.

Wieder im Zimmer des Majors, schlug er die Tür zu, rannte zum Fenster und schob den Plüschvorhang beiseite. Sein Gesicht wurde eisig, als er sah, dass das Fenster fest geschlossen war. Er riss es auf, lehnte sich hinaus und atmete die frische, reine Luft ein. Dann eilte er zum Kamin und drehte das Gas ab.

Bald wurde die Luft reiner, und er fühlte sich wieder wohler. Mit jetzt drohend zusammengezogenen Augenbrauen untersuchte er das Zimmer genauer. Es war fast luftdicht abgeschlossen gewesen!

Bevor er den Raum wieder verließ, bemerkte er noch, dass der Schlüssel im Schloss steckte - und zwar von innen. Nur die Füllung war zerbrochen; dadurch war die Tür aufgegangen.

Er schloss die Tür hinter sich. Noch immer standen Leute herum. Sie waren vor den Gasschwaden zurückgewichen, hatten sich aber dafür im Treppenhaus angesammelt.

Einen Augenblick blieb Ironside stehen und dachte nach. Dass der Schlüssel auf der Innenseite der Tür steckte, war doch sehr bemerkenswert. Es war ein Beweis dafür, dass Major Fanshawe beabsichtigt hatte, Selbstmord zu begehen. Er war in sein Zimmer gegangen, hatte die Tür abgeschlossen, die Fenster zugemacht und die Vorhänge vorgezogen. Dann hatte er wohl den Hahn am Gasofen aufgedreht, sich ins Bett gelegt und dort das Ende abgewartet. So ungern Cromwell zugab, dass auch ein Mensch wie Bruce Campbell von Nutzen sein konnte, musste er sich jetzt doch eingestehen, dass ohne den jungen Mann Major Fanshawe jetzt schon tot gewesen wäre.

Die Frage war - warum hatte er sterben wollen?

Warum hatte Fanshawe einen Selbstmordversuch unternommen? Vielleicht war der Versuch sogar geglückt, das konnte

Cromwell im Augenblick noch nicht wissen. Hatte ihn etwa Reue zu dieser Tat gedrängt? Wenn es so war, bedeutete es doch, dass er der Mörder von Lady Gleniston sein musste.

»Den soll doch wirklich der Teufel holen!«, fluchte Ironsides.

Er war tatsächlich böse, da ihn diese Wendung völlig überrascht hatte. Etwas Derartiges hatte er überhaupt nicht erwartet. Er kehrte in das Zimmer zurück, in das Fanshawe gebracht worden war. Hier war Johnny Lister mit tatkräftiger Unterstützung von Margaret Cawthorne, die in ihrem blau-rosa Morgenrock, das Gesicht von der Anstrengung gerötet, geradezu hübsch aussah, noch an der Arbeit. In Miss Cawthornes Augen standen Tränen der Freude.

»Er lebt, Mr. Cromwell!«, rief sie ihm zu, als er nähertrat.

»Gott sei Dank«, erwiderte Cromwell. »Jetzt können Sie ihn uns schon überlassen, Miss Cawthorne. Es war wirklich reizend von Ihnen, uns zu helfen, aber jetzt sollten Sie schlafen gehen. Sie haben ausgezeichnete Arbeit geleistet!«

»Wie kann es nur dazu gekommen sein?«, fragte sie. »Er kann doch nicht Selbstmordabsichten gehabt haben - aber wie kann es andererseits ein Unglücksfall sein?«

»Es war kein Unglücksfall, Miss Cawthorne«, erwiderte der Chefinspektor kurz. »Bitte verübeln Sie es mir nicht, dass ich im Augenblick nicht mehr sagen will. Übrigens ist Ihre Frage einfach zu beantworten. Als ich mit Lister in sein Zimmer stürzte, sah ich, dass Mr. Fanshawe sein Gesicht in das Kissen vergraben hatte. Dieser Umstand hat ihm das Leben gerettet.«

»Ich glaube, ich verstehe Sie nicht ganz...«

»Nun, er wird wohl auf dem Rücken gelegen haben, als das Gas auf ihn einzuwirken begann«, erwiderte Cromwell. »Aber dann muss er sich im Schlaf herumgeworfen und schließlich sein Gesicht im Kissen vergraben haben. Auf diese Weise wirkten die Gasschwaden nicht mit voller Kraft auf ihn ein. Nach weiteren zehn Minuten wäre es jedoch trotzdem mit ihm aus gewesen.«

»Die Vorsehung hat ihn beschützt«, sagte sie.

Als sie auf Ironsides Anweisung hin das Zimmer verlassen hatte, sah Cromwell Johnny fragend an.

»Es ist nicht so schlimm, wie ich zunächst dachte«, erklärte der Sergeant. »Die Vergiftung war nicht sehr schwer.

Ich denke, er wird das Bewusstsein bald wiedererlangt haben. Die Sache hier erinnert mich an den Fall vom *achten Messer*.«

Cromwells Aufmerksamkeit wandte sich nunmehr dem Kranken zu, denn Fanshawe schien wieder zu sich zu kommen. Ironsides und Johnny hatten die nächsten fünfzehn Minuten hindurch noch viel mit ihm zu tun. Cromwell hatte das Gefühl, dass die Verwunderung des Majors nicht gespielt, sondern ehrlich war.

»Warum wollen Sie mir nicht sagen, was mit mir geschehen ist, Mr. Cromwell?«, stieß der Major heiser hervor. »Warum bin ich in diesem Zimmer? Ich fühle mich sehr elend - mir schwindelt, und mein Hals...«

»Das kommt alles wieder in Ordnung, Sir. Morgen früh sind Sie schon wieder wohlauf.«

»Was ist denn eigentlich geschehen?«

»Sie hatten eine Gasvergiftung.«

»Großer Gott! Wie ist denn das möglich?«

»Wir haben nach Doktor Bellamy geschickt, der jede Minute hier sein muss«, fuhr Ironsides fort, ohne die Frage zu beantworten. »Bleiben Sie ruhig liegen. Lister und ich haben alles für Sie getan, was. wir konnten. Miss Cawthorne hat auch geholfen. Jetzt sind Sie außer Gefahr.«

»Aber ich verstehe gar nicht...«, wandte Fanshawe ein, der versuchte, sich aufzusetzen, aber wieder zurücksank. »Wie konnte ich mir überhaupt eine Gasvergiftung zuziehen?«

»Fühlen Sie sich kräftig genug, ein paar Fragen zu beantworten?«

»Ja, gewiss.«

»Dann sagen Sie mir bitte, was Sie taten, als Sie heute Abend in Ihr Schlafzimmer kamen.«

»Was ich tat? Dasselbe wie jeden Abend«, erwiderte Fanshawe verwundert. »Da es furchtbar heiß war, machte ich mein Fenster weit auf, um möglichst viel Luft zu haben. Dann ging ich zu Bett, las noch eine Viertelstunde und knipste das Licht aus. Das ist alles, an was ich mich erinnern kann, bis ich hier aufwachte.«

Cromwell betrachtete ihn nachdenklich. Auf Fanshawes Nachttisch hatte kein Buch gelegen - was darauf hindeutete, dass er mit dieser Angabe nicht die Wahrheit gesagt hatte. Aber warum sollte er in einer solchen Kleinigkeit eigentlich lügen?

»Warum sehen Sie-so ernst aus?«, fuhr der Major fort. »Warum, um Himmels willen, wollen Sie mir denn nicht sagen...«

»Schön, Mr. Fanshawe, ich will Ihnen alles erklären. Ganz zufällig war noch jemand im Gang, nachdem schon alles schlafen gegangen war. Er roch Gas und stellte fest, dass der Geruch aus Ihrem Zimmer kam.« Der Chefinspektor sprach langsam. »Er rief um Hilfe, worauf Lister und ich die Tür aufbrachen, die von innen verschlossen war. Aus Ihrem Gasofen strömte Gas aus. Das Fenster war fest verschlossen und die Vorhänge vorgezogen.«

»Das ist doch ganz ausgeschlossen...«, murmelte Fanshawe verständnislos. »Als ich einschlief, stand das Fenster weit offen. Ich habe auch meine Tür nicht abgeschlossen; das tue ich nie. Großer Gott! Jemand muss sich also in mein Zimmer geschlichen haben, nachdem ich eingeschlafen war.« Jetzt stand in seinen Augen Furcht. »Jemand hat also versucht, mich zu ermorden! Ich habe einen festen Schlaf, und so habe ich nichts gehört. Dieser Mensch hat das Fenster geschlossen, die Vorhänge vorgezogen, das Gas angedreht und dann mein Zimmer wieder verlassen.«

»Wobei er die Tür von innen verschloss und den Schlüssel im Schloss stecken ließ, wie?«, fügte Ironsides grimmig hinzu.

Fanshawe richtete sich ruckartig auf.

»Allmächtiger Gott! Sie glauben doch nicht etwa, dass ich mich selbst einschloss und dann den Gashahn öffnete?«, fragte er heiser. »Sie glauben doch nicht, dass ich Selbstmord begehen wollte?«

»Der Anschein spricht dafür, Sir, und das ist keine schöne Situation«, erwiderte Cromwell. »Aber wenn tatsächlich Mordversuch vorliegt, wie Sie es vermuten, so wäre es für den Mörder sehr leicht gewesen, bei der Verwirrung, die nach der Entdeckung herrschte, zu verschwinden. Er hätte dabei auch ohne weiteres den Schlüssel nachträglich von der Innenseite ins Schloss stecken können. Das hätte kein Mensch bemerkt. Denn ich und Lister waren viel zu sehr mit Ihnen beschäftigt.«

»Es war doch fast genauso, als Lady Glenistons Leiche aufgefunden wurde«, meinte Johnny. »Auch jetzt gab es wieder allgemeine Verwirrung und Chaos! Damals ist ein Brillanthalsband verschwunden - diesmal wurde schnell ein Schlüssel heimlich von der Innenseite ins Schloss gesteckt!«

»Jawohl, mein Sohn, der Mörder scheint ein einfallsreicher Mensch zu sein«, nickte Bill Cromwell grimmig. »Aber da kommt, glaube ich, der Arzt. Wir wollen Sie ihm überlassen, Mr. Fanshawe, und uns am Morgen weiter unterhalten.«

Ohne weitere Worte wandte er sich vom Bett ab, als Dr. Bellamy aufgeregt ins Zimmer trat. Mit ein paar kurzen Worten erklärte ihm Cromwell die Situation und verließ dann, begleitet von Johnny, den Raum.

»Nun, was hältst du davon?«, fragte Johnny neugierig, als sie wieder in Fanshawes Schlafzimmer zurückgegangen waren und die Tür hinter sich geschlossen hatten.

»Schwer zu sagen«, murmelte Ironsides. »Die Sachlage deutet zwar auf Selbstmord hin, Johnny, aber trotzdem habe ich meine Zweifel. Fanshawe wirkte durchaus ehrlich.«

»Ob er uns nicht doch etwas vormachen will?«, meinte Johnny zweifelnd. »Nachdem sein Versuch durch einen unvorhergesehenen Zufall misslungen ist, möchte er uns natürlich gern einreden, dass ihm jemand etwas antun wollte. Aber jedenfalls haben wir damit neuen Stoff, Old Iron.«

Cromwell sah unsicher aus.

»Ich habe nachgedacht«, sagte er. Er war niedergekniet und bemühte sich, unter das Bett zu sehen. »Ich habe mir auch die Frage vorgelegt, ob wir nicht überhaupt auf einer ganz falschen Fährte sind, Johnny. Haben wir uns nicht vielleicht allzu sehr davon beeinflussen lassen, dass wir wussten, wer Morton-Gore wirklich ist und dass er hierhergekommen ist, um Lady Gleniston zu einer Heirat zu überreden? Stehen wir nicht allzu sehr unter dem Eindruck von Reeds Vorleben - das schließlich noch nicht einmal so düster ist?«

»Ich kann nicht recht einsehen...«

»Wie steht es denn mit den anderen Leuten hier? Bisher haben wir uns um sie nicht viel gekümmert«, brummte Ironsides. »Woher wollen wir wissen, dass nicht einer von ihnen' die alte Dame wegen des Halsbandes umbrachte? Vielleicht erklärt sich alles auf diese einfache Art.«

»Von welchen anderen Leuten sprichst du denn?«

»Von denen, die zur Mordzeit im Wohnzimmer saßen«, antwortete der Chefinspektor grimmig. »Ich muss immer wieder an dieses verdammte Fernsehen denken, Johnny. Von halb zehn an saß Miss Cawthorne dort - bis um elf, als die Sendung zu Ende war. Das gleiche gilt für viele andere. Sie behauptet, dass während dieser Zeit niemand durch die Balkontüren hinausging und niemand hereinkam. Aber können wir ihr das auch abnehmen? Sie hat ja selbst zugegeben, dass sie gedöst hat. Ich werde jetzt einmal feststellen, wer überhaupt im Wohnzimmer war.«

Zwölftes Kapitel

Nach dem plötzlichen nächtlichen Alarm wurde es allmählich in Schloss Gleniston wieder ruhig. Die allgemeine Ansicht ging dahin, dass Major Fanshawe bei unvorsichtigem Anstoßen den Hahn seines Gasofens geöffnet hatte und dass wie wirkliche Gefahr nicht sehr groß gewesen war.

Fanshawe blieb in dem leeren Zimmer, in das er gebracht worden war. Dr. Bellamy hatte noch, bevor er fortging, Bill Cromwell versichert, dass kein Grund zur Besorgnis bestünde. Fanshawe fühle sich zwar noch recht schwach, aber nach einem guten Schlaf werde er am Morgen schon wieder wohlauf sein. Der Arzt sagte noch, dass er ihm ein Schlafmittel gegeben habe.

»Ist alles in Ordnung?«

Von der Tür seines Zimmers aus stieß Bruce Campbell - jetzt in einem bunten Schlafrock - diese Frage aus, als Ironsides und Johnny den Gang entlang kamen, nachdem sie sich von dem Arzt verabschiedet hatten.

»Sie sind noch immer auf, Mr. Campbell?«, brummte der Chefinspektor. »Ja, alles ist in Ordnung. Es war, wie sich jetzt herausstellt, wirklich ein Glück, dass Sie noch um Mitternacht schwimmen gehen wollten«, fügte er zögernd hinzu. »Wenn Sie nicht diesen Gang entlanggegangen wären, würde Major Fanshawe jetzt tot sein.«

»Ich habe ihm also das Leben gerettet?«, fragte Bruce. »Nicht, dass ich dafür etwa besonderes Lob beanspruchen will. Meine Leistung bestand ja nur darin, das Gas zu riechen...«

»Jedenfalls können Sie mit dem befriedigenden Gefühl ins Bett gehen, dass Sie sich nützlich gemacht haben«, meinte Ironsides. »Ich hätte so etwas nie von Ihnen erwartet.«

Johnny musste über dieses zweifelhafte Kompliment grinsen, winkte Bruce aber freundlich zu. Als die beiden Beamten hinter dem Treppenhaus auf ihr eigenes Zimmer zugehen wollten, stießen sie jedoch fast mit Augustus Reed zusammen, der in großer Eile zu sein schien. Er trug über seinem Pyjama einen Morgenrock; sein für gewöhnlich wohlfrisiertes Haar war wirr, sein Gesicht gerötet, und seine Augen leuchteten aufgeregt. Der Gegensatz zu seiner gewohnten kühlen Selbstsicherheit war so groß, dass sich Cromwell nicht enthalten konnte, ihn anzusprechen.

»Was ist denn los, Mr. Reed?«, fragte er verwundert.

»Wie? Natürlich nichts - *gar nichts!*« Reed war verdutzt.

»Es ist nur die Aufregung und das Herumrennen. Manche glaubten, dass noch jemand ermordet worden sei. Ich übrigens auch.«

Er ging an den Beamten vorbei in sein Zimmer. Cromwell sah ihm nachdenklich nach.

»Dieser Kerl war aus irgendeinem Grund verängstigt«, meinte Johnny, als er mit Ironsides das Zimmer des Chefinspektors betrat. »Warum wohl? Wo mag er nur gewesen sein?«

»Sein Geschwätz von allgemeiner Aufregung und Herumrennen war nur Ausrede«, sagte Cromwell. »Das alles ist ja auch schon eine Stunde vorbei. Aber er war wirklich recht merkwürdig, Johnny. Du meinst, er hatte Angst? Das glaube ich nicht - mir kam er eher wie jemand vor, dem man gerade eine wunderbare Nachricht überbracht hat -

etwa, dass er einen Gewinn im Lotto gemacht hat. Übrigens bin ich davon überzeugt, mein Sohn, dass Reed nicht die leiseste Ahnung davon hat, dass er uns verdächtig ist.«

»Ich werde aus ihm nicht ganz klug.« Johnny schüttelte den Kopf und zündete sich eine Zigarette an. »Ich fange an zu glauben, dass er das Halsband gar nicht gestohlen hat. Es ist weder in seinem Zimmer, noch in seinem Wagen, noch in seinem Motorboot. Auch nicht in seiner Frisiercremedose! Als ob sich heutzutage überhaupt noch jemand ein so dummes Versteck aussuchen würde...«

»Mein Gott!«, rief Cromwell plötzlich.

»Was ist denn los?«

»Bin ich denn schon ganz verkalkt?« schnaubte der Chefinspektor. »Oder bin ich einfach ein Trottel?«

»So eine Frage solltest du mir nicht stellen, Old Iron. Was hast du denn? Ich habe dich seit Jahren nicht so entgeistert gesehen...«

»Frisiercreme...«, murmelte Cromwell. »Pah!«

»Was zum Teufel...«

Aber Ironsides war verschlossen wie eine Auster - wie er das bei solchen Gelegenheiten meist war. Johnny konnte nichts aus ihm herausbekommen - abgesehen von der Ankündigung, dass sie sofort nochmals Reeds Motorboot aufsuchen müssten.

Aber sie machten sich nicht unverzüglich auf den Weg. Noch waren die Bewohner des Schlosses nicht wieder schlafen gegangen. Es dauerte noch mehr als eine halbe Stunde, bevor es im Schloss wieder völlig still war.

Erst nun stiegen die beiden Männer zum zweiten Mal in dieser Nacht die Treppe hinunter, schoben die Riegel an der Haustür zurück und traten ins Freie. Johnny war zwar sehr neugierig, kannte aber seinen Chef viel zu gut, um Fragen zu stellen. Cromwell ging mit großen Schritten neben ihm her. Sie wechselten kein Wort, bis sie am Landungssteg waren.

Das Dorf Gleniston schlief fest; der See lag ruhig, und der Halbmond schwebte gelassen über den Baumwipfeln. Ein Bild tiefsten Friedens.

Ironsides sprang in den Führersitz des Bootes, der mit seinem enormen Steuerrad und seiner schrägen Windschutzscheibe fast wie der Führersitz eines Rennwagens aussah. Es war ein ausgezeichnetes Boot, das Reed, wie Cromwell festgestellt hatte, von einer Firma in Kenmere gemietet hatte. Es war luxuriöser als ein durchschnittliches Motorboot. Der mittlere Teil des Vordersitzes konnte hochgehoben werden; dann zeigte sich darunter eine kleine Treppe, die in eine kleine Kabine führte.

Cromwell stieg rasch in diese Kabine hinunter und knipste das Licht an - eine sanfte, indirekte, sehr angenehme Beleuchtung. Johnny war auf der Treppe stehengeblieben und sah ihm neugierig zu.

»Da waren wir doch schon! Was soll das alles?«, fragte er. »Wir haben doch diese verdammte Kabine schon durchsucht!«

»Ja, aber da waren wir blind!« gab Ironsides zurück. Er zog einen Schlüsselbund heraus und schloss einen kleinen Wandschrank auf.

»Aber dort haben wir doch auch schon nachgesehen...«

»Jawohl, aber ohne zu berücksichtigen, dass dieses Schränkchen verschlossen war, mein Sohn«, unterbrach ihn Cromwell. »Warum war es abgeschlossen? Gibt es denn hier drin etwas Wertvolles? Hier ist doch nur ein

Paket mit Cremewaffeln, eine Schachtel mit Käse und ein Glas mit Mixed Pickles. Warum verschließt man so etwas, verdammt noch mal?«

»Du meinst, warum er es so sorgfältig abgeschlossen hat?«

»Ich meine, warum hat er sich dieses Zeug überhaupt gekauft? Was für ein Narr war ich doch, dass ich mir den Kram nur flüchtig ansah, als wir vor ein paar Stunden hier waren. Die Waffeln und der Käse sind frisch, können nur ein oder zwei Tage hier sein, und das Glas mit den Mixed Pickles ist noch gar nicht geöffnet.«

»Was ist denn schon dabei, wenn sich jemand auf eine Bootsfahrt eine Kleinigkeit zu essen mitnimmt«, erwiderte Johnny.

»Salzstangen und Käse - ja, das kann ich verstehen. Aber wie, zum Teufel, isst jemand diese Pickles mit den Fingern?«, erwiderte Cromwell, der das Glas untersuchte. »Ich habe das leise Gefühl - es ist schon mehr ein lautes Gefühl dass unser lieber Mr. Reed ein bisschen zu schlau war. Hoffentlich irre ich mich nicht. Sieh dir einmal das an!«, fügte er so aufgeregt hinzu, dass ihn Johnny ganz erstaunt ansah. »Der Deckel ist maschinell so aufgepresst worden, dass das Blech um den Hals des Glases herumgedrückt wurde, wie ja Gläser oft verschlossen werden. Aber dieser Deckel hier ist geöffnet und dann wieder aufgedrückt worden. Hier am Rand kannst du das ganz deutlich sehen. Das Glas sieht also nur bei oberflächlicher Prüfung so aus, als ob es noch nicht geöffnet worden wäre.«

»Donnerwetter - du meinst doch nicht...«

»Nicht reden, Johnny - abwarten«, murmelte Cromwell.

Mit äußerster Vorsicht hob Ironsides den Blechdeckel hoch. Dann zog er zu Johnnys Erstaunen aus der Tasche die Seifenschale, die noch vor wenigen Minuten auf dem Waschtisch in seinem Zimmer gestanden hatte. Er begann, einen Teil der Pickles in diese Schale zu schütten.

»Ach, du meine Güte!«, stieß Johnny hervor.

Nachdem er eine Weile in dem Gemisch von Blumenkohl, Gurken und Zwiebeln in der klebrigen Senfsoße herumgestochert hatte, hob Cromwell etwas zwischen Zeigefinger und Daumen hoch. Trotz des Senfs war der Gegenstand ohne weiteres als Halskette zu erkennen.

»Na, da soll mich der Teufel holen!«, rief Johnny. »Also hatte Reed tatsächlich die ganze Zeit über die Brillanten. Wie kamst du nur auf den Gedanken, Old Iron, dass das Halsband in dem Glas sein könnte?«

»Auf diesen Gedanken hätte ich schon kommen müssen, als wir vorhin in das Schränkchen sahen«, erwiderte Cromwell ärgerlich. »Aber erst als du von Frisiercremedosen sprachst, fiel mir diese Möglichkeit noch ein. Zunächst verbarg er das Collier wohl in seinem Schlafzimmer - aber dann wurde Ned Hoskins' Unschuld nachgewiesen, und die Gäste waren gezwungen, im Schloss zu bleiben. Dann kamen wir, und er sah ein, dass er das Halsband nicht bei sich behalten konnte. Irgendwo musste er es aber doch verbergen - und am besten möglichst weit vom Haus. So kam er auf diese Idee, und ich wäre ihm beinahe nicht auf die Schliche gekommen!«

Während er sprach, hatte Ironsides das Halsband in sein Taschentuch gepackt und in die Tasche gesteckt. Dann machte er sich daran, die Pickles und die Senfsoße wieder in das Glas zurückzuschütten.

»Warum machst du dir diese Mühe?«, fragte Johnny neugierig. »Wir haben Reed seinen Raub abgejagt, und es macht doch nichts aus, wenn er merkt, dass wir das Glas geöffnet haben.«

Cromwell gab gar keine Antwort. Sorgfältig setzte er den Deckel auf und bog ihn wieder um die Rille am Glasrand herum.

»Gott sei Dank«, murmelte Cromwell. »Ich fürchtete bereits, das Blech werde ein nochmaliges Biegen nicht mehr aushalten und brechen. Nein, Johnny, ich denke nicht daran, unseren eleganten Mr. Reed jetzt schon zu verhaften. Ich werde ihm noch eine Galgenfrist geben. Er weiß nicht, dass wir hinter ihm her sind, und er kann nicht von hier fort. Soll er sich ruhig vorläufig noch über uns lustig machen und uns für Trottel halten.«

»Aber er ist doch ein Mörder!«, rief Johnny entrüstet. »Er hat Lady Gleniston umgebracht, um sich dieses Halsband anzueignen!«

»Ist das wirklich so?«, fragte Ironsides. »Ich bin davon noch keineswegs überzeugt, Johnny. Darum bin ich ja bereit, Reed eine Galgenfrist zu geben. Ich habe das ganz bestimmte Gefühl, dass dieser Fall viel verwickelter liegt. Zweifellos ist Reed in das Verbrechen verwickelt; möglicherweise hat er auch bei dem, was Fanshawe heute Nacht zustieß, die Hand im Spiel gehabt. Aber warum sah er so munter, so freudig erregt aus, als wir ihm vorhin im Gang begegneten?«

Schweigend kehrten sie ins Schloss zurück.

Als sie die Treppen hinaufstiegen, blieb Cromwell plötzlich stehen. Er glaubte, ein fernes, leises Klirren von Metall gehört zu haben.

»Was war das?«, murmelte er.

»Was denn?«

»Hast du denn nichts gehört - ein metallisches Klirren, das irgendwo aus dem Erdgeschoss kam.«

»Ich habe nichts gehört«, erwiderte Johnny, aber es wurde ihm etwas unheimlich.

»Es geht kein Wind - also kann es kein Fensterladen oder etwas Derartiges gewesen sein«, meinte Cromwell. Aber dann schüttelte er den Kopf. »Vielleicht habe ich es mir auch nur eingebildet.« Er blieb noch einen Augenblick stehen, aber es war nichts mehr zu hören. Er war nicht einmal mehr ganz sicher, dass er überhaupt etwas gehört hatte.

Im Schlafzimmer säuberte Cromwell das Halsband sorgfältig. Jetzt strahlte es wieder in seiner ganzen Schönheit.

»Es ist leicht zwanzigtausend Pfund wert«, meinte er, als er es untersucht hatte. »Eine schöne Beute, mein Sohn. Wenn man Hoskins als Mörder in Haft behalten hätte, wäre Reed mit diesem Schmuck jetzt schon im Ausland.«

Johnny gähnte. »Heute Nacht waren wir sehr fleißig, wie? Aber wenn Reed wirklich den Anschlag auf Fanshawe gemacht hat - was kann ihn dazu bewogen haben? Das begreife ich immer noch nicht.«

»Geh in dein Zimmer, mein Sohn, und leg dich schlafen«, riet ihm Cromwell. »Ich werde es ebenso machen. Wir können ja morgen nichts leisten, wenn wir nicht genügend schlafen.«

Fünf Minuten später schlief Johnny schon und wachte erst auf, als das Zimmermädchen an seine Tür klopfte. Er war erfrischt, obgleich es trotz der morgendlichen Stunde im Zimmer schon recht heiß war. Die Hitzewelle dauerte also an.

Als Johnny später zu Cromwell in das kleine Arbeitszimmer kam, fand er den Chefinspektor in nachdenklicher Stimmung. Das Frühstück wurde gerade aufgetragen. Wortlos aß Cromwell, aber dann stand er entschlossen auf.

»Ich habe meine Ansicht in bezug auf Reed geändert«, erklärte er kurz. »Ich werde ihn jetzt verhaften.«

»Wegen Mordverdacht?«

»Nein. Wegen des Diebstahls. Ich bin immer noch nicht überzeugt, dass er ein Mörder ist, aber ich glaube, dass er etwas von der Tat weiß; vielleicht kann ich ihn dazu bringen, aus der Schule zu plaudern. Hol ihn her!«

Johnny war überzeugt, dass diese Verhaftung rasch zu weiteren Ergebnissen führen werde. Da das gestohlene Halsband in Reeds Besitz aufgefunden worden war, war ja ein Haftbefehl überflüssig. In der Halle traf Johnny Bruce Campbell, der wie gewöhnlich vor Neugier platzte.

»Wie geht es dem Major, Mr. Lister?«

»Ich habe ihn noch nicht gesehen, aber Miss Cawthorne sagte mir, dass er sich erheblich besser fühle«, antwortete Johnny. »Die Nachwirkungen einer Gasvergiftung sind so unangenehm, dass wir den armen Kerl heute wohl nicht viel zu sehen bekommen werden.«

»Nun, das macht ja nichts«, meinte Bruce. »Miss Cawthorne kann ihn ja pflegen. Sie kümmert sich ja sowieso um alles.«

Johnny nickte nur und ging weiter. Er sah sich im Esszimmer um, aber dort war Reed nicht. Als er Miss Cawthorne begegnete, fragte er sie daher, wo er Reed finden könne.

»Ich weiß es nicht, Mr. Lister«, antwortete sie. »Er ist noch nicht zum Frühstück heruntergekommen - was mich wundert, da er im Allgemeinen einer der ersten ist. Hoffentlich ist ihm nichts zugestoßen!«

Johnny lachte.

»Leuten wie unserem Freund Reed stößt nichts zu«, meinte er vergnügt. »Er wird wohl verschlafen haben, das ist alles.«

»Nein, so ist es nicht«, erwiderte sie. »Ich schickte jemanden zu ihm hinauf, aber er war nicht in seinem Zimmer.«

»Sind Sie ganz sicher?«, fragte Johnny verwundert.

»Das Mädchen hat hineingesehen, aber er war nicht da.«

Johnny bedankte sich für die Auskunft und setzte seine Suche fort. Es wurde aber bald klar, dass Reed tatsächlich nirgends zu finden war; allmählich wurde auch er besorgt.

Cromwell fluchte entsetzlich, als Johnny zurückkehrte und ihm seinen Misserfolg meldete.

»Ich mache mir heftige Vorwürfe!«, rief der Chefinspektor böse. »Ich hätte ihn gestern Abend festnehmen sollen. Der Kerl ist uns entwischt, Johnny! Aber warum so plötzlich? Ich könnte schwören, dass er nicht den geringsten Argwohn hatte! Sehen wir uns einmal sein Zimmer an.«

In Reeds Schlafzimmer schüttelte Cromwell schließlich den Kopf.

»Nein, Johnny«, meinte er schließlich leise. »Reed ist nicht getürmt.«

»Du meinst, weil seine Sachen noch da sind?«

»Mach doch die Augen auf! Neben dem Schrank stehen drei Paar Schuhe. Die Anzüge sind im Schrank. Der, den er gestern Abend getragen hat, liegt hier über der Stuhllehne. Nur sein Pyjama ist nicht zu sehen.«

»Ja, das ist merkwürdig«, nickte Johnny nachdenklich.

»Als wir Reed zuletzt sahen, trug er Pyjama, Pantoffeln und Morgenrock«, fuhr Cromwell fort. »Wo sind die Pantoffeln?

Wo ist der Morgenrock? Er kann doch wohl kaum in diesem Aufzug getürmt sein! Also was ist aus ihm geworden?«

»Das kann ich mir auch nicht erklären«, meinte Johnny verwundert. »Glaubst du, dass er sich vielleicht versteckt hat? Vielleicht bei Morton-Gore?«

»Möglich«, gab Ironsides zu. »Darüber können wir uns ja sofort vergewissern.«

Ein Besuch in Sir Christophers Zimmer machte jedoch die Dinge noch geheimnisvoller. Hier waren die Mädchen schon beim Aufräumen. Sie sagten, dass Sir Christopher schon viele Stunden auf sei. Augustus Reed hatten die Mädchen nicht gesehen.

»Wo, zum Teufel, kann er nur stecken?«, brummte Cromwell ärgerlich. »Er kann doch schließlich jetzt nicht mehr im Pyjama herumlaufen! Die Sache missfällt mir mehr und mehr.«

Wieder suchten sie Miss Cawthorne auf.

»Höchst merkwürdig«, meinte sie verwundert. »Mr. Lister hat sich doch überall nach ihm umgesehen...«

»Überall? Nur in den Teilen des Hauses, die die Gäste benutzen«, unterbrach Cromwell sie. »Aber es gibt wohl noch andere Räume - damit meine ich nicht etwa Ihr Privatzimmer, Miss Cawthorne. Gibt es hier nicht auch Zimmer, die für gewöhnlich unbenutzt bleiben und den Gästen nicht zugänglich sind?«

»Natürlich!«, erwiderte sie noch verwunderter. »Die Bibliothek zum Beispiel ist schon seit Jahren von niemandem mehr betreten worden. Dann haben wir hier noch die ehemalige Waffenkammer, die jetzt leider als Abstellkammer benutzt werden muss. In diese Räume kommt kaum jemand. Ich kann mir daher auch nicht denken, dass Sie dort Mr. Reed finden werden...«

»Bitte zeigen Sie mir diese Zimmer.«

»Die Bibliothek und die Waffenkammer liegen beide im gleichen Flügel des Hauses - hier entlang bitte...«, sagte Miss Cawthorne, ging durch die Halle und öffnete eine massive Tür, über der ein kleines Schildchen mit der Aufschrift *Privat* hing. »Lady Gleniston hat das Schild anbringen lassen.«

»Das kann ich durchaus verstehen«, meinte Cromwell. »Vielen Dank, Miss Cawthorne. Nun können wir unseren Weg schon allein finden.«

Sie zögerte, als ob sie die Beamten lieber begleiten wollte.

Nach den dramatischen Ereignissen der letzten Tage hatte die Suche nach einem fehlenden Gast ja wirklich von vornherein einen sehr hässlichen Beigeschmack. Plötzlich kam es Miss Cawthorne zu Bewusstsein, dass sie im Augenblick allein die Verantwortung für das ganze Haus zu tragen hatte.

»Ich wünschte nur, Claude wäre hier«, meinte sie schließlich mit einer bedauernden Geste. »Aber Sie glauben doch nicht etwa im Ernst, dass Mr. Reed ein Unglück zugestoßen ist, nicht wahr, Mr. Cromwell?«

Ironsides gab ihr keine Antwort. Die erste Tür führte in die Bibliothek; hier genügte ein Blick. Das Zimmer war in einem traurigen Zustand; die Möbel waren von mottenzerfressenen Schutzbezügen bedeckt.

»Ich glaube, wir verschwenden hier nur unsere Zeit, Old Iron«, murmelte Johnny. »Was für, eine Veranlassung konnte denn Reed haben, diese Zimmer aufzusuchen?«

Aber Cromwell warf ihm nur einen bösen Blick zu und ging durch das Zimmer auf eine andere Tür zu. Sie führte in die Waffenkammer, einen schönen Raum, in dem alte Schwerter und andere Waffen an den Wänden hingen. Außerdem hatte man hier einige Ritterrüstungen aufgehängt, vermutlich um sie aus dem Weg zu schaffen. Sonst waren nur zwei alte Kleiderkoffer, ein paar zerbrochene Stühle und ein großes, altes Sofa, aus dem das Rosshaar quoll, vorhanden. Eine Tür an der gegenüberliegenden Seite des Zimmers führte anscheinend in ein weiteres Gemach. Auf der Schwelle dieser Tür lag eine Rüstung, die offenbar von der Wand über der Tür herabgefallen war...

»Mein Gott!«, stieß Cromwell entsetzt hervor.

Zuerst konnte Johnny nichts erkennen; aber dann bemerkte er, dass etwas unter der Rüstung lag, etwas, das wie Stoff aussah... Ein nackter Fuß ragte heraus, neben dem ein Pantoffel lag.

»Reed!«

Das Licht im Zimmer war schlecht, denn die sehr alten, dicken Plüschvorhänge waren zugezogen. Cromwell bückte sich und berührte eine weiße, blutlose Hand, die, mit der Handfläche nach oben, unter der Rüstung hervorragte.

»Tot...«, murmelte er. »Eiskalt! Er muss schon vor vielen Stunden gestorben sein.«

»Er ist von der Rüstung erschlagen worden; sie stürzte auf ihn herab, als er versuchte, diese Tür zu öffnen«, nickte Johnny mit plötzlichem Verständnis. »Der arme Kerl!«

»Erinnerst du dich an das leise Klirren, das ich heute Nacht hörte, als wir die Treppe hinaufgingen?«, fragte Ironsides. »Da fiel die Rüstung herab. Da ist er gestorben.«

»Aber was mag er hier gesucht haben?«, fragte der Sergeant verwundert. »Ach, ich kann es mir denken«, fügte er dann hinzu, als ihm ein neuer Gedanke kam. »Er hatte wohl das Gefühl, dass das Collier auf dem Motorboot nicht gut genug versteckt war; darum wollte er sich hier nach einem besseren Versteck umsehen.«

»Möglich«, meinte Ironsides. »Ja, höchstwahrscheinlich war es so. Fass nur nichts an, Johnny! Wir wollen alles lassen, wie es ist, bis Stauntons Leute kommen. Die Rüstung muss ihm ja mit voller Wucht auf den Kopf gefallen sein - hier an der linken Schläfe hat er eine furchtbare Wunde. Mein Gott! Der Schädel ist ja völlig zerschmettert!«

»Die Rüstung ist sehr schwer...«

»Aber nicht so schwer!«, herrschte ihn der Chefinspektor an, aus dessen Stimme Misstrauen klang. »Die Rüstung hat ihm den Schädel nicht so zerschmettert, sie hat ihn höchstens betäuben können... Haben wir es hier etwa mit einem zweiten Mord zu tun?«

»Noch ein Mord...«, flüsterte Johnny entsetzt. »Du musst dich irren, Old Iron! Die Rüstung fiel eben herunter, als... Ach, jetzt sehe ich, was du meinst!« Er sah ziemlich erregt aus. »Es war eine Falle!«

»Jawohl, eine teuflisch geschickte Falle!«, nickte Cromwell ernst. »Endlich hast du es erfasst! Glaubst du etwa, dass Lady Gleniston oder ihr Neffe - oder sonst jemand - versehentlich die Rüstung so an die Wand gehängt hätte, dass sie herabfallen musste, sobald jemand die Tür öffnete? Nein, das war eine absichtlich vorbereitete Falle.«

»Heute Nacht - gerade, als wir die Treppe hinaufgingen!«

»So nehme ich an. Er ist jedenfalls schon viele Stunden tot. Was, außer dem Herabfallen der Rüstung, hätte das metallische Klirren verursachen können, das ich hörte? Es klang sehr schwach und weit entfernt. Aber wenn ihn die Rüstung nur betäuben und nicht töten konnte - wieso ist dann sein Schädel zerschmettert?«

Der Chefinspektor sah sich sorgfältig überall im Raum um - auf dem Fußboden, unter den Möbeln, an den Wänden.

»Es muss etwas Schweres gewesen sein - so etwas wie der Vorschlaghammer, mit dem Lady Gleniston getötet wurde«, fuhr er fort, während Johnny eine Gänsehaut über den Rücken lief. »Mein Gott - wenn tatsächlich wieder ein Hammer verwendet wurde? Natürlich nicht der gleiche, denn den hat ja jetzt Staunton... Einen Augenblick!«

Er trat an eine der Wände und untersuchte dort eine alte Streitaxt, ein Relikt aus den Zeiten des Bürgerkrieges, das hier an zwei großen Nägeln hing. Aber er hütete sich, die Waffe zu berühren.

»Sieh dir einmal das an, Johnny!«, sagte Ironsides und wies auf die Axt. »Das ist nicht die übliche mittelalterliche Streitaxt. Das Oberteil ist so eigenartig geformt. Auf der einen Seite hat es eine böse aussehende Schneide, auf der anderen sieht es aus wie ein Hammer.« Er sah sich diesen Teil genauer an. »Ja, so habe ich mir das gedacht! Dieser stumpfe, hammerähnliche Teil der Streitaxt ist erst vor kurzem abgewischt worden. Das ist also die Waffe, mit der Reed der Schädel eingeschlagen wurde!«

»Machen wir uns einmal die Sachlage ganz klar«, meinte Johnny langsam. »Während wir heute Nacht zum zweiten Mal das Haus verlassen hatten, uns in Reeds Motorboot aufhielten und dort das Halsband fanden, muss jemand in diesen Raum gekommen sein, um diese Falle vorzubereiten. Dann überredete er Reed, herzukommen und veranlasste ihn, an die Tür zu treten. Daraufhin fiel, wie geplant, die Rüstung herab und betäubte ihn. Nun riss der Mörder diese Streitaxt von der Wand und gab ihm mit ihr den Rest.«

»So etwa dürfte sich das Drama abgespielt haben«, nickte Cromwell. »Reed muss von der herabfallenden Rüstung nicht völlig betäubt worden sein - es genügte schon, dass er stürzte und einen Augenblick lang benommen am Boden lag. Dann konnte ihm der Mörder leicht den tödlichen Schlag versetzen. Mein Gott, Johnny, unser Mörder greift aber wirklich schon zu ausgefallenen Methoden! Er beabsichtigte natürlich, Reeds Tod als Unfall erscheinen zu lassen - als einen Unfall, der einem Gast zustieß, der die den Gästen eigentlich unzugänglichen Teile des Schlosses aufsuchte und durch das Herabfallen einer Rüstung ums Leben kam.«

»Damit hat der Kerl uns aber wirklich herausgefordert«, meinte Johnny ernst. »Erst der Mord an Lady Gleniston, dann der beinahe geglückte Mordversuch an ihrem Neffen, und jetzt Reed. Großer Gott! Der Kerl hat zwei Mordversuche in einer Nacht unternommen, von denen einer geglückt ist!«

»Dabei verstehe ich noch nicht einmal die Zusammenhänge!«, fluchte Ironsides »Für die Ermordung von Lady Gleniston und Major Fanshawe kann ich mir ein vernünftiges Motiv denken - etwa Gier nach Geld - Hass - Rachsucht. Aber warum sollte jemand Reed ermorden? Das ergibt doch gar keinen Sinn! Reed ist ja ein Fremder, gegen den kein Mensch hier etwas haben kann!«

»Solltest du nicht lieber die Polizei in Kenmere anrufen...«

»Ach, halt den Mund!«, fuhr ihn Cromwell an. »Mir geht ein Licht auf. Ja, ich glaube, jetzt habe ich es begriffen...«

Nachdenklich ging er einige Augenblicke auf und ab. Plötzlich sah er Johnny an.

»Es kann doch einen Sinn geben!«, sagte er. »Dieser Reed war ja ein Gauner. Denk einmal nach, mein Sohn. Kannst du dich noch erinnern, als wir Fanshawe aus seinem Zimmer wegtrugen? Viele Gäste hatten sich im Gang eingefunden; Reed war auch' da. Ich erinnere mich genau, ihn dort gesehen zu haben. Auch Morton-Gore... Was habe ich dir gesagt, als wir das Zimmer untersuchten, nachdem die erste Aufregung vorbei war? Ich dachte sofort an die Möglichkeit, dass jemand den Gashahn aufgedreht, das Fenster geschlossen und die Vorhänge vorgezogen hatte, während der Major schlief. Dann verließ der Mörder das Zimmer und schloss die Tür ab. Aber der Schlüssel steckte auf der Innenseite, als wir uns nach ihm umsahen! Damit sollte der Eindruck entstehen, dass Fanshawe sich eingeschlossen und einen Selbstmordversuch unternommen hatte. Der Mörder muss also während der Verwirrung, als das Unheil entdeckt wurde, den Schlüssel auf der Innenseite der Tür ins Schloss gesteckt haben. Ich habe Fanshawe erklärt, dass sich die Dinge wahrscheinlich so abgespielt haben dürften...«

»Aber ich verstehe immer noch nicht...«

»Unterbrich mich nicht! Reed stand im Gang vor der Tür. Hat Reed etwa gesehen, wie jemand den Schlüssel von innen ins Schloss steckte - und damit auch den Menschen, der Fanshawe zu ermorden versucht hatte? Ja, ich glaube, so war es!«, nickte Cromwell grimmig. »Damit ließen sich alle Ereignisse erklären - auch das hier!« Er wies auf die Leiche am Boden.

»Erinnerst du dich auch noch, wie freudig erregt Reed war, als wir ihm im Pyjama und Morgenrock begegneten? Er führte wohl etwas im Schilde, was er uns unbedingt verheimlichen wollte! Er muss kurz vorher mit dem Mörder verabredet haben, sich später mit ihm hier in der Waffenkammer zu treffen, sobald im Haus wieder alles ruhig geworden war.«

Johnny nickte.

»Gewiss, weder der Mörder noch Reed wussten ja, dass wir noch einmal Weggehen wollten«, meinte er eifrig. »Beide glaubten, alles im Haus sei ruhig - alles schliefe. Dann kam Reed hierher zu dem verabredeten Rendezvous...«

»...und dabei rannte der Narr in seinen Tod«, vollendete Ironsides. »Durch seine Geldgier zwang er den Mörder zu einem dritten Verbrechen. Ein ehrlicher Mann, der beobachtet hätte, wie sich jemand mit dem Schlüssel zu schaffen machte, wäre zu mir gekommen. Aber Augustus Reed wollte seine Beobachtung zu einer Erpressung benutzen; und der Mensch, den er erpressen wollte, wusste das genau.«

Dreizehntes Kapitel

Johnny Lister betrachtete seinen Freund und Vorgesetzten fast ängstlich. Nie zuvor hatte er Bill Cromwell so niedergeschlagen gesehen.

»An diesem Mord muss ich mir die Schuld geben, Johnny«, fuhr Ironsides ebenso bitter wie unerwartet fort. »Im Grunde genommen, habe ich ihn umgebracht! Wenn ich ihn gestern verhaftet hätte, anstatt zu versuchen, so überschlau zu sein...«

»Ach, das ist doch Unsinn!«, unterbrach Johnny ihn. »Wie hättest du ihn gestern Abend verhaften können? Erinnerst du dich denn nicht an das Klirren, das du hörtest? Er war doch schon tot, bevor du ihm die Handschellen hättest anlegen können! Weshalb machst du dir also Vorwürfe?«

Ironsides fuhr sich mit der Hand über die Stirn.

»Ich werde wirklich senil«, nickte er traurig. »Du hast natürlich recht. Aber trotzdem - wenn ich gestern Abend versucht hätte, ihn festzunehmen, hätte ich den Mörder vielleicht auf frischer Tat ertappt.«

»Auch das ist höchst unwahrscheinlich«, widersprach ihm Johnny. »Wie hättest du denn ahnen können, dass Reed in diesem abgelegenen Teil des Schlosses zu finden war? Wichtig ist doch nur die Frage: Wer ist der Mörder?« Er sah Ironsides verständnislos an. »Wer, zum Teufel, kann Reed nur getötet haben?«

»Der Mord an Reed war keine vorbedachte Tat, wie ich dir schon erklärt habe«, entgegnete Cromwell. »Der Mordplan wurde rasch gefasst und hastig ausgeführt. Reed hat etwas beobachtet, was der Mörder unbedingt geheim halten musste. Wie ein Narr, der er ja auch war, hat er dem Mörder davon erzählt. Für uns hat das seine Vorteile; denn auf diese Weise haben wir wenigstens einen schlüssigen Beweis, Johnny, dass der Mörder jemand ist, der hier im Schloss wohnt.«

Allen weiteren Diskussionen wich er aus. Sie verließen die Waffenkammer und verschlossen die Tür. Als sie wieder in die Halle kamen, fanden sie dort Miss Cawthorne vor, die sich mit Bruce, Carol und Sir Christopher Morton-Gore unterhielt. Der letztere erkundigte sich offensichtlich nach seinem Freund Reed.

»Miss Cawthorne - fühlt sich Major Fanshawe wohl genug, um mit mir zu sprechen?«, fragte Cromwell unvermittelt, als er zu der Gruppe trat.

Sie sah ihn mit vor Staunen aufgerissenen Augen an. Er machte einen so finsteren und entschlossenen Eindruck, dass ihr ein kalter Schauer über den Rücken lief. Sie wusste ja, was er in dem abgeschlossenen Flügel des Schlosses gesucht hatte...

»Ist dort - Mr. Reed?«, fragte sie ängstlich.

»Leider ja, Miss Cawthorne«, erwiderte Cromwell, etwas weniger streng. »Ich muss Ihnen noch einen Schock versetzen...«

»Reed ist also etwas zugestoßen!«, fiel ihm Morton-Gore ins Wort. »Ich suche schon stundenlang nach ihm! Ich begreife gar nicht, wo er stecken kann!«

»Leider muss ich Ihnen sagen, dass Mr. Reed tot ist«, erwiderte der Chefinspektor rundheraus. »Wie ich annehme, wurde auch er ermordet. Das ist der Grund, warum ich Major Fanshawe sofort sprechen möchte. Weiterhin muss ich Sie bitten, Miss Cawthorne, Ihren Gästen mitzuteilen, dass niemand das Haus verlassen darf. Die Lage ist sehr ernst.«

»Großer Gott! Gus Reed ermordet!«, rief Sir Christopher erschreckt. »Wie denn? Wo denn?«

»Soweit ich weiß, wurde er heute Nacht gegen ein Uhr ermordet«, sagte Ironsides. »Anscheinend bemühte sich der Mörder, seinen Tod als Unfall erscheinen zu lassen - aber er ist dabei recht ungeschickt vorgegangen.«

»Mir dreht sich der Kopf!«, rief Miss Cawthorne, die leichenblass geworden war. »Ist denn ein Wahnsinniger im Haus? Gestern Abend versuchte er, Claude mit Gas zu vergiften, und kaum eine Stunde später hat er Mr. Reed umgebracht! Ich habe Angst, Mr. Cromwell...«, fügte sie hinzu und sah ihn an. »Hier ist man ja seines Lebens nicht mehr sicher!«

»Bitte versuchen Sie, sich zu fassen, Miss Cawthorne«, brummte der Chefinspektor. »Ich rufe jetzt Oberinspektor Staunton an; er wird mit seinen Leuten bald hier sein.«

Ohne weitere Erklärungen ging er ins Arbeitszimmer, um von dort aus Kenmere anzurufen. Johnny wusste, dass er absichtlich eine Schocktaktik angewandt hatte. Er hätte ja ebenso gut sagen können, Reed sei einem Unglücksfall zum Opfer gefallen, wie es der erste Anschein vortäuschte. Aber offensichtlich hielt es Ironsides für klüger, sofort die Wahrheit bekannt zu geben, wohl in der Hoffnung, dass sich der Mörder durch den Schrecken verraten würde. Johnny fiel jetzt auch ein, dass Ironsides Morton-Gore scharf beobachtet hatte, während er seine sensationelle Ankündigung machte.

Noch bevor Cromwell sein Telefongespräch beendet hatte, hatte sich die Nachricht von dem neuen Mord wie ein Lauffeuer im Schloss verbreitet. Miss Cawthorne war rasch zu Fanshawe ins Zimmer geeilt, um ihn von dem neuen Verbrechen zu benachrichtigen. Als sie zurückkam, begegnete sie Ironsides und Johnny, die gerade wieder in die Waffenkammer wollten.

»Er fühlt sich nicht wohl; die Nachricht von dem neuen Mord hat ihn tief betroffen, aber er wird in wenigen Minuten herunterkommen«, berichtete sie mit zitternder Stimme. »Gab es denn überhaupt ein Motiv für den Mord an Mr. Reed, Mr. Cromwell? Er ist doch hier nur Feriengast - seine Ermordung erscheint doch ganz sinnlos!«

»Beruhigen Sie sich nur, Miss Cawthorne...«

»Ich fürchte mich aber entsetzlich, Mr. Cromwell!«

»Das ist wirklich überflüssig, Miss Cawthorne«, brummte er. »Ich kann Ihnen versichern, dass der Mann, der diese Morde verübt hat, geistig ebenso normal ist wie ich. Ich bin fest überzeugt, dass er ein Motiv hatte, um Lady Gleniston umzubringen - und ein ebenso starkes, wenn auch anderes, Mr. Reed zu töten. Bitte bemühen Sie sich, Ihre Ruhe zu behalten, und überlassen Sie die Sache mir. Ich glaube nicht, dass es noch lange dauern wird, bis wir den Mörder fassen, denn mit dem Mord an Reed hat er einen schweren Fehler begangen.«

Obwohl Miss Cawthorne keineswegs beruhigt war, rief ihr Cromwell noch über die Schulter hinweg zu, dass er nicht gestört werden wolle, bevor die Beamten von Kenmere einträfen.

»Die soll der Teufel holen! Wie mir hysterische Weiber auf die Nerven gehen!«, rief der Chefinspektor, als er mit Johnny wieder in der Waffenkammer war.

»Du bist ihr gegenüber verdammt unfair«, wandte Johnny ein. »Bedenke doch, wie nützlich sie sich gestern Abend machte, als wir dachten, Fanshawe sei schon tot. Man darf sich nicht wundern, wenn sie langsam nervös wird. Sei doch gerecht!«

»Schön - vielleicht war ich etwas zu streng mit ihr«, gab Cromwell zu und stellte sich vor die Streitaxt an der Wand. »Jawohl - das ist die Mordwaffe! Eine genaue Untersuchung wird zweifelsohne ergeben, dass der tödliche Schlag mit der stumpfen Seite der Axt ausgeführt wurde.«

»Ich verstehe immer noch nicht...«

»Hallo - was ist denn das?« Cromwell zog eine Brille aus der Tasche, die er sonst nur zum Lesen benutzte, und setzte sie auf. »Da hat sich etwas in einem kleinen Spalt des Griffs verfangen. Das kann sich unter Umständen als sehr wichtig erweisen.«

»Ich kann nichts sehen«, sagte Johnny, der sich nun auch über die Waffe beugte.

»Kleine Fädchen...« Ironsides schwieg, nahm die Brille ab und brachte zu Johnnys Erheiterung ein Vergrößerungsglas zum Vorschein. »Jawohl - Fäden - blau - allem Anschein nach Baumwollfäden!«

»Mein lieber Sherlock Holmes - wirklich?«

»Mach dich nur ruhig über mich lustig!«, herrschte ihn Cromwell an. »Sherlock Holmes wusste genau, was er tat! Sieh doch selbst durch das Glas, wenn du so gescheit sein willst!«

»Entschuldige.«

Durch das Vergrößerungsglas konnte er jetzt auch kleine Fusselchen erkennen, die an einem Splitter des alten Holzes hingen. Für das bloße Auge waren sie allerdings fast unsichtbar.

»Gut, dass du die Fädchen entdeckt hast, bevor wir das Beil von der Wand genommen haben«, meinte Johnny.

»Als ich vorhin Miss Cawthorne sagte, dass der Mörder einen Fehler gemacht hat, wusste ich davon noch gar nichts«, meinte Cromwell grimmig. »Mein Gott - dieser Fehler muss ihn uns ja ans Messer liefern! Hier ist unsere erste einwandfreie Spur, Johnny! Ich wusste ja, dass der Mörder früher oder später einen Fehler machen werde.«

»Blaue Baumwollfädchen«, murmelte der Sergeant. »Wahrscheinlich verfing sich der Ärmel des Mörders am Griff, als er das Beil wieder an die Wand hängte. Großer Gott! Fanshawe! Erinnerst du dich denn nicht, Old Iron? Fanshawe!«

»Schrei doch nicht so, verdammt noch mal!«

»Fanshawes Pyjama!«, fuhr Johnny aufgeregt fort. »Hast du ihn denn nicht gesehen?«

»Natürlich habe ich ihn gesehen, ich bin doch nicht blind!«

»Baumwolle! Weiß mit blauen Streifen!«, fuhr Johnny fort. »Aber, verdammt noch mal - wie hätte er...« Er schwieg und starrte vor sich hin. »Ich bin verrückt. Fanshawe kann doch unmöglich der Täter sein! Er lag ja mit einer Gasvergiftung im Bett, als Reed ermordet wurde.«

»Wirklich? Tat er das?«, fragte Ironsides leise.

»Großer Gott! Du glaubst doch nicht... Als wir aus dem Haus gingen, um zum zweiten Mal Reeds Motorboot zu durchsuchen, war schon wieder alles ruhig. Auch Fanshawe hatte sich inzwischen einigermaßen erholt, wenn man von Kopfschmerzen und den sonstigen Nachwirkungen einer Gasvergiftung absieht. Aber er war nicht mehr unbedingt ans Bett gefesselt, nicht wahr?«

»Sprich nur weiter!«

»Wenn er doch der Mörder sein sollte?«, fuhr der junge Sergeant fort. »Denken wir einmal diese Theorie durch, Old Iron. Fanshawe hatte reichliche Veranlassung, seine Tante zu ermorden. Nehmen wir einmal an, dass Reed irgendwie Mitwisser der Tat war. Wie liegt der Fall dann? Reed wusste, dass Fanshawe uns einen Selbstmordversuch vorgespielt hatte - um auf diese schlaue Art den Verdacht von sich abzulenken. So etwas haben wir schon erlebt - und es hätte in diesem Fall durchaus glücken können. Wenn gestern Abend der junge Campbell nicht das Haus alarmiert hätte, hätte eben Fanshawe selbst Alarm geschlagen, bevor es zu spät war. Er hätte dann erklärt - wie es ja auch tatsächlich kam -, jemand habe versucht, ihn umzubringen. Aber dabei unterlief Fanshawe ein Fehler. Uns sagte er, er habe im Bett gelesen, bevor er das Licht ausdrehte; auf dem Nachttisch neben seinem Bett lag jedoch kein Buch.«

»Das ist dir also auch aufgefallen, Johnny, wie?«, fragte Ironsides anerkennend. »Ein Punkt für dich, Johnny!«

»Warum hat er uns in einer solchen Kleinigkeit angeschwindelt?«, fuhr Johnny fort. »Jedenfalls gab Reed Fanshawe zu verstehen, dass er ihm auf die Schliche gekommen war. Als es nun im Haus wieder ruhig geworden war - Fanshawe konnte ja nicht wissen, dass wir beide noch auf waren, besonders, da wir uns ja außerhalb des

Hauses aufhielten -, schlich sich der Major aus seinem Zimmer, traf sich mit Reed, lockte ihn hier herunter und machte ihn fertig. Das ist doch sehr gut möglich! Wer, zum Teufel, hätte Fanshawe - der selbst scheinbar als Opfer des Mörders krank zu Bett lag - einer solchen Tat verdächtigen können?«

»Geschickt konstruiert, mein Sohn...«, meinte Cromwell langsam. »Vielleicht ein bisschen zu geschickt. Es ist allerdings richtig, dass Fanshawe allein in seinem Zimmer blieb, nachdem der Arzt gegangen war; es ist ebenfalls richtig, dass wir länger als eine halbe Stunde nicht im Haus waren. Fanshawe hatte also genügend Zeit. Hm - die blauen Stofffäserchen geben zu denken; denn es ist ja auch richtig, dass er dabei seinen Pyjama hätte tragen müssen. Aber ich mache mir auch noch Gedanken über dieses rothaarige Mädchen - diese Mary Summers, Johnny«, fuhr er fort, indem er wieder einmal plötzlich das Thema wechselte. »Warum traf sich Fanshawe mit ihr am Seeufer?«

»Nun, das ist doch aber wirklich die Höhe!«, rief Johnny, der zu einem der Fenster gegangen war und geistesabwesend hinausgesehen hatte. »Man braucht nur vom Teufel zu sprechen... da kommt ein rothaariges Mädchen auf einem Fahrrad über den Damm! Bei dieser Hitze!«

Cromwell lief zum Fenster und sah hinaus. Von hier aus konnte man gerade den mittleren Teil des Dammes übersehen, der vom Schloss zum Festland hinüberführte.

»Schnell! Geh hinaus und halt sie an!«, befahl er scharf. »Bring sie durch die Balkontür ins Arbeitszimmer! Ich möchte mit ihr sprechen, bevor sie irgendjemand anderen sieht! Schnell, Johnny!«

»Aber Staunton wird doch gleich hier sein...«

»Lass ihn ruhig kommen. Tu, was ich dir sage!«

Johnny Lister rannte fort und traf das Mädchen an, als es gerade auf dem Kiesplatz vor der Terrasse war. Sie wollte abbiegen, offenbar um zum Dienstbotenflügel zu radeln.

»Eine Minute, Miss«, rief Johnny und versperrte ihr den Weg.

Sie sprang vom Rad. Ihr hübsches Gesicht war erhitzt, und der Schweiß stand ihr auf der Stirn. Sie schien große Angst zu haben.

»Ist es denn wahr, Sir«, stieß sie hervor. »Ist er tot?«

»Schlechte Nachrichten sprechen sich offenbar schnell herum...«, meinte Johnny.

»Er ist also tot!«, rief sie und brach in Tränen aus. »Ich wollte es erst gar nicht glauben...«

»Aber beruhigen Sie sich doch«, tröstete Johnny. »Ich wusste gar nicht, dass Sie Reed kannten.«

Sie sah ihn an.

»Reed?«, wiederholte sie flüsternd.

»Nun ja - Reed ist doch schließlich ums Leben gekommen. Nach Ihren Worten nahm ich an, dass Ihnen das bekannt war.«

»Ich kenne niemanden namens Reed, Sir«, sagte das Mädchen; ein Hoffnungsschimmer blitzte in ihren Augen auf. »Ich spreche doch von Major Fanshawe! Ich kam ja her, um zu erfahren...«

»Fanshawe ist schon wieder auf dem Damm«, unterbrach Johnny sie rasch. »Er hatte sich zwar gestern eine Gasvergiftung geholt, aber das ist schon wieder vorbei.«

Sie schwankte und musste sich an ihrem Rad festhalten.

»Dann - dann - ach, Sir, Sie haben mir so einen Schrecken eingejagt!« Sie riss sich gewaltsam zusammen. »Er ist also nicht tot? Er ist schon wieder auf? Gott sei Dank!«

»Hören Sie, Miss, Chefinspektor Cromwell möchte Sie sprechen. Nein, Sie brauchen keine Angst zu haben. Lassen Sie ruhig Ihr Rad hier und kommen Sie mit...«

Margaret Cawthorne rannte ihnen über die Terrasse entgegen, während Cromwell mit wütendem Gesicht in der offenen Tür des Arbeitszimmers stand.

»Guten Tag, Mary. Ich habe Sie aber schon lange nicht mehr gesehen!«, rief Miss Cawthorne. »Wie geht es Ihnen? Es tat mir so leid damals... Ich setzte mich zwar für Sie ein, aber...«

»Das weiß ich, Miss Cawthorne«, sagte das Mädchen. »Sie waren ja immer nett zu mir. Hoffentlich macht es Ihnen nichts aus, dass ich hergekommen bin, aber ich war so verängstigt...«

»Gewiss«, fiel ihr Johnny ins Wort, der sich an Cromwell erinnerte. »Sie kann später noch mit Ihnen sprechen, Miss Cawthorne. Jetzt muss ich sie zu Mr. Cromwell bringen.«

Er ergriff Mary Summers beim Arm und zog das verwunderte Mädchen fast mit Gewalt zum Arbeitszimmer.

»Vorläufig ist sie noch etwas aufgeregt«, erklärte Johnny Ironsides, der sie dort erwartete. »Sie hat gehört, dass hier jemand ums Leben gekommen ist und fürchtete, es sei Fanshawe.«

»Setzen Sie sich bitte, Miss, und beruhigen Sie sich«, sagte der Chefinspektor mit rauer Herzlichkeit. »Ich möchte Ihnen Fragen vorlegen. Ihre Angst um Major Fanshawe lässt sich doch nur auf eine Art deuten - und ich kann Ihnen nur raten, mir gegenüber ganz offen zu sein. Bitte glauben Sie nicht, dass ich mich etwa in Ihre Privatangelegenheiten mischen will. Ich habe wichtige Gründe für meine Fragen. Welcher Art waren Ihre Beziehungen zu Major Fanshawe, während Sie in diesem Haus arbeiteten?«

Sie riss ihre blauen Augen weit auf.

»Ach, Sir, wir taten doch nichts Böses...«

»Verstehen Sie mich bitte nicht falsch«, unterbrach Cromwell sie, der sah, wie dem Mädchen das Blut ins Gesicht stieg. »Waren Sie in ihn verliebt? Sind Sie noch in ihn verliebt?«

»Es ist wirklich nicht taktvoll von Ihnen, Sir, mir eine solche Frage zu stellen«, flüsterte sie betroffen. »Ich war doch im Schloss nur Zimmermädchen, und Major Fanshawe war hier der Herr...«

»Aber Sie wurden doch von Lady Gleniston entlassen!«, fiel Ironsides ungeduldig ein. »Und zwar, weil die alte Dame herausgefunden hatte, dass ihr Neffe sich mehr für Sie interessierte, als ihr lieb war. Leugnen Sie das doch nicht, Miss! Ich muss Sie bitten, mir zu sagen, wie und wann Ihre Beziehungen zu Major Fanshawe begannen.«

»Ich kam Anfang des Jahres her, Sir«, erwiderte Mary. »Ich bemerkte bald, dass Fanshawe mir mehr Aufmerksamkeit widmete, als er eigentlich sollte. Mir war er auch sympathisch. Dann, eines Abends im April, da - da küsste er mich. Er sagte mir, dass er mich liebe.«

»Ich verstehe. Er meinte es also ernst, wie?«

»Jawohl, Sir.« Mary Summers sah ihn trotzig an. »Der Major ist ein gerader Mensch; aber ich wusste von Anfang an, dass ich für ihn nicht gut genug war. Ich sagte ihm das auch, aber er lachte mich nur aus. Er schwor mir, dass er mich heiraten wolle - *richtig* heiraten - und bat mich, auf ihn zu warten. Wir haben nichts Unrechtes getan, Sir«, fuhr sie ernst fort. »So ein Mensch ist Mr. Fanshawe nicht. Er versicherte mir, eines Tages werde alles in Ordnung kommen, aber vorläufig könne er seiner Tante noch nichts sagen, da sie sehr altmodisch sei und für so etwas kein Verständnis haben würde.«

»Mit anderen Worten, er fürchtete sich, seiner Tante von seiner Liebe zu Ihnen zu erzählen, weil er genau wusste, dass sie sich einer solchen Heirat mit aller Kraft widersetzen werde«, nickte Cromwell. »Jawohl - das kann ich mir schon vorstellen.«

»Eines Tages im Juni erwischte uns Lady Gleniston«, fuhr Mary leise fort. »Sie war furchtbar böse. Sie entließ mich auf der Stelle. Ich hatte das Schloss innerhalb einer halben Stunde zu verlassen. Mehr als eine Woche verging, bevor ich es möglich machen konnte, Claude - ich meine Mr. Fanshawe - wiederzusehen. Bei diesem Wiedersehen sagte er mir, es habe einen schrecklichen Auftritt mit seiner Tante gegeben, und er habe ihr versprechen müssen, sich nie wieder mit mir zu treffen. Er hatte ihr eingeredet, er habe mit mir nur flirten wollen. Aber das war nicht wahr! Er hat es nur gesagt, um seine Tante zu beruhigen! Mir sagte er, dass er mich mehr als alles andere auf der Welt liebe und mich niemals aufgeben werde.«

»Und dann?«

»Wir mussten uns eben heimlich treffen, Sir, ohne dass jemand etwas davon wusste«, erwiderte sie. »War das etwa unrecht?«, fügte sie hinzu. »Er machte sich mehr und mehr Gedanken - wiederholte immer wieder, wie verhasst ihm diese Heimlichkeiten und dieses Versteckspielen seien. Er meinte, am liebsten würde er mit mir einfach durchbrennen, aber das konnte er ja leider nicht. Er wusste nicht einmal, um was für eine Stellung er sich bemühen könnte - er war so viele Jahre hier und arbeitete bei der Verwaltung des Schlosses. Er hatte nichts anderes gelernt. Er wusste auch ganz genau, dass seine Tante ihm kein Geld mehr geben werde, wenn er mich heiratete.«

»Sprach Major Fanshawe zu Ihnen auch darüber, wie lange Sie noch zu warten haben müssten? Teilte er Ihnen je mit, dass er Geld haben werde, wenn seine Tante einmal gestorben sei?«

»Natürlich, Sir«, erwiderte das Mädchen, ohne zu zögern. »Er sprach dauernd davon. Immer wieder tröstete er mich damit, dass seine Tante ja alt sei, nicht mehr lange leben könnte, und dass alles in Ordnung käme, sobald sie tot sei. Dann hörte ich, dass Lady Gleniston ermordet worden war. Deshalb kam ich gestern Abend auch hierher, und wir besprachen alles unten am Seeufer.«

»Was erzählte Ihnen Mr. Fanshawe denn?«

»Es tat ihm natürlich furchtbar leid, dass seine Tante auf so schreckliche Weise umgekommen war, aber andererseits war er auch erleichtert«, erwiderte Mary Summers. »Ich habe ihn eigentlich noch nie so glücklich gesehen!« Offenbar war dem Mädchen nicht klar, welche Deutung man dieser Aussage geben konnte. »Er erklärte mir, er werde, wenn alles vorüber sei, das Schloss mit allem, was es enthält, verkaufen. Dann, so meinte er, werde er viel Geld haben, mich heiraten und mit mir nach London ziehen.« Ihre Augen strahlten. »Wie blieben nicht lange zusammen, aber als ich nach Hause kam, war ich so selig, dass ich die ganze Nacht nicht schlafen konnte. Aber dann - dann - heute Morgen...«

»Ja, Miss?«, fragte Cromwell, als sie mit einem Schlucken abbrach.

»Ach, es war entsetzlich!«, flüsterte sie. »Jemand sagte mir, er sei tot. In Kenmere flüsterte man sich alle möglichen Gerüchte zu. Die einen sagten, er habe einen Unfall gehabt, andere, er habe Selbstmord begangen. Ich stieg schließlich auf mein Rad und radelte so schnell ich konnte hierher. Als ich dann diesen jungen Herrn hier traf, der mir sagte, dass tatsächlich jemand ums Leben gekommen war, dachte ich natürlich...«

»Regen Sie sich nicht wieder auf. Major Fanshawe hätte zwar heute Nacht sterben können, aber er hat sich schon wieder erholt«, fiel ihr Ironsides brummig ins Wort. »Der Hahn seines Gasofens war offen, ohne dass der Ofen brannte. Vielleicht war es ein Unglücksfall, aber ganz gewiss kein Selbstmordversuch. Der Mann, der tatsächlich ums Leben gekommen ist, ist einer der Feriengäste - Sie werden ihn gar nicht kennen. Major Fanshawe geht es gut, aber ich möchte Ihnen doch raten, Miss Summers, ihn heute Morgen nicht aufzusuchen. Warten Sie ab, bis er sich wieder mit Ihnen in Verbindung setzen kann. Ich will ihm jedoch ausrichten, dass Sie hergekommen sind und sich nach seinem Befinden erkundigt haben.

Zunächst wollte sie nicht fortgehen, ohne den Major gesehen zu haben, nahm aber schließlich Cromwells Vorschlag an.

»Das sieht recht böse aus, Johnny.« Cromwell schüttelte brummig den Kopf.

»Das stimmt«, erwiderte Johnny. »Es beschuldigt doch Fanshawe geradezu des Mordes! Sein Tatmotiv stinkt ja zum Himmel!«

»Daran ist kein Zweifel.«

»Dabei war sich das arme Mädel nicht einmal klar darüber, dass sie ihn an den Galgen bringen kann«, fuhr Johnny fort. »Bedenk doch nur, wie ihn Lady Gleniston hier an der Kandare hielt - er war sozusagen ein schlecht bezahlter Dienstbote, weniger als ein Empfangschef. Normalerweise hätte sie noch zehn Jahre leben können. Ihr Tod bedeutet für ihn, dass er diese alte Kiste hier erbt mitsamt den Wertgegenständen, darunter das Brillanthalsband. Es ist doch ganz klar, dass er Ned Hoskins' schlechten Ruf benutzte, um seine Tante umzubringen. Das war nicht nur ein Verbrechen, Old Iron, das war auch niedrig und gemein! Einen Unschuldigen für das eigene Verbrechen an den Galgen zu bringen!«

»Hör doch mit dem Geschwätz auf; wir haben anderes zu tun, mein Sohn. Stauntons Wagen fährt gerade über den Damm«, sagte Cromwell, der am Fenster stand. »Zwei andere Wagen folgen; die ganze Mordkommission aus Kenmere kommt!«

Sie trafen Oberinspektor Staunton in der Halle.

»Ich konnte es kaum glauben, Mr. Cromwell«, meinte Staunton. »Diesmal hat es einen der Gäste erwischt, wie? Diesen Reed? Mein Chef war ganz außer sich, als ich ihm davon erzählte. Er sagte, es könne doch gar kein Mord sein, solange Sie an Ort und Stelle...«

»Ich weiß«, unterbrach Cromwell ihn ärgerlich. »Seiner Ansicht nach hätte ich also die Tat verhindern können, wie? Dann soll er doch herkommen und meine Arbeit übernehmen! Reed hat das Schicksal herausgefordert - der Narr! Er hatte Lady Glenistons Brillanthalsband gestohlen...«

Ironsides brach ab. Feriengäste kamen vorbei.

»Es tut mir leid, dass ich Sie und Ihre Leute an einem Sonntagmorgen herbitten muss.« Er zuckte bedauernd die Achseln. »Aber leider ist das nicht zu ändern. Kommen Sie bitte mit!«

Er öffnete die Tür, die als *Privat* gekennzeichnet war, und fünf Minuten später waren die Mitglieder der Mordkommission an ihrer Routinearbeit. Während ein Fotograf Aufnahmen von der Leiche machte - die noch immer unter der Rüstung lag -, sah der Oberinspektor zu und rieb sich nachdenklich das Kinn.

»Sind Sie auch sicher, dass es Mord ist, Mr. Cromwell?«, fragte er zweifelnd. »Mir sieht es eher nach einem Unfall aus. Diese schwere Rüstung... Woher wollen wir wissen, dass der Mann nicht durch eine herabfallende Rüstung umgekommen ist?«

»Sobald Ihre Leute fertig sind, werde ich Ihnen zeigen, wodurch der Mann umgekommen ist«, erwiderte Cromwell grimmig. »Gewiss, die Rüstung fiel herunter - aber auch dabei half der Mörder nach!«

Nachdem der Fotograf seine Arbeit beendet hatte, wurde die Rüstung sorgfältig hochgehoben; nun wurde Augustus Reeds Leiche in Pyjama und Morgenrock erst voll sichtbar. Im Zimmer war es nun hell, da man die schweren Plüschvorhänge zurückgezogen hatte.

»Hier kann der Arzt nur noch die Todesursache feststellen«, murmelte Staunton. »Ein paar hässliche Wunden am Kopf... Ach - der Schädel ist ja vollständig eingeschlagen, als ob er einen Schlag bekommen hätte!«

Mit blassem Gesicht zündete er sich eine Zigarette an.

»Wie ich Ihnen schon vorhin sagte, hatte Reed das Collier gestohlen«, teilte ihm Cromwell mit. »Ich habe es heute Nacht gefunden.«

Er erzählte ihm von seiner Entdeckung.

»Ein verdammt dummes Versteck - aber gerade, weil es so dumm war, hätte er damit durchkommen können«, meinte Staunton schließlich. »Ich tappe jetzt völlig im Dunkeln. Zunächst möchte ich glauben, dass die Auffindung des Halsbandes bei Reed auf ihn als den Mörder von Lady Gleniston hinweist. Vielleicht ist er es auch. Halten Sie es nicht für wahrscheinlich, dass es zwischen ihm und Morton-Gore - schließlich sind ja beide Verbrecher - wegen des Halsbandes zum Streit kam, und dass Morton-Gore ihn bei dieser Gelegenheit tötete?«

»Jawohl - das gäbe eine hübsche, logische Lösung«, nickte Cromwell. »Aber leider, fürchte ich, liegt der Fall anders. Man muss auch noch andere Dinge in Betracht ziehen - einzelne Teile dieses Verbrechens verstehe auch ich noch nicht. Gestern hoffte ich, ich könne Reed zum Sprechen bringen, aber Sie sehen ja...«

Staunton starrte ihn an.

»Es gibt in diesem Fall Aspekte, die Sie nicht verstehen«, wiederholte er. »Wollen Sie damit sagen, dass Sie einen bestimmten Verdacht haben?«

»Ich kann Ihnen nur so viel verraten, Oberinspektor, dass wir bald so weit sein werden, den Fall abzuschließen«, erwiderte Cromwell ausweichend. »Jedenfalls haben wir eine Spur, die recht vielversprechend aussieht. Kommen Sie einmal hierher!«

Er zeigte ihm die Streitaxt an der Wand.

»Sie meinen - mit dieser Axt wurde Reed ermordet?«

»Daran ist kein Zweifel«, antwortete Ironsides. »Sehen Sie sich nur die stumpfe Seite der Axt an - da ist kein Staub. Sie muss also erst kürzlich abgewischt worden sein. Wir müssen mit dieser Axt sehr vorsichtig umgehen. Ich glaube zwar nicht, dass wir Fingerabdrücke finden können - dazu ist einmal der Griff nicht glatt genug, und dann hat der Mörder sicherlich Handschuhe getragen. Aber hier ist etwas, was ich Ihnen zeigen wollte!«

Staunton sah nicht sehr beeindruckt aus.

»Ein paar Stofffädchen haben sich in einem kleinen Spalt des Griffs verfangen«, nickte er. »Blaue Stoffpartikelchen. Wie sollen wir mittels dieser Partikelchen das Kleidungsstück finden, von dem sie stammen. Reed selbst trägt ja auch einen Pyjama...«

»Gewiss, aber ohne eine Spur von Blau. Weder in seinem Pyjama noch in seinem Morgenrock ist Blau«, unterbrach Ironsides ihn ungeduldig. »Ich bezweifle sehr, dass sich der Mörder der Tatsache bewusst ist, dass ein Fädchen von seinem Ärmel an einer Unebenheit des Axtgriffs hängenblieb. Wenn wir das Kleidungsstück finden können, aus dem diese Fädchen stammen, und wenn wir das wissenschaftlich beweisen können, dann haben wir ein Beweismaterial, das jedes Gericht überzeugen muss.«

»Wollen Sie damit behaupten, dass die Person, die Reed ermordet hat, bei der Tat einen Pyjama trug?«, fragte Staunton zweifelnd. »Ja, ich verstehe - das ist ja auch durchaus anzunehmen, wenn man in Betracht zieht, dass das Verbrechen um ein Uhr nachts verübt worden ist. Sollten wir daher nicht besser unverzüglich eine Durchsuchung der Zimmer vornehmen, um herauszufinden, wer hier im Haus heute Nacht einen blauen Pyjama getragen hat?«

Vierzehntes Kapitel

»Diese Angelegenheit überlassen Sie wohl am besten Lister und mir, Oberinspektor«, meinte Cromwell. »Ich übergebe Ihnen dafür die Aufsicht hier unten und werde Ihnen später sagen, ob ich bei meiner Suche Erfolg gehabt habe oder nicht.«

Als Ironsides mit Johnny durch den kleinen Gang in die Halle zurückkehrte, war Johnny furchtbar aufgeregt.

»Das ist die beste Spur, die wir bis jetzt gefunden haben!«, rief er. »Jetzt ist es keine Suche nach einer Nadel im Heuschober mehr! Aber ich muss immer wieder an Fanshawe als den Täter denken! Er trug doch einen blauweißgestreiften Pyjama! Das passt doch großartig, Old Iron!«

»Das ist wieder nur geraten, und ich habe dir doch schon hundertmal erklärt, dass man nicht raten soll«, antwortete Cromwell mürrisch. »Aber zweierlei ist sicher: Nämlich erstens, dass der Mörder von Augustus Reed auch der Mörder von Lady Gleniston ist, und zweitens, dass es jemand sein muss, der hier wohnt.«

Cromwell suchte sofort Miss Cawthorne auf. Da sie ja jetzt den ganzen Betrieb im Schloss leitete, musste sie ihm auch bei seiner Suche behilflich sein. Zunächst blieb Ironsides jedoch noch in der Halle, um Johnny einige Anweisungen zu geben; während die Beamten noch beieinanderstanden, bemerkten sie, wie ein Fremder hereinkam. Der Mann war in seinem dunklen Anzug so wenig dem Wetter entsprechend angezogen, dass Cromwell ihn sofort für einen Juristen hielt. Er mochte fünfzig Jahre alt sein, sah ernst aus und hatte eine geräumige Aktentasche in der Hand.

»Suchen Sie jemanden, Sir?«, fragte der Chefinspektor, als der Fremde unschlüssig in der Halle stehenblieb und sich umsah. »Mein Name ist Cromwell von Scotland Yard.«

»Du meine Güte! Ich habe nicht erwartet, Kriminalbeamte auch am Sonntag hier bei der Arbeit anzutreffen, Sir«, erwiderte der Fremde. »Aber da ja der Tod der armen Lady Gleniston immer noch unaufgeklärt ist, kann ich verstehen, dass Ihre Anwesenheit hier erforderlich bleibt. Mein Name ist James Pitkin von der Anwaltsfirma Pitkin, Waterberry & Bradshott aus London. Ich bin hergekommen, um meinen Klienten, Major Fanshawe, aufzusuchen.«

Cromwell kam unverzüglich zu einem Entschluss.

»Bitte folgen Sie mir, Mr. Pitkin«, sagte er kurz.

Er führte den Anwalt nun in das Zimmer, das für ihn, Cromwell, reserviert war. Sobald sie eingetreten waren, schloss Johnny auf ein Zeichen Cromwells hinter ihnen die Tür.

»Ich nehme an, Sir, dass Ihr Besuch hier in Verbindung mit den juristischen Folgen von Ladys Glenistons Tod steht«, begann Ironsides und wies auf einen Stuhl. »Bitte nehmen Sie Platz. Ich möchte, dass Sie alles, was Sie Ihrem Klienten zu sagen haben, zunächst einmal mir mitteilen.«

Mr. Pitkin lächelte und schüttelte den Kopf.

»Ich bedaure, Mr. - hm - Cromwell, nicht wahr? Ich bedaure, Sir, aber alles, was ich zu sagen habe, ist streng vertraulich und berührt nur Major Fanshawe«, sagte er mit Nachdruck. »Ich muss Sie also schon bitten, mir zu gestatten, mich zu entfernen...«

»Mr. Pitkin, ich habe hier eine Morduntersuchung durchzuführen und so sind die juristischen Probleme, die Lady Glenistons Tod aufgeworfen hat, nunmehr für die Polizei von höchstem Interesse geworden«, antwortete Ironsides ruhig. »Darum muss ich darauf bestehen, zu erfahren, warum Sie hier sind, und was Sie mit Major Fanshawe zu besprechen haben. Ich kann Ihnen versichern, dass es nur Zeitersparnis bedeutet, wenn Sie sich meinem Wunsch ohne Protest und ohne unnötige Verzögerung fügen.«

Der Anwalt sah recht unangenehm berührt aus.

»Dieses Ansinnen muss ich ablehnen«, meinte er steif. »Was ich mit Major Fanshawe zu besprechen habe, ist, wie ich bereits gesagt habe, ganz privater, vertraulicher Natur.«

Dieser unerwartete Widerstand reizte Bill Cromwell nur, dessen Gesicht sich jetzt bösartig verzerrte.

»Wollen Sie die Polizei bei ihrer Arbeit unterstützen oder behindern?«, fragte er und warf dem Anwalt einen wütenden Blick zu. »Vielleicht verstehen Sie den Ernst der Situation nicht völlig, Mr. Pitkin. Freitagabend wurde Lady Gleniston brutal ermordet; gestern Abend entging Major Fanshawe nur um Haaresbreite dem Tod; eine Stunde später wurde einem Mann namens Reed der Schädel eingeschlagen. Vielleicht erklären Ihnen diese Tatsachen, warum die Polizei auch an einem Sonntagmorgen hier an der Arbeit ist.«

Der Anwalt war von diesen Worten tief betroffen.

»Noch ein Mord!«, rief er heiser. »Sie sagen, dass Major Fanshawe nur durch Zufall... Großer Gott! Ist denn in Schloss Gleniston ein mordlustiger Irrer am Werk?«

»Jedenfalls hält sich hier ein Mörder auf, und es ist meine Aufgabe, ihn zu fassen«, herrschte ihn Ironsides an. »Was Sie Major Fanshawe zu sagen haben, kann mir bei meinen Nachforschungen weiterhelfen. Daher ist es von wesentlicher Bedeutung, dass Sie mir Bescheid sagen, bevor Sie den Major sprechen.«

»Ich muss gestehen, dass mir Ihre Worte nicht sehr gefallen, Mr. Cromwell«, erwiderte Pitkin unruhig. »Das klingt ja fast, als ob Sie meinen Klienten in Verdacht hätten, in diese - hm - verabscheuungswürdigen Verbrechen verwickelt zu sein. Aber so etwas kommt doch wohl nicht in Frage, da er ja, Ihren eigenen Worten zufolge, beinahe selbst ein Opfer des Verbrechers geworden wäre?«

»Ich habe nicht gesagt, dass Major Fanshawe beinahe ein Opfer des Verbrechers wurde«, berichtigte ihn Ironsides. »Gewisse Tatsachen, die im Verlauf meiner Untersuchungen festgestellt wurden, deuten darauf hin, dass auch der Major ein sogar recht starkes Motiv besaß, das erste Verbrechen, den Mord an seiner Tante, zu verüben. Damit will ich nicht etwa sagen, dass Ihr Klient wirklich schwer belastet ist. Aber gerade um ihn zu entlasten, muss ich wissen, was Sie veranlasst hat, ihn hier aufzusuchen.«

»In diesem Fall bin ich natürlich bereit, Ihnen gegenüber offen zu sprechen«, sagte Mr. Pitkin betroffen. »Mir ist der Ernst der Lage nicht recht klar gewesen... Nun, ich will mich so kurz wie möglich fassen. Freitagmorgen erhielt ich einen Brief von Lady Gleniston, in dem sie mir Anweisungen über die Abfassung eines neuen Testaments erteilte. Ich sollte einen diesen Anweisungen entsprechenden Testamentsentwurf aufsetzen und mit dem Nachtzug hierherfahren, so dass ich am Samstagmorgen hier eingetroffen wäre. Diese übertriebene Hast konnte ich zwar nicht billigen, aber Lady Gleniston ist - oder vielmehr war - eine höchst eigenwillige Dame, und ich hatte nicht den Wunsch, sie unnötig zu erzürnen.«

»Bitte fahren Sie fort, Sir. Sie setzten also den Entwurf des Testaments auf. Warum fuhren Sie nicht Freitag mit dem Nachtzug, wie Lady Gleniston es Ihnen aufgetragen hatte?«

»Ich beabsichtigte es. Der Nachtzug verlässt London eine halbe Stunde nach Mitternacht, und so ging ich noch spät abends in mein Büro, um mir einige Papiere zu holen. Es war noch nicht Mitternacht; ich hatte also noch reichlich Zeit, meinen Zug zu erreichen. Ich hielt mich noch ein Weilchen in meinem Büro auf und hörte mir im Radio die Mitternachtsnachrichten an.« Seine Stimme begann zu zittern. »Dabei erfuhr ich zu meinem Entsetzen, dass Lady Gleniston ums Leben gekommen war - und natürlich wurde mir nun auch klar, dass meine Reise nicht mehr erforderlich war. Ich beschloss daher, sie vierundzwanzig Stunden hinauszuschieben.«

»Höchst verständlich«, nickte Cromwell. »Offenbar hat es jemand sehr eilig gehabt, die Nachricht von dem Mord bekannt zu geben.«

»Mir war auch der Gedanke nicht angenehm, schon unmittelbar nach Lady Glenistons Tod hier aufzutauchen«, fuhr der Anwalt ernst fort. »Darum komme ich erst heute. Aber ich habe mit Major Fanshawe, der ja der Erbe ist, verschiedenes über die Hinterlassenschaft zu besprechen. Das von der Erblasserin beabsichtigte neue Testament ist natürlich durch ihr – nun ja - Dahinscheiden gegenstandslos geworden.«

»Ich bin an dem Testament, das Lady Gleniston aufzusetzen beabsichtigte, sehr interessiert, Mr. Pitkin«, sagte Ironsides, »bitte teilen Sie mir in großen Zügen seinen Inhalt mit.«

»Da dieses von mir aufgesetzte durch den Tod der Erblasserin gegenstandslos geworden ist...«

»Schildern Sie mir trotzdem, welche Bestimmungen es enthielt.« Der Chefinspektor ließ sich nicht abbringen. »Das kann für mich wichtig sein.«

»Lady Gleniston besaß einen starken Familiensinn«, begann der Anwalt langsam. »So hatte sie sich entschlossen, das Schloss und alles, was es enthält, dem Staat zu vermachen. Es sollte nach ihrem Tod zur Erinnerung an die Familie Gleniston Staatseigentum werden.«

»Und Major Fanshawe? Sollte er das ihm zustehende Erbe verlieren?«

»Nein - natürlich nicht! Das Testament setzt ausdrücklich fest, dass das Schloss Major Fanshawe für den Rest seines Lebens zur Verfügung steht, allerdings mit der Auflage, dass er sich verpflichten muss, nichts von dem Inventar des Schlosses zu verkaufen. Diese Auflage ist gegenstandslos geworden. Jetzt tritt der Major ohne jede Einschränkung Lady Glenistons Erbe an.«

»Ich verstehe«, nickte Cromwell.

Er stand auf und ging einige Minuten im Zimmer auf und ab. Endlich trat Johnny Lister zu ihm.

»Sollten wir diese Besprechung nicht lieber bis nach unserer Suche vertagen?«, flüsterte er ihm zu. »Es ist doch wichtig, dass wir diesen verdammten blauen Pyjama schnellstens auffinden!«

Ironsides winkte ungeduldig ab.

»Das hat keine Eile«, brummte er. »Der Mörder hat ja nicht den geringsten Verdacht! Lass lieber dem Zimmermädchen Zeit, die Schlafzimmer aufzuräumen. Aber diese Erbschaftssache hier ist von größter Bedeutung!« Er wandte sich wieder an Mr. Pitkin. »Was Sie mir soeben auseinandergesetzt haben, Sir, bildet für Major Fanshawe eine zusätzliche Belastung.«

»Ich glaube, ich verstehe nicht recht, was Sie meinen...«

»Dann werde ich mich bemühen, es Ihnen zu erklären. Aus Ihren Worten geht hervor, dass Ihr Klient ein höchst dringliches Motiv besaß, seine Tante nach am Freitagabend umzubringen«, setzte ihm der Chefinspektor auseinander. »In diesen Fall ist auch ein Mädchen verwickelt, von dem Sie nichts wissen - ein Mädchen, das Anfang des Jahres hier als Zimmermädchen arbeitete. Major Fanshawe verliebte sich in sie...«

»Großer Gott - in ein Zimmermädchen?«

»So etwas ist nichts Außergewöhnliches«, brummte Cromwell. »Manche Zimmermädchen sind verdammt hübsch - und wo die Liebe einmal hinfällt...«, fügte er mit dem Zynismus des eingefleischten Junggesellen hinzu. »Jedenfalls beabsichtigte er, dieses Mädchen zu heiraten. Lady Gleniston fand das heraus und entließ das Mädchen deshalb. Seit Jahren lebte Fanshawe unter der Fuchtel seiner Tante. Er hatte nur die eine Zukunftshoffnung, dieses Mädchen zu heiraten und mit ihr in den Genuß des Vermögens zu kommen, das der Verkauf der Schätze des Schlosses ihm einbringen konnte. Er war vielleicht bereit, auf den Tod seiner Tante zu warten - der ja nicht mehr ewig auf sich warten lassen konnte.

Aber wie änderte sich plötzlich diese Situation, als er zu seinem Kummer von dem eigensinnigen Entschluss seiner Tante erfuhr? Das Schloss und seine Einrichtung sollten nicht ihm, sondern dem Staat zufallen. Er kann zwar für den Rest seines Lebens hier wohnen, darf aber nichts von den Schätzen verkaufen, die sich seit Jahrhunderten hier angesammelt haben. Dieses Testament sollten Sie Samstagmorgen hierherbringen; seine Tante war bereit, es sofort zu unterzeichnen. Was für eine Hoffnung blieb Fanshawe da noch? Mit einem einzigen Federstrich konnte seine Tante alle seine Zukunftsträume zunichtemachen. Unterschrieb sie dieses Testament, so war er dazu verurteilt, in diesem alten Haus zu hocken und weiter Urlaubsgäste aufzunehmen.«

»Aber, Verehrtester, Sie wollen doch nicht etwa andeuten...«

»Können Sie sich Fanshawes Reaktion vorstellen?«, fuhr Cromwell fort. »Schloss Gleniston enthält neben andern Wertobjekten Gemälde, die ein Vermögen wert sind. Aber dieses Vermögen würde für ihn wertlos werden. War daher das Testament einmal unterzeichnet, so konnte er allen seinen Träumen für ein zukünftiges Glück adieu sagen. Wie lagen jedoch die Dinge, falls Lady Gleniston noch Freitagabend starb? Dann war das gefürchtete neue Testament nichtig, er erbt alles und kann ohne jede Behinderung machen, was er will. So ist es ja jetzt auch gekommen. Können Sie daran zweifeln, dass Major Fanshawe seinen Besitz, ohne auch nur einen Moment zu zögern, veräußern wird, sobald eine Anstandsfrist vorüber ist?«

Der pedantische, steife Mr. Pitkin begann nun allmählich, seine Gelassenheit zu verlieren. Ein Ausdruck des

Grauens stand in seinen Augen, als er sich mit dem Finger zwischen Hals und Kragen fuhr. Es war heiß im Zimmer.

»Großer Gott! Verstehe ich die entsetzliche Andeutung, die in Ihren Worten enthalten ist, wirklich richtig, Mr. Cromwell? Wollen Sie andeuten, dass Major Fanshawe, da er ja wusste, dass ich Samstagmorgen mit dem Testament hierherkommen sollte, seine Tante am Freitagabend ermordet hat, um damit die Unterzeichnung des Testaments zu verhindern?«

»Jawohl, Sir; ich will damit aber keineswegs behaupten, dass diese Möglichkeit Tatsache ist.«

»Was meinen Sie denn sonst? Welche andere Deutung kann ich Ihren Worten geben?«

»In diesem Fall spielen Faktoren eine Rolle, von denen Sie nichts wissen, Mr. Pitkin«, fuhr Cromwell fort. »Ich habe Ihnen schon von dieser Mary Summers erzählt, die ein solcher wichtiger Faktor ist. Es ist sehr bedauerlich, dass Major Fanshawe für die Tatzeit kein Alibi besitzt; er hatte durchaus die Möglichkeit zur Tat. Es ist auch bekannt, dass er sich kurz vor dem Mord mit Lady Gleniston stritt. Dazu kommt noch der Zwischenfall mit Ned Hoskins - ein Zwischenfall, der ja dem Mörder die Möglichkeit geben konnte, die Schuld diesem unglücklichen Mann in die Schuhe zu schieben.«

Er erzählte dem Anwalt kurz von der Entlassung des Gärtners, von den Drohungen, die Hoskins ausstieß, als er sich von Lady Gleniston trennte, von den noch wilderen Drohungen, mit denen er das Gasthaus verließ, und von seinem nächtlichen Besuch im Schloss.

»Durch ein Zusammentreffen günstiger Zufälle gelang es Hoskins, einer Verhaftung zu entgehen«, fuhr Ironsides fort. »Wenn er sich nicht die Hand verletzt hätte und dadurch hätte beweisen können, dass er gar nicht in der Lage gewesen war, mit dem Vorschlaghammer zuzuschlagen, wäre er des Mordes angeklagt und sicherlich Scotland Yard nicht zugezogen worden. Hoskins wäre bestimmt verurteilt worden. Dabei steht ohne Zweifel fest, dass der Mann unschuldig ist und dass der Mord von jemand anderem begangen wurde. Aber von wem? Wer in diesem Haus wusste, wo er die Mordwaffe - mit Hoskins' Fingerabdrücken auf dem Griff - finden konnte? Sie können mir natürlich erwidern, dass das jeder wissen konnte, die Feriengäste eingeschlossen; aber ich möchte dieser Behauptung widersprechen. Der Mensch, der mit dem Vorschlaghammer auf Lady Gleniston einschlug, war jemand, der zum Schloss gehörte, jemand, der verzweifelt bemüht war, Lady Gleniston zu töten, bevor sie das abgeänderte Testament unterzeichnen konnte.«

»Aber erlauben Sie!«, rief der Anwalt und setzte sich plötzlich steif auf. »Dieser Mord muss doch keineswegs etwas mit dem Testament zu tun haben! Und, mein Gott, das hatte ich ja ganz vergessen! Hier wohnt doch ein gewisser Morton-Gore, ein Mann, der sich Sir Christopher Morton-Gore nennt?«

»Was wissen Sie denn von ihm?«, erkundigte sich Ironsides interessiert.

»Ich weiß nur, dass Lady Gleniston mir vor etwa einer Woche schrieb und mich bat, mich nach der Familie und dem Vorleben dieses angeblichen Sir Christopher Morton-Gore zu erkundigen«, erwiderte der Anwalt. »Ich konnte jedoch die Existenz einer solchen Adelsfamilie nicht feststellen und teilte das vor einigen Tagen Lady Gleniston mit. Ich warnte sie sogar vor dem Mann und bat sie, vorsichtig zu sein, wobei ich mit meiner Ansicht nicht zurückhielt, dass dieser Mann ein Betrüger sein müsse, der sich unberechtigterweise einen Adelstitel beigelegt haben dürfte. Ist dieser Mensch noch hier?«

»Ja, und zwar infolge von Lady Glenistons Tod«, erwiderte Cromwell. »Sobald Lady Gleniston Ihren Brief erhielt, verbot sie ihm nämlich ihr Haus. Er konnte jedoch nicht abfahren, weil die Polizei jedem Feriengast das Verlassen des Schlosses verbot. Jetzt verstehe ich, warum sie ihn aus dem Haus wies. Die Tatsache, dass er sich ihr unter falschem Namen genähert hatte, genügte der alten Dame vollkommen, um davon überzeugt zu sein, dass er Böses im Schilde führe.«

»Aber wenn dieser Mann ein Verbrecher ist...«

»Nein, Sir, ich glaube nicht, dass er als Mörder in Betracht kommt«, unterbrach ihn Ironsides. »Sein wirklicher Name ist Dawson; er ist der Polizei als Heiratsschwindler wohlbekannt. Aber er ist nicht der Mensch, einen Mord zu begehen. - Johnny!«, fügte er unvermittelt hinzu. »Hol Major Fanshawe her! Es wird jetzt Zeit, dass wir uns einmal anhören, was er zu sagen hat.«

»Wollen Sie ihn verhaften?«, fragte Mr. Pitkin.

Cromwell gab ihm keine Auskunft. Er ging zum Fenster, sah in den Sonnenschein hinaus und stopfte mechanisch seine Pfeife. Es fiel kein weiteres Wort, bis Johnny Lister mit dem neuen Herrn des Hauses zurückkehrte. Fanshawe sah blass und mitgenommen aus; in der Weichheit seines Kinns und der Unsicherheit seines Blicks zeigte sich seine farblose Persönlichkeit.

»Ich wusste gar nicht, dass Sie hier sind, Mr. Pitkin!«, rief er erstaunt. »Warum hat mir niemand etwas davon gesagt? Wie geht es Ihnen, Sir? Wir haben uns seit vorigem September, als ich mit meiner Tante in London war, nicht mehr gesehen. Damals holte sie wegen dieser Geschichte mit dem Damm Ihren Rat ein. Ich sagte ihr vorher, dass die Grafschaft für den Damm keine Verantwortung übernehmen werde, aber Sie wissen, ja, wie eigensinnig sie stets war, wenn sie sich etwas in den Kopf gesetzt hatte.«

»Jawohl, Mr. Fanshawe«, nickte der Anwalt. »Leider haben wir wohl im Augenblick etwas viel Wichtigeres zu besprechen...«

»Erzählen Sie ihm von Lady Glenistons Brief und von dem Grund Ihres Besuches hier«, forderte ihn Cromwell auf, der den Major scharf beobachtete. »Informieren Sie ihn auch über den ursprünglichen Zweck Ihres Besuchs, den Sie schließlich um vierundzwanzig Stunden verschoben haben.«

Nervös kam Mr. Pitkin Cromwells Aufforderung nach.

»Meine Tante beabsichtigte also tatsächlich, so ein Testament zu machen?«, rief Fanshawe schließlich bitter. »Ich sollte für den Rest meines Lebens nur gerade im Schloss wohnen dürfen? Das ist doch wirklich ungeheuerlich! Sie wollte sich eben an mir rächen! Sie konnte mir nie verzeihen, dass ich die Kühnheit hatte, mich in ihr Zimmermädchen zu verlieben!«

»Wussten Sie denn nichts von dieser beabsichtigten Änderung des Testaments?«, fragte Mr. Pitkin erstaunt.

»Natürlich nicht! Mir hätte sie doch in gar keinem Fall davon erzählt! Sie war immer eine große Geheimnisträgerin...«, sagte Fanshawe noch bitterer. »Sie wollte es mir eben völlig unmöglich machen, Mary zu heiraten, die Familiengemälde zu verkaufen und das Geld zu verprassen! Mein Gott! Ein solches Testament sieht ihr wirklich ganz ähnlich!«

»Ich fürchte, Sie sind sich nicht völlig darüber klar, wie sehr diese Enthüllung Sie persönlich berührt«, meinte Cromwell leise. »Bitte überlegen Sie sich sorgfältig...«

»Wozu soll eine sorgfältige Überlegung gut sein?«, unterbrach Fanshawe ihn und zuckte die Achseln. »Anscheinend habe ich Glück! Meine Tante wurde ermordet, bevor sie ein solches Testament unterzeichnen konnte, und so habe ich freie Hand, mit meinem Erbe anzufangen, was ich will. Ich kann nicht verstehen...« Plötzlich brach er ab, und das Kinn sank ihm herab. »Großer Gott - Sie glauben doch nicht etwa...« Von Kopf bis Fuß zitternd, stand er auf. »Sie glauben womöglich, dass ich davon wusste, dass meine Tante ihr Testament ändern wollte, und sie daher umbrachte, bevor noch Mr. Pitkin mit dem Entwurf des Testaments hier eintreffen konnte.«

»Ich habe nicht behauptet, so etwas zu denken, Sir«, erwiderte Cromwell rundheraus. »Aber ich bin immerhin froh, dass Sie sich über Ihre missliche Lage klar geworden sind.«

»Ich schwöre Ihnen, dass ich nichts von den Absichten meiner Tante wusste!«, fuhr Fanshawe empört auf. »Sie hat mir nicht das Geringste davon gesagt! Da das die Wahrheit ist, hatte ich denn irgendeinen Grund, sie umzubringen? Erst letzte Woche habe ich ja Mary erklärt, dass wir vielleicht noch Jahre warten müssten, bevor wir heiraten könnten. Mary war auch bereit, Geduld zu haben und zu warten. Gestern Abend habe ich sie wiedergesehen, und wir waren glücklich. Plötzlich war für uns alles anders geworden. Aber glauben Sie etwa, ich würde ans Heiraten auch nur denken können, wenn ich den Tod meiner Tante auf dem Gewissen hätte? Ich versichere Ihnen bei allem, was mir heilig ist, ich wusste nichts davon, dass sie ein neues Testament zu machen beabsichtigte. Das müssen Sie mir doch glauben!«

»Existiert denn auch ein früheres Testament?«, erkundigte sich Cromwell.

»Ja. Aber dieses Testament ist eigentlich überflüssig«, erwiderte der Anwalt. »Denn in diesem Testament ist Mr. Fanshawe als alleiniger Erbe eingesetzt; als nächstem Verwandten wäre ihm aber die Erbschaft sowieso, auch ohne Testament, zugefallen.«

»Sehr interessant«, murmelte der Chefinspektor. »Also erst das neue Testament hätte alle Hoffnungen Fanshawes auf künftigen Reichtum vernichtet...«

Er brach ab. Mit der für ihn charakteristischen Rücksichtslosigkeit hatte er sich entschlossen, jetzt einen gänzlich unvermuteten Schuss ins Blaue abzugeben.

»Wann wiesen Sie eigentlich die Annäherungsversuche von Miss Cawthorne endgültig ab, Major Fanshawe?«, fragte er leise.

Ganz entgeistert starrte ihn der Major an.

»Woher wissen Sie... Das ist ja gar nicht wahr!«

»Doch, Sir, es ist wahr!«, fuhr ihn Cromwell an. »Mit Billigung Ihrer Tante hatten Sie sich mit Miss Cawthorne verlobt. Aber dann erlagen Sie den Reizen eines jungen Zimmermädchens und ließen Miss Cawthorne im Stich.«

»Ich wiederhole Ihnen, das ist nicht wahr!«, schrie Fanshawe heiser und sprang auf. »Ich war niemals in Margaret Cawthorne verliebt! Nur meine Tante wünschte, dass es zwischen uns zu einer engeren Verbindung kommt...«

»Gewiss, Lady Gleniston wünschte, dass Sie Miss Cawthorne heirateten; und Sie waren folgsam und fügten sich ihrem Wunsch - bis Mary Summers ins Haus kam«, fuhr Ironsides hart und unbarmherzig fort. »Sie wussten genau, dass, falls Ihre Tante weiter lebte - oder falls sie ein neues Testament machen sollte -, Sie niemals in der Lage sein würden, Mary Summers zu heiraten. Da Sie vollständig unter der Knute der alten Dame standen und keinen starken eigenen Willen besitzen, hätten Sie sich schließlich doch darein gefügt, Miss Cawthorne zu heiraten und weiterhin mit ihr im Schloss zu wohnen. Das ist alles, was mich an diesem Fall interessiert«, fügte der Chefinspektor hinzu.

Dann ging er zur Tür und riss sie auf. »Kommen Sie nur herein, Miss Cawthorne! Ich wusste, dass ich Sie hier finden würde!«

Margaret Cawthorne musste sich am Türpfosten festklammern, um nicht zusammenzubrechen; ihr Gesicht war kalkweiß.

»Ich - ich wollte gerade anklopfen...«

»Nein, Miss Cawthorne, Sie wollten horchen - und ich kann Ihnen daraus noch nicht einmal einen Vorwurf machen«, erwiderte Cromwell ganz ungewöhnlich sanft. »Ich hörte vor einigen Minuten ein leises Geräusch an der Tür und wusste sofort, dass Sie draußen standen. Es war doch ganz natürlich, dass Sie wissen wollten, warum ich Major Fanshawe hierhergerufen hatte. Es stimmt doch, dass Sie mit ihm verlobt waren, nicht wahr?«

»Oh, mein Gott - und ich hoffte, es werde niemals jemand davon erfahren«, flüsterte die unglückliche Frau. »Das schmerzt so - hier!« Sie presste die Hand auf die Brust und sah Fanshawe vorwurfsvoll und traurig an. »Warum haben Sie ihnen das erzählt, Claude? Aus mir hätten sie kein Wort herausbekommen...«

Johnny Lister, der dieser Szene mit wachsender Erregung beiwohnte, musste sich abwenden, als er sah, wie Miss Cawthorne die Tränen über die Wangen rannten. Jede Spur von Mitgefühl, die er für Major Fanshawe empfunden hatte, jeder Zweifel an der Schuld dieses Mannes verflüchtigte sich. Er verabscheute den Major wegen der Rohheit, mit der er dieser Frau das Herz gebrochen hatte, die bis zu diesem Augenblick zu der Tragödie ihres Lebens eine so tapfere Haltung bewahrt hatte. Johnny hörte, dass der Major von neuem das Wort ergriff.

»So wahr mir Gott helfe, Margaret«, sagte er, »ich habe nichts gesagt! Mr. Cromwell hat alles erraten. Ihnen Schmerz zu bereiten wäre wirklich das letzte, was ich je fertigbrächte!«

Sie trocknete sich die Augen, zwang sich zur Ruhe und versuchte, tapfer zu lächeln.

»Es geht schon wieder besser«, meinte sie. »Es tut mir leid, dass ich mich habe gehenlassen. Aber Sie können doch nicht im Ernst glauben, Mr. Cromwell, dass unsere alten Beziehungen die Sachlage ändern?«, fuhr sie zu dem Chefinspektor gewandt fort. »Er hat die arme Angela doch nicht getötet. Sehen Sie sich ihn doch nur an!« Mit zitternden Fingern wies sie auf den Major. »Glauben Sie etwa, dass er eine so schreckliche Tat ausführen könnte? Es war jemand anderes...«

»Eine solche Feststellung ist Sache der Polizei«, unterbrach sie

Ironsides mit müder Stimme. »Aber wir sollten im Augenblick nicht weiter darüber diskutieren. Ich möchte vielmehr, dass Sie etwas für mich erledigen - und zwar sofort. Major Fanshawe, ich muss Sie auffordern, in diesem Zimmer zu bleiben, bis ich Ihnen die Erlaubnis gebe, es zu verlassen. Wollen Sie mir das versprechen?«

»Soll das heißen, dass ich verhaftet bin?«

»Es soll nur das heißen, was ich gesagt habe. Wollen Sie mir Ihr Wort geben?«

»Ja, gewiss.«

»Gut, ich verlasse mich auf Sie. Kommen Sie bitte mit, Miss Cawthorne, und du auch, Johnny!« Cromwell hielt die Tür auf. »Im Zusammenhang mit Reeds Tod ist eine wichtige Spur aufgetaucht. Der Mörder war zum ersten Mal unvorsichtig. Als er den tödlichen Streich führte und die Streitaxt wieder an die Wand hängte, trug er ein blaues Kleidungsstück - und einige Fäserchen dieses Stoffes sind am Griff der Axt hängengeblieben.« Sie standen jetzt im Korridor. »Die Bedeutung dieser Entdeckung ist Ihnen doch klar, Miss Cawthorne?«

»Gewiss«, antwortete sie. Wieder stand Furcht in ihren Augen. »Oh, Gott - Sie nehmen doch nicht an... Claudes Pyjama ist ja blau.«

»Das ist mir nicht neu, Miss Cawthorne!«

Sie schauderte.

»Sie glauben also, dass Sie, wenn Sie Claudes Pyjama untersuchen, feststellen werden... Aber es wohnen doch noch andere im Hause!«, stieß sie atemlos hervor. »Woher wollen Sie wissen, dass nicht viele hier blaue Pyjamas tragen.

Blau ist eine sehr häufige Wäschefarbe. Haben Sie mich deshalb hierhergebracht?«

»Wenn Sie es genau wissen wollen, möchte ich, dass Sie mich in den Oberstock begleiten und mir dort die Zimmer Ihrer männlichen Gäste zeigen, Miss Cawthorne«, antwortete Ironsides. »Aber selbstverständlich werden wir mit Major Fanshawes Zimmer beginnen.«

Sie waren inzwischen in der Halle; der Chefinspektor machte ein wütendes Gesicht, als er jetzt sehen musste, dass eine Menge Leute herumstanden. Dort war Sir Christopher Morton-Gore und unterhielt sich mit den beiden Catamoles; Bruce Campbell und Carol Gray flüsterten auf einem der Sofas miteinander; Oberinspektor Staunton kam gerade aus dem Flügel, der den Gästen nicht zugänglich war. Vielleicht hatte die stickige Hitze Cromwell endgültig die Laune verdorben; jedenfalls war er jetzt ungeduldig geworden und entschloss sich, eine Seite des Falles jetzt schon abzuschließen.

»Oberinspektor, nehmen Sie diesen Mann fest, und bringen Sie ihn zum Verhör nach Kenmere!«, sagte er kurz und wies dabei auf Morton-Gore. »Jawohl, Sie, mein Freund!«

»Was, zum Teufel...«

»Nein, Smoky Dawson, das Theater ist zwecklos!« Ironsides schüttelte müde den Kopf. »Ich hatte Sie schon erkannt, als ich Sie hier zum ersten Mal sah. Wollen Sie etwa leugnen, dass Sie Charles Henry Dawson sind, der vor einigen Jahren wegen Betrug und Unterschlagung verurteilt wurde? Ich verlange von Ihnen, dass Sie uns erklären, warum Sie sich unter falschem Namen in diesem Haus aufhalten, und was Sie von dem Brillanthalsband wissen, das Ihr Freund Augustus Reed gestohlen hat.«

»Donnerwetter!«, ertönte ein unwillkürlicher Ausruf von Bruce Campbell.

»Sehr schlau von Ihnen, Chefinspektor, das alles festzustellen, aber es ist ja kein Verbrechen, sich einen anderen Namen beizulegen«, antwortete Dawson hämisch. »Ich denke auch gar nicht daran, das zu leugnen.« Er warf einen verächtlichen Blick auf die anderen Gäste, die sich, peinlich berührt, zurückzogen. »Aber der Teufel soll mich holen, wenn ich das geringste von einem Brillanthalsband weiß! Falls Reed ein Collier gestohlen hat, so ist das seine Sache. Ich weiß jedenfalls davon gar nichts.«

»Erzählen Sie das dem Oberinspektor, wenn er Ihre Aussage in Kenmere zu Protokoll nimmt«, erwiderte Cromwell. »Ich bin überzeugt, dass Sie sehr genau wissen, wie Reed sich das Halsband aneignete; wenn Sie aber tatsächlich in den Diebstahl nicht verwickelt sein sollten, so kann ich Ihnen nur raten, mit vollster Offenheit alles, was Sie wissen, zu Protokoll zu geben.«

»Das ist doch toller Unsinn!«, fuhr der Heiratsschwindler auf. »Sie haben ja gar keinen Haftbefehl! Sie können mich also nicht zwingen, mit Staunton nach Kenmere zu fahren!«

»Das stimmt. Sie kennen sich ja gut aus. Aber Sie wissen auch sehr gut, dass sich Ihre Lage nur verschlimmert, falls Sie sich weigern!«, herrschte ihn Ironsides an. »Himmel, Mann, verstehen Sie denn nicht, dass das Theater, das Sie hier aufgeführt haben, zu Ende ist? Jawohl, Sie wären schon gestern früh abgefahren - Lady Gleniston hatte Sie aus dem Haus gewiesen -, wenn der Tod der alten Dame nicht dazwischengekommen wäre. Jawohl, Dawson, ich weiß ganz genau, worauf Sie hier aus waren!«

Ohne ein weiteres Wort zu verlieren, gab der Chefinspektor Miss Cawthorne ein Zeichen, und beide gingen gemeinsam die Treppe hinauf. Johnny Lister war ihnen schon vorangegangen und nicht mehr zu sehen. Mit dem Ausdruck unterdrückter Furcht führte Miss Cawthorne Cromwell an den Zimmern ihrer männlichen Urlaubsgäste vorbei. Cromwell nickte nur und notierte sich die Zimmernummern. Dann betraten sie das Zimmer von Major Fanshawe.

Ironsides war so eifrig damit beschäftigt, Fanshawes blaugestreiften Pyjama zu untersuchen, dass er es gar nicht zu bemerken schien, dass Miss Cawthorne ihn allein gelassen hatte. Sie war in ihr eigenes Zimmer geeilt, und nachdem sie die Tür hinter sich geschlossen hatte, musste sie sich einen Augenblick von innen dagegen lehnen, um wieder zu Atem zu kommen.

Dann ging sie zum Schrank und zog den hübschen blaurosagestreiften Morgenrock heraus, den Johnny Lister in der vergangenen Nacht so bewundert hatte. Rasch untersuchte sie den rechten Ärmel. Dann ging sie zum Kamin, zündete ein paar Papierschnitzel an, die auf dem Rost lagen, und rollte den Morgenrock zu einem losen Bündel zusammen.

»Oh, nein. Miss Cawthorne!«, rief in diesem Augenblick eine scharfe Stimme. »Dieses Kleidungsstück sollte ich wohl besser in Verwahrung nehmen!«

Fünfzehntes Kapitel

Margaret Cawthorne kreischte laut auf.

Der Schreck, plötzlich, während sie allein zu sein glaubte, eine Stimme zu hören, traf sie wie ein Donnerschlag. Mit weit aufgerissenen Augen und halbgeöffnetem Mund drehte sie sich um.

Johnny Lister, der jetzt drohend und gefährlich - und nicht, wie sonst, vergnügt und freundlich - aussah, war hinter dem schweren Plüschvorhang hervorgetreten. Mit drei raschen Schritten war er neben ihr und ergriff den Morgenrock.

»Behalten Sie die Ruhe, Miss Cawthorne«, riet ihr Johnny höhnisch. »Es hat keinen Zweck, mir eine Szene zu machen. Ich bin auf ausdrücklichen Befehl von Mr. Cromwell hier...«

Er brach erleichtert ab, als sich die Tür öffnete und Ironsides auf der Schwelle erschien.

»Nun, mein Sohn?«

»Es war ganz, wie Sie voraussagten, Sir«, erwiderte der Sergeant in dienstlichem Ton. »Miss Cawthorne rannte zu ihrem Schrank, nahm dieses Kleidungsstück heraus, untersuchte den rechten Ärmel und versuchte dann, den Morgenrock zu verbrennen. Ich konnte sie jedoch noch rechtzeitig daran hindern.«

Cromwell nahm ihm den Morgenrock ab und ging damit zum Fenster, während Johnny Miss Cawthorne im Auge behielt. Eine ganz oberflächliche Untersuchung des Kleidungsstücks genügte schon; am rechten Ärmelaufschlag war in einem blauen Streifen ein kleiner Einriss zu sehen.

»Das reicht für den Augenblick«, nickte Ironsides ernst. »Eine Untersuchung dieses Kleidungsstücks sowie der Fäden, die am Stiel der Axt hängengeblieben sind, dürfte beweisen, dass es sich um das gleiche Material handelt.«

Miss Cawthorne sah die beiden Beamten ganz verstört an.

»Was - was soll denn das alles?«, fragte sie entrüstet. »Wie konnten Sie wagen, in mein Zimmer einzudringen? Haben Sie denn den Verstand verloren, Mr. Cromwell?«

»Hören Sie, Miss Cawthorne, ist es nicht für ein solches Theater etwas zu spät?«, fragte Ironsides. »Es ist meine Pflicht, Sie für den Mord an Lady Gleniston und Augustus Reed festzunehmen; ich muss Sie warnen, dass alles, was Sie sagen, schriftlich niedergelegt und gegen Sie als Beweismaterial vorgebracht werden kann.« Er seufzte. »Ich hoffe, Sie werden ein vollständiges, umfassendes Geständnis ablegen... Halt sie fest, Johnny!«

Er stieß diese letzten Worte heraus, als er sah, dass Miss Cawthorne schwankte; ihre Knie gaben nach, und sie sank zu Boden. Johnny war einen Augenblick zu spät gekommen; er konnte sie nur noch aufheben und auf ihr Bett legen.

»Sie ist ohnmächtig!« Er zuckte ratlos die Achseln.

»Verdammt - es ist mir immer zuwider, Frauen zu verhaften«, brummte Cromwell. »Bist du sicher, dass sie die Ohnmacht nicht nur vortäuscht? So etwas ist ihr nämlich durchaus zuzutrauen. Sie ist eine der verschlagensten Mörderinnen, die mir je begegnet sind - und dabei verdammt gefährlich!«

»Ich wollte dir kaum glauben, als du mir von deinem Verdacht erzähltest.« Johnny schüttelte den Kopf und starrte auf die bewusstlose Frau. »Sie machte doch einen so ehrlich bekümmerten Eindruck! Ich hielt sie für eine sehr nette und anständige Frau.«

»Eine Frau ihres Alters, deren Liebe zurückgewiesen wird, entwickelt oft außergewöhnlichen Mut und außerordentliche Tatkraft. Wenn sie dazu noch hemmungslos ist - wie Miss Cawthorne dann kann dieser Mut und diese Tatkraft gefährliche Formen annehmen«, meinte der Chefinspektor. »Ja, sie ist wirklich nicht bei Besinnung. Hol den Arzt her, Johnny, wenn er noch im Haus ist.«

Johnny eilte zur Tür.

»Ach, du wirst im Erdgeschoss auch noch Staunton finden... Nein, er wird wohl schon nach Kenmere zurückgefahren sein«, fügte Ironsides hinzu. »Aber Inspektor Davis genügt auch, und er muss ja noch hier sein. Schick ihn herauf, und besorge dir auch zwei Frauen vom Personal. Es spielt gar keine Rolle, wer, wenn es nur weibliche Wesen sind.«

Während Johnny fort war, zeigte Miss Cawthorne die ersten Anzeichen wiederkehrenden Bewusstseins. Cromwell ging zum Waschbecken, füllte ein Glas mit kaltem Wasser und gab ihr ein paar Schluck zu trinken, als sie die Augen öffnete - Augen, die jetzt wild und gejagt flackerten.

»Sie sind krank, Miss Cawthorne«, sagte der Chefinspektor ruhig. »Nein, versuchen Sie nicht, sich aufzurichten oder zu sprechen. Lassen Sie sich Zeit, bis Sie sich erholt haben, und denken Sie inzwischen alles durch.«

Sie starrte ihn nur verständnislos an; dann sank ihr Kopf wieder auf das Kissen zurück. Sie schloss die Augen, aber ihr Atem ging nicht mehr so stoßweise wie bisher.

Johnny brachte zwei verängstigte Frauen mit - ein Zimmermädchen mittleren Alters und eine füllige Köchin.

»Doch kein - kein weiterer Mord, Sir?«, stotterte das Zimmermädchen, bereit, jeden Augenblick entsetzt zu fliehen.

»Reden Sie keine Dummheiten!«, fuhr sie Cromwell an. »Miss Cawthorne fühlt sich nicht wohl. Ich möchte, dass Sie beide bei ihr bleiben, bis sie sich erholt hat. Aber lassen Sie sie nicht aufstehen. Wenn sie so etwas versuchen sollte, rufen Sie bitte Inspektor Davis, der vor der Tür im Gang steht.«

Mit diesen Worten verließ er, gefolgt von Johnny, das Zimmer. Im Gang begegnete er schon Inspektor Davis, der höchst betroffen aussah.

»Sie bleiben hier auf Posten, Davis«, erklärte ihm Ironsides kurz. »Ich will ihr Zeit geben, sich zu beruhigen. Ich kann das Weibsstück doch nicht halb ohnmächtig oder hysterisch schreiend aus dem Haus zerren!«

»Mein Gott - sie ist also die Mörderin?«, fragte der Inspektor. »Das kann ich kaum glauben, Sir. Ich hätte ihr die Kraft dazu gar nicht zugetraut.«

»Wieder einmal der Unsinn von den *zarten Frauen*«, fuhr ihn Ironsides an, dessen Nerven gereizt waren. »Waren Sie je in einem Sportstadion? Haben Sie sich dort angesehen, wie junge Mädchen laufen, springen und Diskuswerfen können? Frauen sind eben viel kräftiger, als wir Männer wahrhaben wollen. Wieviel Muskelkraft gehört übrigens schon dazu, einen Vorschlaghammer zu heben?«

»Ja, Sir, wenn Sie es so darstellen...«

»Warten Sie hier, bis ich zurückkomme«, unterbrach ihn Cromwell, nicht gewillt, sich auf eine Diskussion einzulassen. »Ich glaube zwar kaum, dass sie noch Schwierigkeiten machen wird, aber halten Sie sich für alle Fälle bereit.«

Zusammen mit Johnny ging er nun die Treppen hinab in die Halle. Noch immer waren dort und im Garten viele Menschen. Der neue Mord hatte alle Feriengäste wie eine Bombe getroffen und aufgewühlt.

Cromwell blickte niemanden an, obwohl er wusste, dass aller Augen an ihm hingen. Irgendwie fühlten die Menschen, dass sich noch etwas ereignet hatte - etwas Sensationelles. Aber er hielt den Augenblick noch nicht für gekommen, diese Neugier zu befriedigen.

Major Fanshawe und Mr. Pitkin unterhielten sich, als Ironsides und Johnny wieder zu ihnen traten. Sie konnten an dem Ausdruck des Chefinspektors erkennen, dass er ihnen etwas Ernstes mitzuteilen hatte. Wenn er ein Problem gelöst hatte und daher eigentlich hätte selbstzufrieden aussehen sollen, sah Bill Cromwell, im Gegenteil, immer niedergeschlagen aus.

»Nun, meine Herren, alles ist vorbei«, sagte er ruhig. »Es bedurfte nur noch einer kleinen, einfachen Falle, um sie dazu zu bringen, sich zu verraten. Glücklicherweise hatten wir eben eine so verräterische Spur gefunden...«

»Sie?«, wiederholte Fanshawe verwundert.

»Natürlich - Miss Cawthorne. Ahnten Sie das denn nicht?«

»Mein Gott - sind Sie wahnsinnig?«, rief der Major und sprang auf. »Margaret Cawthorne? Eine Mörderin? Ausgeschlossen!«

»Es tut mir leid, wenn Sie meine brüske Ankündigung verletzt hat; aber es ist doch sinnlos, um den heißen Brei herumzugehen«, fuhr Ironsides fort. »Ich hatte Miss Cawthorne schon seit einiger Zeit im Verdacht; ja, ich war sogar von ihrer Schuld überzeugt. Aber ich konnte sie erst heute Morgen verhaften.« Er sah Fanshawe mit freundlichem Ernst an. »Entschuldigen Sie, dass ich vorhin so scharf zu Ihnen sprechen musste, aber ich wusste ja, dass Miss Cawthorne an der Tür lauschte, und aus diesem Grund war die Schärfe erforderlich. Ich wollte doch verhindern, dass sie Lunte riechen oder auch nur auf die Vermutung kommen konnte, dass ich in Wahrheit hinter ihr her war. So konnte sie glauben, dass ich Sie für den Schuldigen hielt und nach Beweisen gegen Sie suchte.«

»Ich finde das alles sehr traurig - außerordentlich traurig.« Mr. Pitkin schüttelte den Kopf. »Wie entsetzlich! Ich kenne Margaret Cawthorne seit Jahren - sie war Lady Glenistons intime Freundin - ihre rechte Hand. Eine kultivierte Dame aus guter Familie.«

»Sie ist nicht die erste Frau aus gutem Haus, die einen Mord begeht, Sir«, brummte der Chefinspektor. »Wenn Sie mit Mörderinnen so viel Erfahrung hätten wie ich…«

»Aber ihre Freundin mit einem Vorschlaghammer umzubringen!«, wandte Pitkin ein.

»Ist ein Vorschlaghammer schlimmer als Blausäure?«, fragte Cromwell ungeduldig. »Ein Vorschlaghammer tötet wenigstens schnell und schmerzlos - und ich könnte Ihnen ein Dutzend Mörderinnen nennen, die ihre Opfer langsam, mit kleinen Dosen Arsenik, umbrachten. Da ist mir die Frau, die mit einem Vorschlaghammer zuschlägt, wenn sie sich um ihre Hoffnungen betrogen fühlt, immer noch lieber; Frauen, die ihre Opfer durch langsames Vergiften totquälen, sind einfach Teufelinnen.«

Major Fanshawe machte vage Handbewegungen.

»Ich kann diese schreckliche Nachricht noch nicht so schnell verdauen«, meinte er dann mit leiser Stimme. »Aber vor einer Minute sagten Sie doch, Mr. Cromwell, dass sie sich in der Hoffnung wiegte, Sie seien hinter mir als dem Mörder her. Was meinten Sie eigentlich damit?«

»Hat sie nicht erst heute Nacht versucht, Sie mit Gas umzubringen?«, entgegnete Ironsides. »Alle Liebe, die sie Ihnen einst entgegengebracht haben mag, hatte sich eben schließlich in tiefsten Hass verwandelt. Darum möchte ich Sie bitten, mir über einige Punkte Klarheit zu verschaffen. Es muss doch einen Grund dafür geben, dass Miss Cawthornes Einstellung Ihnen gegenüber sich so verändert hat. Vielleicht könnten Sie mir nun endlich die Wahrheit über Ihre Beziehungen zu ihr mitteilen.«

Fanshawe, der während dieser Worte aufgefahren war, sank erschöpft in seinen Stuhl zurück und zündete sich nervös eine Zigarette an.

»So etwas wie gegenseitige Beziehungen bestanden eigentlich nie«, begann er, nachdem er hastig an seiner Zigarette gezogen hatte. »Im Grunde war sie wohl allein die treibende Kraft. Vielleicht war es zunächst auch nur ein 'Einfall meiner Tante. Sie hatte ja Margaret hergebracht, damit sie ihr behilflich sein könnte, das Haus zu leiten. Damals war Margaret noch ein junges Mädchen, und ich war Soldat. Allerdings arbeitete ich nur in einem Büro«, fügte er entschuldigend hinzu. »Ich war nicht an der Front und habe mich nicht ausgezeichnet. Nach dem Krieg kam ich hierher - denn wo hätte ich sonst hingehen sollen?

Meine Eltern waren lange tot, und ich habe keine Geschwister. Finanziell hing ich von Tante Angela ab, und sie gab mir den Wechsel nur unter der Bedingung, dass ich ihr behilflich war, dieses verdammte Schloss als Hotel zu führen. Als ich herausfand, dass sie bestrebt war, mich mit Margaret zu verheiraten, berührte mich das nicht erheblich; es war mir ziemlich gleichgültig. Schließlich war ja an Margaret nichts auszusetzen - sie war ein anständiges, gebildetes Mädchen -, und so stimmte ich mehr oder minder diesem Plan zu. Das Schlimme dabei war nur, dass sich Margaret bis über beide Ohren in mich verliebte.« Er rutschte unsicher auf seinem Stuhl hin und her. »Sie hatte damals ihre erste Jugend hinter sich, und wenn Frauen sich erst als angehende alte Jungfern in einen Mann verlieben, so benehmen sie sich eben recht töricht. Verdammt noch mal - muss ich mich wirklich noch deutlicher ausdrücken?«

»Es wäre mir sehr lieb, Sir, wenn...«

»Nun, schließlich ist es ja menschlich. Margaret wollte immer, dass unsere Beziehungen - hm - intim werden, aber mir war das nicht recht«, fuhr der Major mit leiser Stimme fort. »Verdammt noch mal - es ist mir peinlich, über so etwas zu sprechen. Ich hatte Ausreden - war bemüht, die Eheschließung hinauszuschieben. Sie werden vielleicht sagen, das sei nicht sehr männlich von mir gewesen - nun ja, möglicherweise bin ich wirklich schwach. Aber ich hatte eben nicht gerade den dringenden Wunsch, ihr Mann zu werden. Jetzt, wo ich weiß, was - was sie meiner Tante und diesem Burschen, dem Reed, angetan hat, möchte ich glauben, dass etwas in ihrer Art mich abstieß - obgleich ich mir damals nicht darüber klar war. Das ist schwer zu sagen.«

»Das ging so Jahre hindurch?«

»Mehr oder weniger ja. Meine Tante wollte, dass wir heirateten und dauernd hierblieben - dauernd die Gastgeber ekliger, unangenehmer Feriengäste spielten«, antwortete Fanshawe angewidert. »Ich konnte Margaret nur immer wieder auf später vertrösten. Ich versprach ihr, dass ich, wenn Tante Angela einmal sterben sollte, den ganzen verdammten Krempel sofort verkaufen, sie heiraten und mit ihr und dem vielen Geld nach London ziehen werde. Dort würden wir dann leben. Ich ließ sie - na ja - zappeln. Aber das änderte sich, als Anfang dieses Jahres Mary herkam.«

»Sie meinen Mary Summers, das Zimmermädchen?«

»In Ihrem Mund, Mr. Cromwell, klingt das verdammt billig und hässlich«, verteidigte sich Fanshawe. »Aber es gab zwischen mir und Mary nichts, was unrecht gewesen wäre. Ich schlich mich nicht etwa nachts in ihr Zimmer oder tat etwas Ähnliches. Ich liebte sie ehrlich.« Er sah Cromwell an. »Und ich erkläre Ihnen, dass sie ein anständiges, guterzogenes Mädchen ist, auf das jeder Mann stolz sein kann. Aber konnte ich so etwas meiner Tante sagen? Ihr, mit ihren viktorianischen Anschauungen und ihrem lächerlichen Familienstolz! Von mir aus soll der Teufel die ganze Familie holen! Was gehen mich schließlich die Glenistons an?«

»Aber, mein lieber Claude...«, wandte Mr. Pitkin ein.

»Was wollen Sie?«, rief ihm der Major zu. »Sie haben mich doch selbst aufgefordert, endlich einmal die Wahrheit zu sagen! Jedenfalls Mr. Cromwell! Ich bin doch überhaupt kein Gleniston! Ich gebe offen zu, dass ich seit Jahren nur darauf warte, endlich meine Erbschaft anzutreten und zum ersten Mal in meinem Leben wirklich Geld in die Hand zu bekommen. Ist das denn nicht verständlich?«

»Gewiss, Sir. Es ist unter den gegebenen Verhältnissen durchaus natürlich«, erwiderte Cromwell ohne zu zögern. »Bitte fahren Sie fort. Sie wollten gerade von Ihren Beziehungen zu Mary Summers sprechen. Ich bin überzeugt, dass Ihre Gefühle für Mary Summers in engster Beziehung zu der Tragödie stehen, die sich in diesem Schloss abgespielt hat.«

»Nein, das glaube ich nicht«, erwiderte Fanshawe rasch. »Ich verstehe gar nicht, was sie mit der Ermordung meiner Tante zu tun haben soll. Aber ich kann auch nicht begreifen, wie Margaret so etwas tun konnte.«

»Nein, Sir? Es ist doch aber ganz logisch.«

»Jedenfalls kam ich durch Mary in eine verdammt scheußliche Lage«, fuhr der Major fort. »Ich wollte sie heiraten - sie wollte mich heiraten -, und beide hassten wir jede Heimlichkeit. Dabei wusste ich ganz genau, dass meine Tante mich, wenn ich auch nur ein Wort von meinen Plänen verlauten ließ, hinauswerfen und meinen Monatswechsel sperren werde. Schließlich kam es jedoch zu einer Krisis, als meine Tante uns zusammen überraschte.«

»Wohl gerade, als Sie sich umarmten und küssten?«

»Um die Wahrheit zu sagen - ja«, gab Fanshawe zu. »Jedenfalls war es vor ihr nicht mehr zu leugnen, dass wir ineinander verliebt waren. Mein Gott! Was für eine Szene es da gab! Mary musste das Haus verlassen - auf der Stelle! Margaret jammerte und weinte und warf mir vor, was für ein roher Kerl ich sei! Wie konnte ich mich unter diesen Umständen anders aus der Verlegenheit ziehen als damit, dass ich ihr feierlich versicherte, es handele sich nur um einen kleinen Flirt, und eigentlich sei mir das Mädchen ganz gleichgültig. Ich wollte doch nichts anderes erreichen, als Margaret und meine Tante zu beruhigen, damit das Leben wieder normal weitergehen konnte. Wirklich legte sich auch die Aufregung beider Frauen nach ein oder zwei Tagen wieder, und das Leben ging in gewohnter Weise weiter. Jedenfalls äußerlich. Ich traf mich allerdings ein oder zweimal wöchentlich heimlich mit Mary. Aber uns war dabei nicht sehr wohl zumute. Diese Heimlichkeiten und dieses Versteckspielen war uns in tiefster Seele verhasst!«

»Sie waren tatsächlich in einer peinlichen Lage, Sir. Sie hatten es mit zwei Frauen zu tun, von denen die eine durch ihren übertriebenen Familienstolz zum Fanatismus getrieben, und die andere so in Sie verliebt war, dass sie alles tun wollte, um Sie zur Ehe mit ihr zu zwingen«, nickte Ironsides. »Aber gehen wir lieber zu den entscheidenden Ereignissen, wie ich sie bezeichnen möchte, über. Lady Gleniston schrieb ihrem Anwalt - Mr. Pitkin - einen Brief, in dem sie ihn beauftragte, ein neues Testament zu entwerfen und ihr den Entwurf am Samstagmorgen zu überbringen. Wussten Sie etwas von diesem Brief?«

»Nicht das geringste!«

»War Ihnen die Absicht Ihrer Tante bekannt, ein neues Testament zu machen?«

»Ebenso wenig«, erwiderte Fanshawe ernst. »Aber ich kann ohne weiteres begreifen, warum sie ihr Testament .ändern wollte«, fügte er hinzu, und seine Stimme klang bitter. »Sie wollte mich hier, an diesen alten Kasten gefesselt, einsperren - auch noch nach ihrem Tod. Schloss Gleniston und seine Schätze als Staatseigentum! Als

Denkmal der Familie Gleniston! Wenn Sie meine Tante gekannt hätten, würden Sie verstehen, wie vollkommen ein solcher Schritt ihrer Mentalität entsprach! Mich auf diese Weise um mein Erbe zu bringen, bedeutete ihr gar nichts.«

»Ihre Darstellung leuchtet mir vollkommen ein, Sir«, stimmte der Chefinspektor zu, »So etwas hatte ich eigentlich nur erwartet. Ihre Tante war nicht die Frau, Sie in einer solchen Sache ins Vertrauen zu ziehen. Sie wollte ihr Testament aufgesetzt, unterzeichnet und von Zeugen beglaubigt haben, ehe sie Ihnen etwas von seinem Inhalt verriet. Hier erhebt sich jedoch eine andere Frage: Wenn Sie von dem plötzlichen Entschluss Lady Glenistons nichts wussten - wer wusste davon? Aber diese Frage beantwortet sich ja selbst. Wer sonst, als Miss Cawthorne, die Sekretärin und Vertraute der alten Dame? Sicherlich hat Miss Cawthorne also von diesem Testament gewusst.«

»Ja, das halte ich auch für wahrscheinlich, aber ich sehe nicht ein...«

»Mr. Fanshawe, Jahre hindurch haben Sie doch Margaret Cawthorne erzählt, dass Sie sie erst heiraten können, wenn Sie sich von diesem Schloss befreit haben«, erinnerte ihn Cromwell. »Sie träumte von Reichtum und von Freiheit. Sobald Ihre Tante tot war, konnten Sie diese wertvollen Gemälde verkaufen, dann Miss Cawthorne heiraten und ihr in London ein luxuriöses Leben bieten. Mein Gott, Mann, können Sie sich wirklich ihre Empfindungen nicht ausmalen, als sie zu ihrer größten Bestürzung erfuhr, dass dieser Traum niemals Wahrheit werden könne? Unter den Bestimmungen des neuen Testaments wären Sie ja nicht in der Lage gewesen, auch nur einen einzigen alten Porzellanteller zu verkaufen. Nun war sie eine unbefriedigte, zur

Verzweiflung getriebene Frau, und ich bin völlig überzeugt, dass auch sie insgeheim das Leben im Schloss hasste - schon lange Jahre gehasst hatte. Die letzte Chance, frei zu werden und Sie zu heiraten, bestand also darin, dass Lady Gleniston noch Freitagabend starb, bevor sie das neue Testament unterzeichnen konnte. Ich glaube jedoch nicht, dass Miss Cawthorne zu dem verzweifelten Mittel eines Mordes gegriffen hätte, wenn die Umstände ihr nicht eine gute Gelegenheit zur Ausführung einer solchen Tat in die Hand gespielt hätten.«

»Was für Umstände? Ach, Sie meinen Hoskins!«, rief Fanshawe. »Aber diese Sache kann doch nicht…«

»Denken Sie einmal ruhig nach, Mr. Fanshawe. Dieser Hoskins, fristlos entlassen, weil er das Zimmermädchen Susan verführt hatte, kam Freitagnachmittag zum Schloss und belegte, betrunken, Lady Gleniston mit Schimpfworten und Drohungen. Miss Cawthorne kannte diesen Mann ganz genau. Sie kannte auch seine Gewohnheiten - und konnte daher ziemlich sicher sein, dass er ins Schloss zurückkommen werde, sobald die Kneipen abends geschlossen hatten. Tatsächlich hatte er ja auch so gehandelt. Ich glaube, dass sie ihren Plan so schlau anlegte, dass der Verdacht der Tat unweigerlich auf Hoskins fallen musste…«

»Entschuldige, dass ich dich unterbreche, aber dabei verstehe ich etwas nicht«, fiel ihm hier Johnny Lister ins Wort. »Wie konnte denn Miss Cawthorne den Mord überhaupt verüben? Sie saß ja von halb zehn ab im Wohnzimmer beim Fernsehen. Viele Leute haben sie dort gesehen. Die beiden Catamoles zum Beispiel sind bereit zu beschwören, dass Miss Cawthorne die ganze Zeit über dort saß. Ihr Alibi ist daher vollkommen unangreifbar, Old Iron!«

»Dieses Alibi hat, wie so viele angeblich unangreifbare Alibis, einen kleinen Fehler«, erwiderte Cromwell verächtlich. »Die Catamoles haben sich eben einfach geirrt. Als ich mich im Wohnzimmer umsah, wurde mir klar, wie zweifelhaft eine solche Aussage sein muss. Du warst ja dabei, mein Sohn. Jedenfalls begann ich von diesem Augenblick ab ernsthaft Miss Cawthorne im Verdacht zu haben; denn sie war die einzige, die das Wohnzimmer durch eine der Balkontüren hätte verlassen und wieder betreten können, ohne dass es jemand bemerkt hätte. Ich wiederhole - sie war die einzige! Sie saß an der rückwärtigen Wand, konnte also aufstehen und an der Wand entlang die Balkontür erreichen, ohne von jemandem gesehen zu werden. Außer ihr konnte das niemand im Zimmer; jeder andere wäre von den Anwesenden unweigerlich dabei beobachtet worden.«

Cromwell hatte natürlich völlig recht. Aber es war Johnny bisher nicht aufgegangen, welche Möglichkeiten sich für Miss Cawthorne daraus ergeben hatten, dass sie an der Rückwand des Zimmers, also auch im Rücken aller Gäste, gesessen hatte.

»Trotzdem hat sie ein großes Risiko auf sich nehmen müssen!«, rief er.

»Gewiss - sie nahm ein Risiko auf sich«, stimmte Ironsides zu. »Es blieb ihr allerdings gar nichts anderes übrig. Aber sie kam durch. Erinnere dich daran, dass Miss Cawthorne von ihrem Platz aus jeden, der im Zimmer war, im Auge hatte. Ihre Aussage, niemand habe das Zimmer verlassen, gab also allen Anwesenden ein vollkommenes und unerschütterliches Alibi. Aber sie gab mit dieser Aussage nicht nur den anderen Anwesenden ein Alibi, sondern - jedenfalls scheinbar - auch sich selbst. Wenn die Catamoles und die anderen Schlossgäste sich nicht unaufhörlich nach ihr umgedreht hatten - was ja nur dann hätte der Fall sein können, wenn sie argwöhnisch gewesen wären -, mussten sie eben annehmen, dass sie sich nicht von ihrem Platz gerührt hatte. Allerdings war sie tatsächlich gegen halb zehn, als das Fernsehen begann, im Zimmer, und gegen elf, als es endete, wieder dort.

Sie erzählte uns etwas sehr Bezeichnendes, als wir sie gestern verhörten. Es klang unwahrscheinlich, aber ich beachtete es erst nicht weiter. Trotzdem blieben mir ihre Worte unterbewusst im Gedächtnis. Sie sagte uns nämlich, sie sei während der Fernsehschau beinahe eingeschlafen!«

»Was war daran so auffällig, Mr. Cromwell?«, erkundigte sich Mr. Pitkin verwundert. »Ich nicke beim Fernsehen auch oft ein.«

»In diesem Fall aber war es höchst unwahrscheinlich«, erwiderte Cromwell. »Sie hatte uns doch gesagt, dass es kurz zuvor zwischen ihr und Lady Gleniston zu einem Wortwechsel gekommen war, der sie erregt und aufgewühlt hatte, und dass sie nur ins Wohnzimmer gegangen war, um der alten Dame aus dem Wege zu gehen. Konnte aber jemand einschlafen, dem all das im Kopf herumging? Das wollte mir nicht recht einleuchten. So nahm ich denn zunächst an, dass sie eine eigentlich überflüssige Lüge erzählt hatte; aber gerade scheinbar überflüssige Lügen machen mich stets misstrauisch. Warum hatte sie es für notwendig gehalten, mich anzuschwindeln?«

»Es bleibt mir unverständlich, wie diese scheinbar harmlose Frau heimlich das Wohnzimmer verlassen, in den

Geräteschuppen gehen, sich dort den Vorschlaghammer holen, dann ins Arbeitszimmer gehen, dort Lady Gleniston töten und schließlich wieder ins Wohnzimmer zurückkehren konnte, ohne von jemandem beobachtet zu werden.« Mr. Pitkin schüttelte den Kopf. »Hatte sie denn überhaupt die Zeit, all das durchzuführen?«

»Was alles?«, erwiderte der Chefinspektor. »Wenn, sie entschlossen war, Lady Gleniston umzubringen, so hatte sie sicherlich auch schon den Vorschlaghammer für die Tat bereitgelegt - wahrscheinlich lehnte er ein oder zwei Meter von der offenen Balkontür des Arbeitszimmers entfernt an der Mauer. Wieviel Zeit brauchte sie für alles Übrige? Doch nur eine Minute, um sich aus dem Wohnzimmer herauszustehlen und in die Dunkelheit ums Haus herumzulaufen. Sie wusste genau, dass sie dort Lady Gleniston allein vorfinden werde, da die alte Dame um diese Zeit immer allein war. Es kostete sie nur eine weitere Minute, Lady Gleniston zu überraschen und den tödlichen Streich zu führen. Bedenken Sie doch, ein einziger Schlag genügte schon! Eine dritte Minute benötigte sie, um wieder um das Haus herumzulaufen und sich auf ihren Platz im Wohnzimmer zurück zu setzen.«

»Mein Gott!«, rief Mr. Pitkin. »Nur drei Minuten! Es klingt unglaublich.«

»Das ist natürlich das Minimum der erforderlichen Zeit - in Wirklichkeit mag sie vier Minuten dazu gebraucht haben«, gab Ironsides zu. »Aber machte das etwas aus? Alle achteten ja gespannt auf den Bildschirm! Miss Cawthorne hat sich eben den Augenblick für ihre Tat sehr geschickt ausgesucht. Wenn sie mit ihrer Annahme hinsichtlich Hoskins recht hatte - dass er nämlich völlig betrunken nochmals ins Schloss kommen werde, um seinen Streit mit Lady Gleniston fortzusetzen -, dann musste er ja um diese Zeit herum dort eintreffen. Wie wir wissen, kam es auch so. Als Hoskins Lady Gleniston tot auf dem Boden liegen sah, ergriff ihn eine Panik, und er flüchtete. So wäre er beinahe in die Falle gegangen.«

»Was wäre aber gewesen, wenn Hoskins überhaupt nicht gekommen wäre?«, fragte Fanshawe. »Wie, wenn sich Margarets Vermutung über seine Absichten als falsch erwiesen hätten?«

»Hätte das etwas Wesentliches geändert?« Cromwell zuckte die Achseln. »Lady Gleniston wäre trotzdem tot aufgefunden worden, und der Vorschlaghammer hätte trotzdem auf Hoskins als Täter hingewiesen, da er ja am Griff seine Fingerabdrücke trug. Er wäre also in jedem Fall in erster Linie verdächtig geblieben. Bevor wir Miss Cawthornes Geständnis besitzen - falls sie sich entschließen sollte, ein Geständnis abzulegen können wir nicht genau wissen, ob und wie sie sich gegen eine solche Möglichkeit gesichert hat. Es ist ja auch durchaus möglich, dass sie längere Zeithindurch nicht im Wohnzimmer war - irgendwo im Freien abwartete, ob Hoskins ins Schloss kam - , und dass sie erstmals sie ihn kommen sah, schnell ins Arbeitszimmer rannte und den tödlichen Schlag führte. Sehr viel länger für die Tat hätte sie schließlich auch in diesem Fall nicht gebraucht.«

»Furchtbar...«, murmelte Fanshawe.

»Mord ist immer furchtbar, Sir; auch der Anschlag auf Ihr Leben heute Nacht. Wem waren Ihre Gewohnheiten besser bekannt als Margaret Cawthorne? Sie wusste doch sicherlich, dass Sie einen tiefen Schlaf haben und nur schwer zu wecken sind. Stimmt das nicht?«

»Ja, da haben Sie schon recht.«

»So wartete sie also, bis im Haus alles ruhig war, bis sie wusste, dass Sie schliefen. Dann schlich sie sich in Ihr Zimmer, schloss die Fenster, zog die Vorhänge vor und drehte den Gashahn auf. Sie nahm auch das Buch mit fort, in dem Sie gelesen hatten, da das eine Selbstmordtheorie nicht gerade unterstützt hätte. Sie schloss die Tür von außen ab und nahm den Schlüssel mit. Sie wollte unter allen Umständen den Anschein erwecken, dass Sie Selbstmord begangen hatten. Dabei wusste sie natürlich, dass früher oder später jemand den Gasgeruch bemerken musste. Aber Sie würden ja in jedem Fall schön lange tot sein, bevor jemand Alarm schlagen konnte.

Was war der nächstliegende Schluss, zu dem jeder kommen musste? Da Ihr Fenster geschlossen, die Vorhänge vorgezogen, die Tür abgeschlossen war, würde man zweifellos Selbstmord annehmen. Warum konnten Sie sich das Leben genommen haben? Natürlich nur aus Reue, weil Sie ihre Tante ermordet hatten und nun die Gewissensbisse nicht mehr ertragen konnten. Sie müssen mir schon die Bemerkung verzeihen, Sir, aber dieser Frau war eben auch Ihre Charakterschwäche bekannt, und da...«

»...da sie ihr Verbrechen Hoskins nicht in die Schuhe schieben konnte, versuchte sie es eben bei mir«, vollendete der Major, von Grauen geschüttelt. »In diesem Licht habe ich allerdings Margarets Tat noch gar nicht gesehen. Warum tat sie das nur - um Gottes willen? Sind Sie der Ansicht, dass sie mich töten wollte, um sich durch meinen Tod selbst zu schützen?«

»Nicht ausschließlich, Sir. Aus irgendeinem Grund - den Sie, wie ich hoffe, mir angeben können - hatte sich ihre Liebe zu Ihnen, die sie erst dazu getrieben hatte, Ihre Tante zu ermorden, plötzlich in wütenden, mörderischen Hass verwandelt. Sie wollte Ihren Tod und wollte, dass gerade Ihr Tod Sie zum Mörder stempelte. So konnte sie sich mit einem Schlag sowohl an Ihnen rächen, wie sich selbst von jedem Verdacht reinigen. Und nun sagen Sie uns bitte, Mr. Fanshawe...«, dabei sah Cromwell den Major scharf an, »warum verwandelte sich Miss Cawthornes Liebe so plötzlich in Hass?«

»Ich weiß nicht...«, murmelte Fanshawe, aber plötzlich hatte sein Gesicht einen Ausdruck des Verständnisses. »Ja, Sie haben schon recht, Mr. Cromwell, dafür gab es wirklich einen Grund.«

»Darf ich raten?«, fragte Ironsides. »Sie hatten wohl ein Zusammentreffen mit Mary Summers, bei dem Miss Cawthorne Sie überraschte?«

»Sie haben richtig geraten«, erwiderte Fanshawe. »Nachdem es dunkel geworden war, ging ich am Tag nach dem Tod meiner Tante fort, während unsere Gäste noch auf der Terrasse herum- schlenderten, und traf mich mit Mary am See. Ich sagte ihr, wie sich unsere Aussichten durch den Tod meiner Tante verändert hatten, als plötzlich Margaret auftauchte und uns unvermutet überraschte. Es war entsetzlich! Wochen hindurch hatte ich ihr ja erzählt, dass ich vollständig mit Mary gebrochen und sie vergessen hatte! Das hatte sie mir auch geglaubt. Nun fand sie uns beieinander, sogar sehr eng beieinander...«

»Sie küssten sich wohl gerade?«

»Ja. Ich konnte mich nicht mehr herausreden. Sie schrie so auf mich ein, dass mir schließlich auch die Geduld riss.« Der Major wischte sich den Schweiß von der Stirn. »Anstatt wieder lahme Entschuldigungen hervorzubringen, sagte ich ihr nun rundheraus, dass ich Mary heiraten wolle.«

»Das musste sich also Miss Cawthorne anhören, und zwar gerade, nachdem sie durch eine verzweifelte Tat versucht hatte, sich in einer Ehe mit Ihnen Reichtum und eine glückliche Zukunft zu sichern! So hatte sie also Lady Gleniston vergeblich ermordet! Nicht sie, sondern ihr ehemaliges Dienstmädchen, diese Mary Summers, würde von ihrer Tat den Nutzen haben - nämlich Sie, und mit Ihnen Ihr Vermögen gewinnen!«

»Wenn Sie es so darstellen, Mr. Cromwell, verstehe ich, dass sie verzweifelt gewesen sein muss«, gab Fanshawe zu. »Sehen Sie, ich sagte ihr rundheraus, dass ich sie nicht liebte, nie geliebt hatte, wenn sie mir auch nachgelaufen war. Später tat mir meine Schroffheit leid.«

»Was muss sie in diesem Augenblick durchgemacht haben?«, fragte der Chefinspektor grimmig. »Jetzt wusste sie, ohne sich noch weiter Illusionen machen zu können, dass sie Sie verloren und umsonst einen Mord auf sich geladen hatte! Nun, jedenfalls sollten Sie nicht die Früchte ihrer Tat genießen! Sie sollten dieses Mädchen nicht heiraten, das sie um Ihre Liebe gebracht hatte. So drehte sie in Ihrem Schlafzimmer ganz einfach den Gashahn auf.«

Sechzehntes Kapitel

Nachdem Bill Cromwell seine letzte Bemerkung gemacht hatte, herrschte in dem kleinen Zimmer für einige Augenblicke Schweigen. Die Luft schien noch heißer und stickiger zu sein als zuvor.

»Noch ein Punkt«, brach Johnny Lister schließlich das Schweigen. »Der Schlüssel an Mr. Fanshawes Tür steckte innen im Schloss, als wir das Zimmer später untersuchten. Du hast angedeutet, dass jemand Miss Cawthorne den Schlüssel dort ins Schloss stecken sah, und dass dieser Jemand Reed war.«

»Konnte es denn jemand anderes gewesen sein?«, antwortete Ironsides. »Es steht doch außer Zweifel, dass Miss Cawthorne den Schlüssel dort hineingesteckt hat, um damit vorzutäuschen, dass Mr. Fanshawe die Tür von innen abgeschlossen hatte. In der Aufregung und Verwirrung, die allgemein herrschte, war das ja leicht zu machen - und es dauerte noch nicht einmal eine Minute. Unglücklicherweise für sie wurde sie jedoch dabei beobachtet, und zwar von einem Mann mit verbrecherischen Neigungen - einem Mann, der bereits Lady Glenistons Brillanthalsband gestohlen hatte.« Er schwieg unvermittelt. »Dafür haben wir jedoch noch keine Beweise, und ich möchte daher vorläufig über diesen Punkt nicht weiter diskutieren. Unstreitig ist jedoch, dass Reed von Miss Cawthorne ermordet wurde. Die Aufgabe lautet zunächst, weiteres Material zu sammeln...«

Er brach ab, denn es wurde an die Tür geklopft; Inspektor Davis steckte den Kopf ins Zimmer.

»Die Dame ist jetzt ganz ruhig, Mr. Cromwell. Sie hat uns erklärt, dass sie vor Ihnen eine Aussage machen möchte«, sagte er. »Ich verstehe das gar nicht«, fügte er kopfschüttelnd hinzu. »Sie sieht so vergnügt drein, als ob ihr gerade ein wunderbarer Streich gelungen wäre.«

Cromwell sprang auf.

»Haben Sie sie mit den beiden Frauen etwa allein gelassen?«, fragte er scharf.

Davis lächelte.

»Sie brauchen nicht zu befürchten, dass sie etwas anstellt, Sir. Für alle Fälle steht der Sergeant vor der Tür auf Posten.«

»Gut! Komm mit, Johnny!«, rief Ironsides. »Nein, Mr. Fanshawe - ich glaube nicht, dass Sie auch mitkommen sollten. Die Unterhaltung mit Miss Cawthorne wird nicht gerade sehr freundschaftlich werden.«

Die beiden Beamten gingen durch die Halle, ohne sich um die neugierigen Blicke zu kümmern, die ihnen folgten.

Als Ironsides und Johnny in Margaret Cawthornes Schlafzimmer kamen, saß sie in ihrem Lehnstuhl. Ihre Wangen hatten wieder Farbe bekommen, und ihre Augen blickten fröhlich. Sie unterhielt sich mit den beiden Frauen, die bei ihr saßen, angeregt über das Essen für Sonntagabend und machte gerade Vorschläge hinsichtlich der Süßspeise.

»Sehr freundlich von Ihnen, mich so rasch aufzusuchen, Mr. Cromwell«, meinte sie und lächelte ihn an. »Wie dumm von mir, ohnmächtig zu werden! Aber jetzt fühle ich mich schon weit besser.«

»Das freut mich zu hören«, brummte Ironsides. »Danke schön«, fügte er, zu den beiden Frauen gewandt, hinzu. »Sie können jetzt gehen.«

Zögernd gingen die Frauen fort, wobei sie dem hageren Mann von Scotland Yard feindselige Blicke zuwarfen. Ihrer Ansicht nach wurde Miss Cawthorne, die sie ja schon jahrelang kannten, recht unhöflich behandelt. Es war doch eine Zumutung, sie in ihrem Schlafzimmer einzusperren und einen Polizisten vor der Tür Wache stehen zu lassen. Man behandelte sie ja fast wie eine Verbrecherin!

»Die beiden haben versucht, mir ihre Sympathie zu bekunden, die guten Seelen!«, lachte Miss Cawthorne. »Sehen Sie mich doch nicht so überrascht an, Lister! Haben Sie etwa geglaubt, mich hysterisch kreischend vorzufinden - oder gedacht, ich werde winselnd beteuern, dass alles ein Irrtum und ich ein weißes Unschuldslamm sei? So etwas sind Sie wohl von Leuten in meiner Lage gewohnt, wie? Nun, ich ziehe es vor, mich anders zu verhalten!«

Cromwell betrachtete sie uninteressiert.

»Wie mir mitgeteilt wurde, möchten Sie eine Erklärung abgeben, und so bin ich gekommen, um sie mir anzuhören«, sagte er in amtlichem Ton. »Der Sergeant hier wird mitstenographieren. Dann wird Ihre Erklärung getippt werden, und man wird Sie auffordern, das Protokoll zu unterzeichnen. Sie sind jedoch nicht gezwungen, in diesem Augenblick überhaupt etwas auszusagen, und ich kann. Ihnen nur raten...«

»...mir einen Anwalt zu nehmen, damit er bei dem Verhör zugegen ist?«, unterbrach sie ihn. »Können wir uns nicht solche langweiligen Formalitäten ersparen? Ich habe Lady Gleniston getötet und auch diesen elenden Dieb

Reed umgebracht. Ich versuchte auch, Claude zu töten, und bedaure, dass es mir nicht gelungen ist.« Für einen Augenblick leuchtete wieder der Hass aus ihren Augen. »Im Grunde genommen bin ich auf meine Leistung stolz. Die hiesige Polizei hätte ich ohne weiteres hinters Licht geführt.«

»Wenn Sie darauf bestehen, ein Geständnis abzulegen, Miss Cawthorne, so werde ich Sie daran nicht hindern«, meinte der Chefinspektor. »Ich habe Sie gewarnt und glaube, dass Sie meine Warnung auch verstanden haben.«

»Ich tötete Lady Gleniston, weil ich sie hasste!«, begann Margaret Cawthorne mit einer Ruhe, die weit eindrucksvoller war als Wut oder Zerknirschung. »Ich hasste sie schon seit Jahren. Für Leute, die sie nur oberflächlich kannten, war sie wohl eine reizende alte Dame, aber in Wirklichkeit war sie eine harte, grausame, bösartige Tyrannin, die mich wie eine Sklavin behandelte. Aber warum blieb ich trotzdem hier? Nur wegen Claude! Wir waren verlobt und warteten nur auf Lady Glenistons Tod, um aus diesem Haus ein Vermögen zu erlösen und dann zusammen zu leben. Ich wusste, dass ich ihn verlieren werde, wenn ich von hier fortging und ihn allein ließ. Denn er ist wie ein schwankendes Rohr; aber ich liebte ihn gerade wegen seiner Schwäche. Mein Gott! Sie können sich gar nicht vorstellen, wie viele Lügen, wie viele Ausflüchte ich machen musste, um den Anschein aufrechtzuerhalten, dass dieses alte, widerwärtige Weib meine liebe Freundin sei. Aber ich war bereit, zu warten, alle Erniedrigungen und Beschämungen zu dulden, mit denen sie mich überhäufte, in der Hoffnung, dass sie endlich sterben und mir damit ermöglichen werde, Claude zu heiraten. Es war für mich ein schwerer Schlag, als ich herausfand, dass er sich von dieser Mary Summers hatte einfangen lassen. Aber nachdem sie entlassen war, glaubte ich ihm törichterweise, als er mir versicherte, es sei nur ein dummer Flirt gewesen. Denn nach dieser Episode war der verlogene Heuchler sehr nett zu mir - er war eben viel schlauer und verschlagener, als ich gedacht hatte.

Dann kam alles sehr schnell - alles drängte sich in einem kurzen Wochenende zusammen«, fuhr sie fort und schüttelte den Kopf. »Vielleicht hatte auch diese unerträgliche Hitzewelle etwas damit zu tun. Ich vertrage Hitze schlecht; ich habe dauernd das Gefühl, zu ersticken. Am Donnerstag versetzte mir Lady Gleniston den ersten furchtbaren Schlag. Sie vertraute mir nämlich an, sie habe über Claudes Zukunft - und auch die meine - lange nachgedacht und sei entschlossen, unser *Glück* ein für alle Mal fest zu begründen. Sie wolle ein neues Testament machen, in dem sie alle ihre Wertsachen dem Staat hinterließ. Aber der Staat solle erst nach Claudes Tod die Erbschaft antreten. Damit hatte sie sich eine Gemeinheit ausgedacht, mit der sie hoffte, uns beide für das ganze Leben an das Schloss zu fesseln. Als Bettler sollten wir in dem großen Schloss wohnen und für unseren Lebensunterhalt auf Feriengäste angewiesen sein! Dieser Plan war nicht etwa theoretisch«, fügte Miss Cawthorne hinzu und kniff die Lippen zusammen. »Sie hatte sich vielmehr entschlossen, ihn unverzüglich auszuführen. Selbstherrlich diktierte sie mir in unmittelbarem Anschluss an ihre Ankündigung einen Brief an Mr. Pitkin, in dem sie ihn beauftragte, ein entsprechendes Testament aufzusetzen. Er sollte ihr den Entwurf am Samstag herbringen.

Für mich brach eine ganze Welt zusammen, als dieser Brief abgegangen war. Ich wusste ja, dass mich Claude unter diesen Bedingungen nicht heiraten könne und werde. Dann kam am Freitag der Streit mit Ned Hoskins; ich erkannte sofort, wozu sich dieser betrunkene Trottel benutzen ließ. Falls Angela noch Freitagabend dieser Welt Valet sagte - also bevor Mr. Pitkin mit dem Testament hierherkam war ja alles in Ordnung. So entschloss ich mich denn, sie umzubringen. Warum hätte ich das nicht tun sollen? Sie traf ja auch alle Vorbereitungen, mein Leben zu zerstören. Ich hasste sie! Mit Hoskins brauchte ich auch kein Mitleid zu haben; wenn er gehängt wurde, bekam er nur den gerechten Lohn für seine Taten.«

Miss Cawthorne lehnte sich in ihrem Sessel zurück, und ein leises Lächeln spielte auf ihrem Gesicht. Es machte ihr offenbar den größten Spaß, ein Geständnis abzulegen. Ihre Eitelkeit - fast alle Mörder sind eitel - zeigte sich immer deutlicher.

»Sie sollten kein so entsetztes Gesicht machen, Mr. Cromwell! Das könnte ich höchstens bei Ihrem jungen Mann da verstehen«, fuhr sie nach einem amüsierten Blick auf Johnny Lister fort. »Für meinen Plan wählte ich eine Mordwaffe, die von vornherein so sehr auf einen Mann als Täter hinwies, dass die Polizei erst gar nicht auf den Gedanken kommen konnte, eine Frau zu verdächtigen. Ein einziger vernichtender Schlag mit einem Vorschlaghammer war zu diesem Zweck gerade das Richtige.« Sie kicherte. »Für mich war das kein Problem. Meine Arme sind kräftig, und im Geräteschuppen lag der Vorschlaghammer von Ned, auf dessen Griff noch seine Fingerabdrücke sein mussten.

Ich wusste ja, was für ein Mensch er war - ein besoffener Krakeeler; und wenn ihn etwas ärgerte, konnte man sich darauf verlassen, dass er sich besoff. Vor zwei Jahren hatte ihn Angela wegen seiner ständigen Trunkenheit entlassen, und noch am gleichen Abend prahlte er, als er aus dem Wirtshaus kam, jetzt werde er mit dem alten Luder abrechnen. Ich kam zufällig vorbei und überredete ihn damals, ruhig nach Hause zu gehen. Von dieser Szene erfuhr Lady Gleniston nie etwas, aber sie stellte ihn um seiner Frau und seiner Kinder willen wieder ein. Jedenfalls redete sie das den Leuten ein; in Wirklichkeit spielte sie nur die Verzeihende, weil sie genau wusste, dass sie einen so billigen und guten Gärtner nicht wieder bekommen konnte.

Ich hielt es also für höchst wahrscheinlich, dass sich Hoskins Freitagabend wieder wie damals verhalten werde«, fuhr Miss Cawthorne fort. »Er würde also betrunken in seiner Wut nach der Polizeistunde ins Schloss kommen, zu einer Zeit, da sich Angela allein in ihrem Arbeitszimmer aufhielt. Ich holte mir also den Vorschlaghammer aus dem Geräteschuppen - wobei ich natürlich Handschuhe trug und den Hammer oben, in der Nähe des Kopfes, anfasste. Ich lehnte ihn vor der Balkontür des Arbeitszimmers an die Mauer und sah dann beim Fernsehen zu. Dabei sorgte ich dafür, dass jeder der im Zimmer Anwesenden erfuhr, dass ich dort war. Es war leicht, sie alle hinters Licht zu führen.«

»Mich haben Sie nicht hinters Licht geführt, Miss Cawthorne!«, murmelte Cromwell finster.

»Das ist gelogen!«, protestierte sie heftig. »Bis heute tappten Sie genauso im Dunkeln wie alle andern - haben

Sie auch alles richtig mitgeschrieben, junger Mann? Bei meiner Verhandlung wird das nämlich sehr interessant sein - erst zwanzig Minuten vor elf verließ ich das Wohnzimmer und ging an einer Stelle der Terrasse auf und ab, von wo aus ich den Damm übersehen konnte. Ich hätte fast laut gelacht, als ich feststellte, dass ich richtig vermutet hatte. Ned Hoskins taumelte auf das Schloss zu. Alles verlief so, wie ich es erwartet hatte. Mit dem Vorschlaghammer in der Hand trat ich nun ins Arbeitszimmer und forderte Angela auf, zu mir zur Tür zu kommen, um sich etwas im Garten anzusehen. Ohne die geringste Ahnung einer Gefahr stand sie auf, als ich ihr einen furchtbaren Schlag mit dem Hammer versetzte. Lautlos sank sie zu Boden. Ich legte den Hammer neben sie, ging sofort hinaus und saß eine Minute später schon wieder im Wohnzimmer auf meinem Platz. Ich hatte sie getötet! Ihr heimtückisches Testament konnte sie nun nicht mehr unterzeichnen. Claudes Zukunft war gesichert - und die meine dazu!«

»Höchstwahrscheinlich wäre alles auch so verlaufen, Miss Cawthorne, wenn sich Ned Hoskins nicht, kurz bevor er die Kneipe verließ, die Hand verletzt hätte«, nickte Ironsides brummig. »Dieser kleine Unfall rettete ihn. Er bewirkte auch, dass die örtliche Polizei Scotland Yard zuzog.«

»Ja, das war mein Pech!«, stimmte Miss Cawthorne traurig zu. »Aber ich machte mir keine großen Sorgen. Ich hatte keine Angst vor Ihnen, obwohl ich wusste, dass Sie in Scotland Yard ein großes Tier sind. Ich nahm an, die Morduntersuchung werde bald im Sande verlaufen, ein Unbekannter - etwa ein Landstreicher - werde als Mörder angenommen werden. Aber ich bekam einen ehrlichen Schrecken, als ich Angelas Brillanthalsband nicht finden konnte. Ich war ganz sicher, dass es jemand aus dem Haus gestohlen haben musste. Es war etwas, an das ich erst gar nicht gedacht hatte.

Noch schlimmer für mich war, dass ich Claude überraschte, wie er diese elende Summers küsste; da verlor ich beinahe meine Selbstbeherrschung«, fuhr Margaret Cawthorne fort. »Am liebsten hätte ich Claude auf der Stelle umgebracht! Jetzt hasste ich ihn! Er beleidigte mich furchtbar - sagte mir ins Gesicht, ich bedeute ihm gar nichts, und er werde dieses Mädchen heiraten. So entschloss ich mich, auch ihn umzubringen«, fügte sie ohne Pathos hinzu. »Ihn so umzubringen, dass sein Tod als Selbstmord erscheinen musste! Jeder hätte dann als selbstverständlich angenommen, dass er Angelas Mörder gewesen war; auf diese Weise war ich in jedem Fall wieder in Sicherheit.« Unwillig sah sie zu Ironsides auf. »Wie konnte ich denn wissen, dass sich zu dieser Nachtzeit noch Gäste in den Gängen herumtrieben? Ausgerechnet dieser Halbidiot, dieser Campbell, musste das Gas riechen und Alarm schlagen! So wurde Claude aus seinem Zimmer getragen, bevor er völlig erstickt war. Aber es kam noch schlimmer. Alles ging mir an diesem Abend schief! Ich war überzeugt, dass mich niemand beobachtet hatte, als ich Claudes Türschlüssel von innen wieder in das Schlüsselloch steckte. Es war für mich ein schwerer Schock, als kurze Zeit nachher Reed zu mir kam und mich fragte, was ich mit meinen Manipulationen eigentlich bezwecke. Natürlich kam er erst, als Claude schon außer Gefahr und es im Haus schon wieder ruhig geworden war.

Zunächst einmal erklärte ich Reed, er sei verrückt. Er erwiderte darauf höhnisch, er habe gesehen, wie ich den Schlüssel ins Schlüsselloch steckte - und das könne ja schließlich nur bedeuten, dass ich versucht hätte, Claude umzubringen. *Weiterhin, meine liebe Miss Cawthorne,* fuhr er fort, *bedeutet es auch, dass Sie es waren, die Lady Gleniston ermordet hat.* Jetzt war mir klar, dass ich ihm den Mund stopfen musste; eigentlich machte mich der Gedanke sogar froh. Ich hatte mir nämlich schon ganz genau festgelegt, auf welche Art ich ihn umbringen würde - auf ähnliche Art wie Angela!

Sie lachte leise, und Johnny Lister fühlte einen Schauder über den Rücken jagen. So ein unheimliches Lachen hatte er noch nie gehört. Er warf einen Blick zu ihr hinüber und erschrak, als er das glückliche, zufriedene Lächeln bemerkte, das auf ihren Zügen lag. Diese Frau musste ja einfach wahnsinnig sein!

»Die Tat selbst war ein Kinderspiel«, fuhr sie fort. »Ich versprach Reed, wenn er den Mund hielt, ihm Angelas ganzen Schmuck zu geben, und verabredete mich mit ihm dazu in einer halben Stunde in der Waffenkammer. Der unverschämte Kerl war so selbstsicher, so frech, dass er mir offen eingestand, dass er sich mit dem Brillanthalsband Angelas schon selbst bedient hätte!«

»Ach...«, unterbrach sie Cromwell schnell. »Das ist sehr wichtig, Miss Cawthorne. Hat er Ihnen auch gesagt, wie er sich in den Besitz des Colliers setzte?«

»Ja. Er ging zufällig kurz vor elf ums Haus und warf im Vorübergehen einen Blick ins Arbeitszimmer. Dort sah er Angela auf dem Boden liegen und glaubte zunächst, sie sei ohnmächtig geworden. So ging er denn hinein, um ihr aufzuhelfen, und stellte jetzt erst fest, dass sie tot - ermordet - war. Er erzählte mir, er sei zunächst furchtbar erschrocken, weil er fürchtete, jemand könnte ihn sehen und annehmen, dass er die Tat begangen habe. Gerade als er fort wollte, sah er das Brillanthalsband auf dem Schreibtisch liegen und steckte es sich in die Tasche. Er behauptete, er habe es fast instinktiv eingesteckt und diese Tat später bedauert.«

»Das will ich ihm gern glauben«, stimmte Ironsides zu. »Später war es nämlich für ihn zu spät, es wieder zurückzulegen; aber es war ebenso gefährlich, es bei sich zu tragen oder im Zimmer zu verbergen. Schön, Miss Cawthorne, fahren Sie fort!«

»Falls ich doch noch, trotz der späten Stunde, jemanden auf dem Gang treffen sollte, hielt ich es für geraten, meinen Morgenrock anzuziehen; denn es hätte ja vielleicht Argwohn erregen können, wenn ich vollständig angezogen gewesen wäre. Meine Vorbereitungen waren rasch erledigt. Ich ging vor Reed in die Waffenkammer und hängte eine Rüstung über der inneren Tür auf. Hinter dieser Tür liegt ein Abstellraum, wo sich eine große Leiter befindet. So konnte ich die Rüstung oben an einem dünnen Strick befestigen, der über einen Nagel nach unten lief. So brauchte ich nur den Strick zu lösen, und die Rüstung fiel herab, sobald Reed an die Tür trat. Er war halb betäubt, und es war eine Kleinigkeit, ihm mit der alten Streitaxt den Rest zu geben. Ich hielt mich für wunder wie schlau - und ich glaube auch jetzt noch, dass ich meine Falle recht geschickt gestellt habe. Es war einfach Pech, dass ich mit dem rechten Ärmel meines Morgenrockes an einem Holzsplitter am Stiel hängenblieb.«

»Dort am Griff der Streitaxt waren Stoffasern«, nickte Cromwell grimmig. »Die Fasern waren blau - und ich dachte sofort an den blau-rosa Morgenmantel, den Sie getragen hatten, als Sie gestern Abend auf die Hilferufe des jungen Campbell hin aus Ihrem Zimmer kamen. Was ich Ihnen jetzt sage, sage ich Ihnen gratis und franko; es wird nicht mitstenographiert. Aber Sie sind so verdammt selbstzufrieden, dass ich Ihnen zeigen möchte, wie unberechtigt Ihre Überheblichkeit ist. Denn meiner Ansicht nach deuteten diese Fäserchen darauf hin, dass das Verbrechen von einer Frau begangen sein musste. Und welche Frau außer Ihnen kam dafür in Betracht?«

»Das ist doch lächerlich!«, schrie sie, und ihre Augen blitzten plötzlich böse.

»Nun, ein Mann hätte unter solchen Umständen ebenfalls einen Morgenrock getragen«, erklärte der Chefinspektor. »Denn er wäre kaum im Pyjama im Schloss herumgegangen. Aber ein Herrenmorgenmantel hat meistens enge Ärmel. Mit engen Ärmeln aber kann man kaum irgendwo hängenbleiben. Daher dachte ich sofort an Sie, da ich Sie ja sowieso schon im Verdacht hatte. Ich will Ihnen noch etwas erzählen, was Ihre Selbstgefälligkeit erschüttern müsste: Erinnern Sie sich noch, wie Mary Summers heute Morgen ins Schloss kam? Sie standen neben mir in der Tür und sahen zu ihr hinüber. Ich hoffe, nie wieder in den Augen einer Frau einen so bösartigen Hass zu sehen, wie in dem Moment in den Ihren.« Cromwell stand müde auf. »Vorläufig haben Sie mir wohl nichts mehr zu sagen. Ich werde Sie auffordern, Ihr Geständnis zu unterzeichnen, wenn wir in Kenmere sind. Hoffentlich werden Sie uns keine Schwierigkeiten machen, wenn wir Sie abführen,

Miss Cawthorne. Wie ich höre, ist eben ein Auto vorgefahren. Johnny, geh hinaus und kümmere dich darum, dass alles bereit ist.«

Aber Margaret Cawthorne machte keine Schwierigkeiten. Mit einem kleinen Wochenendköfferchen und einen schicken Hut auf dem Kopf ging sie lächelnd, als ob sie einen Ausflug machte, die Stufen hinunter. Ihre Haltung war keineswegs nur gespielter Trotz, sie war vielmehr der Ausdruck vollkommener Eitelkeit - einer Eitelkeit allerdings, die vom Irrsinn kam. Die letzten Worte, die sie an Cromwell richtete, als der Wagen anfuhr, zeigten ihren Geisteszustand eindeutig.

»Ich habe nichts dagegen, dieses Haus zu verlassen, Mr. Cromwell«, meinte sie lächelnd. »Ich habe es seit Jahren gehasst, und zum Tode verurteilen wird man mich ja nicht - man wird mich vielleicht noch nicht einmal einsperren. Jeder Arzt wird mir geistige Unzurechnungsfähigkeit bescheinigen!« Sie kicherte. »So werde ich den Rest meines Lebens in aller Bequemlichkeit verbringen. Wie ich gehört habe, lebt man im Irrenhaus Broadmoor fast so gut wie in einem erstklassigen Hotel. Oder schickt man Frauen etwa nicht nach Broadmoor?«

Cromwell wischte sich müde die Stirn, als er dem abfahrenden Auto nachsah.

»Sie ist tatsächlich unzurechnungsfähig«, seufzte er. »Ihr kann nicht viel passieren, Johnny. Leider weiß sie das, obwohl sie so gesund und vernünftig erscheinen kann wie du und ich. Irre dieser Art sind die schlimmsten.«

»Hoffentlich habe ich nie mehr mit so jemandem zu tun«, meinte Johnny seufzend.

Cromwell ging in die Halle, wo sich jetzt alles drängte. Die Abfahrt von Margaret Cawthorne hatte neue Gerüchte entstehen lassen.

»Alles ist vorüber, meine Damen und Herren, und diesmal endgültig«, erklärte Ironsides. »Sie können nun abfahren - und ich glaube, Sie erweisen Major Fanshawe einen Gefallen, wenn Sie rasch abreisen.«

Bruce Campbell kam als einziger sofort auf Cromwell zu.

»Der Major ist also in Ordnung?«, fragte er eifrig. »Er ist nicht derjenige, welcher... ich meine... bedeutet die Abfahrt von Miss Cawthorne etwa, dass sie... Verdammt, ich bin ja ganz durcheinander! Aber sie sah doch geradezu glücklich aus!«

»Ich bezweifle, dass ihr Glück anhält«, brummte Cromwell. »Aber sie ist eine ungewöhnliche Frau. Jawohl, sie hat Lady Gleniston und Reed ermordet. Das ist alles.«

Bruce kehrte zu Carol zurück, die ihn neugierig ansah.

»Ich sagte Ihnen doch, dass alles vorbei ist«, flüsterte er ihr zu. »Ich ahnte es schon, als ich Mr. Cromwell vor einer Stunde in den ersten Stock hinaufgehen sah. Wie gut, dass ich das andere Hotel angerufen und für uns Zimmer bestellt habe! Nun können wir den Feiertag am anderen Ende des Sees verbringen. Die Leute dort hatten gerade noch zwei freie Zimmer; wir können also noch eine volle Woche am See verbringen und uns erholen.«

»Aber diese Woche wird hoffentlich friedlicher werden«, meinte Carol und hakte sich bei ihm ein.

ENDE

Besuchen Sie unsere Verlags-Homepage:
www.apex-verlag.de

Druck:
Customized Business Services GmbH
im Auftrag der
KNV Zeitfracht GmbH
Ein Unternehmen der Zeitfracht - Gruppe
Ferdinand-Jühlke-Str. 7
99095 Erfurt